Das Geheimnis der gelben Ziege

D. C. Wessel

# Das Geheimnis der gelben Ziege

Kriminalroman

**Bibliografische Information der Deutschen Nationalbibliothek:**
Die Deutsche Nationalbibliothek verzeichnet diese Publikation
in der Deutschen Nationalbibliografie; detaillierte bibliografische
Daten sind im Internet über http://dnb.dnb.de abrufbar.

© 2015 D.C. Wessel
Satz, Umschlaggestaltung, Herstellung und Verlag:
BoD – Books on Demand

ISBN: 978-3-7386-6527-7

# Kapitel 1

Harry Lehn musste sich ein Glas Wasser bestellen, denn der Dry Martini, den die Stewardess von Cathay Pacific Airlines ihm serviert hatte, war ihm zu stark.

»Purer Gin«, krächzte er. »Und so etwas nennen die hier Dry Martini.«

Ein alter Engländer, der auf der anderen Seite des Ganges saß und der auch einen Dry Martini bestellt und bekommen hatte, drehte sich nach rechts zu Lehn und meinte: »Listen! People like you might refer to it as a straight Gin, but for me it is of course a very dry Martini.«

Lehn prostete darauf erst dem Engländer und dann verschmitzt grinsend seinem Freund Sepp Kasdorf zu, der den Fensterplatz in der 747 ergattert hatte.

Lehn war ganz froh über den Platz am Gang, wegen der Beinfreiheit. Man saß nicht ganz so beengt und konnte leichter zur Toilette gehen.

Kasdorf deutete auf Lehns Dry Martini. »Deine Fettleber wird es überleben«, tröstete er ihn. »Wenn ich daran denke, was du beim Bund alles geschluckt hast, wird mir heute noch schlecht.«

Lehn und Kasdorf hatten sich bei den Alpenjägern der Bundeswehr kennengelernt. Eigentlich mehr – sie waren während der achtzehn Monate Wehrdienst Freunde geworden. Freunde, weil sie zusammen gelitten, gelacht und Mist gemacht hatten und hinter den gleichen Mädchen her gewesen waren. Mehrmals waren sie beide vom UvD erwischt worden. Aber sie hatten sich gegenseitig gedeckt. Auf Gebirgsmärschen hatten sie sich über Strecken das MG geteilt, wenn einem die Puste ausgegangen war.

Nach der Grundausbildung hatten beide gewusst, dass sie sich aufeinander verlassen konnten. Und sie hatten festgestellt, dass sie sich mochten.

Aus diesem »sich mögen« war eine echte Freundschaft geworden, die das Ende ihrer Dienstzeit überstanden und auch in den folgenden Jahren nicht gelitten hatte, als sich ihre Wege räumlich getrennt hatten.

Josef Kasdorf, beim Bund nur Sepp genannt, hatte studiert und war dann zu einer Sparkasse in Süddeutschland gegangen. Harry Lehn hatte sich für die höhere Laufbahn bei der Polizei beworben und war genommen worden.

Auf den ersten Blick zwei völlig verschiedene Lebenswege. Aber immer, wenn sie sich trafen, war es wie damals beim Aufstieg zum Watzmann oder wie auf den endlosen Gebirgsmärschen zum Funtensee. Wie damals gab es eine große Übereinstimmung bei allen Fragen und Problemen, die das Leben so bereithielt.

Nur bei den Frauen hatte Sepp Kasdorf immer die Nase vorn. Immer wieder verstand er es, die schönsten Frauen an sich zu binden, während Lehn auf diesem Gebiet etwas hinterherhinkte. Zugegebenermaßen spielte dabei auch sein Beruf eine negative Rolle. Welche Schönheit mochte sich schon an einen Kriminalbeamten binden, der nie wusste, wann er nach Hause kam, und das bei einem Gehalt, bei dem man sich schon überlegen musste, ob man bei einem Discobesuch einen zweiten Drink bestellen konnte.

Das letzte Mal hatten sich Lehn und Kasdorf auf dem Oktoberfest verabredet. Beide liebten sie die Atmosphäre dieses Megaevents, die Zelte, die bayrische Musik, das Bier, die Gesänge und das Gejohle der Menge.

Aber im letzten Herbst war es zum ersten Mal anders gewesen. Einfach zu voll. Die Kellnerinnen im Schützenzelt waren teilweise nicht mehr durchgekommen, die Musik war dauernd abgeschaltet worden, weil die Polizei das Zelt für überfüllt erklärt hatte, und die Toiletten waren übergelaufen.

Als das Madl von Kasdorf einmal aufgestanden war, um sich die Beine zu vertreten, waren die beiden Freunde zusammengerückt.

»So schön es hier ist«, hatte Kasdorf gegen den horrenden Lärmpegel angeschrien, »aber irgendwie sehnt man sich einmal nach einem Ort auf der Welt, wo es einsam ist und die Luft rein, wo man nachdenken kann und wo man in Ruhe pissen kann, ohne von den Nachrückern an die Rinne geschubst zu werden.«

»Du hast vollkommen Recht«, pflichtete Lehn ihm bei. »Alles hat seine Zeit, wie unsere Schwuchtel in Hamburg so richtig gesagt hat. Vielleicht sind auch wir für das Oktoberfest zu alt geworden.«

Ihm war diese unterschwellige Sehnsucht nach Ruhe und Besinnlichkeit auch nicht ganz fern. Auch er sehnte sich danach, einmal etwas ganz anderes zu machen, als auf St. Pauli das Zuhältermilieu zu beobachten und die drohenden Auseinandersetzungen zwischen Kosovo-Albanern und Wiener Zuhältern möglichst rechtzeitig zu entschärfen, bevor es Tote gab.

So war auf dem Oktoberfest im Herbst des vergangenen Jahres der Gedanke geboren, sich eine Auszeit zu nehmen und ans Ende der Welt zu fahren, dorthin, wo Einsamkeit, Ruhe und Frieden es einem ermöglichten, zu sich selbst zu finden. Auf dem Oktoberfest wäre diese Sinnsuche sicherlich nicht möglich gewesen. Hinzu kam, dass sie beide in ihren Berufen an einem Punkt waren, wo voller Einsatz gefordert wurde und wo bei den jetzigen Anforderungen abzusehen war, dass in den nächsten Jahren keine Zeit für eine längere Reise bleiben würde. Lehn hatte seinen Jahresurlaub, sein prallgefülltes Überstundenkonto und gut die Hälfte seines Bildungsurlaubs geopfert. Kasdorf war in der Warteschleife, die Filiale in Gunzenhausen zu übernehmen, sodass seine Auszeit seinem Arbeitgeber nicht ungelegen kam.

So saßen Harry Lehn und Sepp Kasdorf jetzt in der Maschine von Cathay Pacific Airlines nach Kathmandu in Nepal. Sie hatten in Frankfurt eingecheckt. Zum Verdruss von Lehn war Rauchen verboten.

Lehn verstand nicht, warum die Menschen sich diese Bevormundung gefallen ließen, nicht rauchen zu dürfen. Die

Nazis und später die DDR hatten auch die Menschen in ihrem Verhalten bevormunden wollen, wobei es gar nicht um das Rauchen gegangen war. Heute waren die Grünen auf dem gleichen Kurs.

»Spießige Bande!«, murmelte Lehn. Natürlich durfte es nicht zu einer Belästigung derjenigen kommen, bei denen Zigarettenrauch Übelkeit hervorrief. Aber er fragte sich, ob die Geruchsbelästigung von Schweißfüßen, Achselschweiß und gewissen Parfums besser war, und ob nicht der Rauch, diese menschlichen Ausdünstungen gnädig kaschieren konnte.

Kathmandu hatten sie sich als Ziel auserkoren. Kathmandu stand für Fremde, Erlebnisurlaub, einfach für alles, was die Lüneburger Heide oder Rügen nicht boten. Ein Kontrastprogramm. Kontrast pur!

Sie waren zum Zerreißen gespannt, was sie erwartete. Denn ihr Ziel war ja nicht Kathmandu, sondern das Himalaja. Jenes Reich der weißen Majestät. Dieses Gebirge, das letztlich das letzte Refugium war, wollte man der Internetgesellschaft entfliehen. Genauer gesagt war ihr Ziel der heilige Berg Kailash. Die Idee war, den Berg zu Fuß zu umrunden, was immerhin einen Fußmarsch von über fünfzig Kilometern in ziemlicher Höhe bedeutete.

Alles war von Deutschland aus über eine Trekking-Agentur in Kathmandu gebucht. Die Agentur, so hatten sie sich im Internet abgesichert, galt als absolut spitze, was Service, Reisevorbereitung, Beschaffung der Trekking-Permits und das Auto betraf, das sie an den Fuß des Reiches der Achttausender bringen sollte.

Der Airbus setzte sanft auf der Piste des Kathmandu International Airport auf.

»Gekonnt«, rief Sepp Kasdorf Lehn zu und tat so, als prostete er dabei dem Pilot zu. Doch die Gläser waren längst leer und teilweise abgeräumt.

Sie verließen die Maschine über den Finger, ließen die Einreiseschikanen geduldig über sich ergehen und verließen dann das Flughafengebäude.

»Die Luft«, sagte Lehn begeistert. »Atme die Luft ein. Riecht man nicht schon den Schnee des Himalaja?«

Sepp Kasdorf stimmte nur bedingt zu, denn gerade fuhr ein Bus an ihm vorbei, dessen Abgase er voll ins Gesicht bekam. Er musste husten.

Ein Taxi brachte sie zu ihrem Hotel, in dem die Agentur gebucht hatte. Das Hotel hatte den für Nepal treffenden Namen »Yak & Yeti«. Allein die Fahrt durch die Stadt war schon ein Erlebnis. Es wimmelte auf den Straßen von Menschen, den abenteuerlichsten Fahrzeugen und abstrus vielen Mopeds und Fahrrädern. Lehn und Kasdorf konnten sich nicht sattsehen an dem Bild von Leben, das sich ihnen bot.

Als sie einen ziemlich großen Platz passierten, murmelte der Taxifahrer: »Durbar Square. Center of Kathmandu!«

»Thanks for info«, bedankte sich Lehn und fragte, ob es noch weit zum Hotel sei.

Der Fahrer schüttelte den Kopf.

Tatsächlich bog der Fahrer wenig später in eine kleine Nebenstraße und stand schon vor dem Hoteleingang des Hotels »Yak & Yeti«.

Nachdem sie ihre Zimmer bezogen hatten, zog es sie gleich wieder hinaus in das Gewimmel der Straßen. Es war faszinierend. Jetzt, kurz nach 18 Uhr, schien es, als seien alle Einwohner Kathmandus unterwegs per Fahrrad, Moped oder zu Fuß. Die Menschen waren wie Farbtupfer in einer dunkelgelbfarbigen Umgebung, was wohl an der Ockerfarbe des Lehms lag, aus dem die Häuser gebaut waren. Lehn und Kasdorf ließen sich treiben, benebelt von den Gerüchen der Garküchen, die an den Straßenrändern stark frequentiert wurden, und betäubt von dem ohrenbetäubenden Lärm, hervorgerufen von dem ständigen Hupen der Autos und dem Krach der Busse mit ihren altersschwachen Dieselmotoren, die wohl noch nie einen TÜV gesehen hatten, geschweige denn je sehen würden.

Sie ließen sich in der Menge treiben und erreichten die Dharma Path Road und kurz darauf den berühmten Gemüsemarkt.

Die Fülle und Farbenpracht war einfach umwerfend für einen Europäer.

Zurück ging es dann durch die legendäre Freak Street, die so überfüllt war, dass die Menschen sich durch die Garküchen und Verkaufsstände nur so schoben.

Langsam spürten sie Hunger. Sie fanden ein kleines Lokal, das ganz nett aussah. Das Essen war gewöhnungsbedürftig aber einige San-Miguel-Bier trösteten sie über das schlechte Essen hinweg. Als sie ihr Hotel erreichten, waren sie so geschafft, dass sie selbst auf einen abschließenden Besuch an der Hotelbar verzichteten.

Am nächsten Morgen wurde es ernst. Sie hatten sich bei der Trekking-Agentur angemeldet, bei der sie von München aus gebucht hatten. Die Agentur lag an der New Road, die etwas moderner war und ansatzweise an europäische Geschäftsstraßen erinnerte. Nach gut vierzig Minuten Fußmarsch standen sie vor der »Himalaja Trekking Agency Ltd«. Von außen machte der Laden einen honorigen Eindruck. Erleichtert betraten sie den Laden.

Die Innenausstattung war das genaue Gegenteil der etwas moderneren, westlich anmutenden Außenfassade. Die Räume waren völlig vollgemüllt mit allem, was das Herz eines Trekkers begehrte: Trekkingschuhe, Essgeschirre, Seile in allen Farben, Haken, kleine zusammenschiebbare Aluleitern, ganze Zelte, Atemgeräte und Winterkleidung in allen Farben und Größen stapelten sich über- und untereinander. Es war unbeschreiblich, aber in gewisser Weise auch ein Traum.

Ein indischer Angestellter begrüßte sie ausgesprochen höflich. Erstaunlich schnell hatte er den Vorgang mit der Bestellung aus München zur Hand.

»Mr. Kasdorf«, sagte er und wandte sich Lehn zu, der dieses kleine Missverständnis aber höflich übersah. »Sie wollen mieten einen Toyota, Wanderstiefel, Thermohosen, Wetterjacken, zwei Schlafsäcke, zwei Rucksäcke mit Inhalt, ein Zelt inklusive Luftmatratzen, ein Satellitentelefon und ein GPS. Doch GPS-Gerät ist in Toyota eingebaut. Sie brauchen es doch nicht doppelt? Oder wollen Sie auch richtig trekken? Zu Fuß, meine ich?«

»Doch«, antwortete Lehn. »Wir wollen doch am Berg Kailash zu Fuß wandern, da brauchen wir ein mobiles GPS.«

»Ah«, antwortete der Inder, wobei ein Grinsen über sein Gesicht huschte. »Sie sind Kenner, wahre Trekker, nicht nur so Salontouristen. Gut! Aber langer Weg bis zum Kailash. Toyota bringt Sie dort rauf. Über Urai Pass nach China und dann links auf den Highway 219. Nach einigen Kilometern geht dann die Straße zum Kailash ab. Visum für eine Woche bekommen Sie oben an Grenze!«

Der Inder kramte jetzt in einem Wust vor Formularen. Schließlich zog er eines heraus. »Mietvertrag für Toyota«, sagte er und legte Lehn das Papier vor. »Bitte hier unterschreiben.« Er deutete auf ein umrandetes Kästchen unten rechts auf der Seite.

Lehn überflog den Vertrag. Er verstand gar nichts, außer dass der Vertrag auf Josef Kasdorf ausgestellt war.

»Mein Freund muss unterschreiben«, meinte er und deutete auf Kasdorf.

»Ach, Sie sind Mr. Kasdorf«, entschuldigte sich der Inder. »Konnte nicht wissen.«

Kasdorf unterschrieb. »Wollen Sie meine Driving Licence sehen?«

Der Inder winkte verächtlich ab. »Wissen Sie, Mr. Kasdorf. Ob hier jemand einen Führerschein hat oder nicht, ist völlig egal. Er muss nur einen Toyota unter extremen Verhältnissen lenken können. In der Stadt genauso wie auf dem Land, und schon gar oben im Himalaja. Von Ihrem Können als Fahrzeuglenker hängt von jetzt an Ihr Leben ab. Die Straßen sind, wenn sie nicht asphaltiert sind, unberechenbar. Vor allem bei Regen, denn die Reifen finden bei dem kleinsten Gefälle auf dem schmierigen Untergrund keinerlei Halt.«

»Sie können beruhigt sein«, schaltete sich Lehn in die Unterhaltung ein. »Mein Freund und ich können einen Toyota sicher fahren. Wir bringen Ihnen das Fahrzeug heil zurück.«

»Habe keine Sorgen«, sagte der Inder lächelnd. »Sonst zahlt Versicherung. Und nun bitte um Ihre Kreditkarte und tausend Dollar Depot. Wie vereinbart.«

Da das abgesprochen war, reichte ihm Kasdorf seine AMEXCO-Karte und blätterte tausend US-Dollar in bar auf den Tisch.

Lehn wollte wissen, wo der Toyota übergeben wurde.

»Hinten auf Parkplatz«, sagte der Inder. »Ich zeige Ihnen. Folgen Sie mir!«

Zu dritt gingen sie in Richtung Hinterausgang. Über der Tür war ein großes Schild angebracht, auf dem ein langer Text stand. Interessiert blieb Lehn stehen und las:

»Die Berge des Himalaja bestehen nicht nur aus sonnendurchfluteten Hängen, aus atemberaubenden Bergzinnen, aus gleißenden Firnfeldern und aus schneebedeckten Gipfeln, die den Himmel zu berühren scheinen. Die Berge entwickeln auch todbringende Energien in Form von Lawinen, Steinschlag, Geröll und Wetterstürzen. Der Mensch ist diesen Energien allein ausgeliefert, weil er in den unendlichen Höhen und Hochtälern nicht mit Hilfe rechnen kann. Ist die Route des Menschen nicht bekannt, kann ihm nicht geholfen werden. Er muss sich selber helfen, sonst ist er verloren.«

»Das kann einem zu denken geben«, sagte Lehn, als er zu Ende gelesen hatte.

»Ja«, meinte der Inder. »Wir haben diese Tafel extra hier aufgehängt, weil wir feststellen, dass immer mehr Menschen hierherkommen, die sich völlig überschätzen. Das Himalaja-Gebirge ist mit seiner Natur so gewaltig, dass der Mensch sich nur mit Demut ihm nähern kann. Tut er es nicht, ist er unweigerlich verloren. Tot! Aus!« Der Inder machte eine Geste, als würde sein Kopf abgehackt.

»Schon gut«, meinte Kasdorf, dem das Theatralische nicht so lag.

Der Inder verließ den Laden durch die Hintertür, die auf den hinteren Parkplatz führte.

»Auch wir nähern uns dem Himalaja in Demut«, pflichtete Lehn dem Inder bei, der etwas zurückgeblieben war, und fügte dann hinzu: »Aber auch mit einer gewissen Eile, denn wir wollen und müssen in drei Wochen zurück sein. Dann geht unser Flugzeug nach Deutschland zurück. Unser schöner Urlaub ist zu Ende, und die Maloche beginnt wieder.«

Der Inder hatte offenbar nur wenig verstanden. So ging er ohne zu antworten auf einen silberfarbenen Toyota zu, der zwischen anderen Fahrzeugen auf dem Hof abgestellt war.

»Ihr Toyota«, sagte er höflich und öffnete die Fahrertür. »Die übrigen Sachen haben wir schon in den Kofferraum gelegt.«

Lehn und Kasdorf bedankten sich bei dem freundlichen Angestellten, versicherten noch einmal, die Karre unversehrt zurückzubringen, öffneten die Seitenscheiben und legten den Rückwärtsgang ein, um aus dem engen Hof herauszukommen.

Der Inder verbeugte sich höflich und wünschte noch einmal einen schönen und ereignisreichen Urlaub.

Keiner der drei Anwesenden, die auf diesem engen Hinterhof der Firma Himalaja Trekking Agency Ltd. versammelt waren, konnten in diesem Augenblick wissen, dass das Wort »Urlaub« für die Zeit, die ihnen bevorstand, nicht ganz die richtige Bezeichnung war.

# Kapitel 2

Am nächsten Morgen ging es los. Zünftig um sechs Uhr, wie Sepp Kasdorf gefordert hatte. Das kostete zwar Schlaf, ermöglichte aber eine besinnliche Fahrt durch das noch nicht ganz aufgewachte Kathmandu. Da sie sich nur bedingt auf den wenigen Straßenverkehr konzentrieren mussten, sahen sie im Vorbeifahren den Tempel Seto Macchendranath, genossen den noch ziemlich leeren Durbar Square und wandten sich dann Richtung der Ausfallstraße nach Süden. Kolonnen von voll beladenen Lastwagen kamen ihnen entgegen. Viele mit Holz beladen.

»Für die Scheiterhaufen, zum Verbrennen der Toten«, meinte Sepp Kasdorf.

Lehn lief es kalt über den Rücken. Aber nicht lange, denn es wurde zunehmend wärmer.

Ihr Tagesziel war Lumbini, die Geburtstätte von Siddharta Gautama.

Bei ihrer Reiseplanung waren sie sich einig geworden, dass ein Besuch der Geburtsstätte von Buddha mit dem Heiligen Garten ein absolutes Muss war. Beide hatten sie das Buch von Hermann Hesse verschlungen, und je mehr sie sich nun dem Geburtsort von Siddharta näherten, umso eingebundener in die Lehren des Mahayana-Buddhismus fühlten sie sich.

»Was sagt dir diese Art des Buddhismus?«, fragte Lehn.

»Ich erinnere mich, dass die Buddhisten an die Wiedergeburt glauben. Man kann mit vielen guten Taten das nächste Leben verbessern. Die nennen das Karma. Irgendwo am Ende ist dann das Nirwana, was wohl unserem Paradies nahekommt.«

Dass sie sich in der Zeit verschätzt hatten, wurde ihnen schon mittags klar. Auf Grund der schlechten Straßen, dem hohen Verkehrsaufkommen und der Menge der Lastwagen hatten sie mittags gerade einmal zweihundert Kilometer geschafft.

»Na, das fängt ja gut an«, meinte Lehn. »Aber wir haben wenigstens so diesen Teil von Nepal und den Pokhara Highway kennengelernt.«

»Lass uns in Gorkha übernachten«, meinte Lehn nach dem Studium der Karte.

Gorkha entpuppte sich als ein historischer Ort. Majestätisch über dem Zentrum lag der Palast. Dem Reiseführer entnahmen sie, dass an diesem Ort irgendeine tantrische Göttin residierte. Aber Lehn und Kasdorf waren zu müde, um zu dem Palast hochzuwandern.

Als sich am nächsten Morgen der Nebel lichtete, sahen sie am Horizont die weiße Kette der Achttausender. Der Anblick war umwerfend. Dafür war die Fahrt nach Lumbini weniger spektakulär, um nicht zu sagen ziemlich langweilig.

Am späten Nachmittag kamen sie an. Lumbini gab eigentlich auch nichts her. Wenn nicht Buddha dort geboren wäre, hätte sicherlich niemand Station gemacht. So standen einige Busse herum, und eine überschaubare Zahl von Touristen trottete durch die Gassen.

Noch vor Einbruch der Dunkelheit besichtigten Kasdorf und Lehn den Heiligen Garten von Bodhgaya, in dem Siddharta Gautama geboren worden war. Um einen Moment nachzudenken, setzten sie sich auf eine Bank unter einem der vielen Feigenbäume. Lehn zündete sich eine Zigarette an.

»Musst du gerade hier rauchen?«, fragte Kasdorf.

»Ich gehöre zu den Menschen, die mit einer Zigarette besser aussehen«, erwiderte Lehn trocken.

Während der nächsten beiden Tage lernten sie die Fahreigenschaften ihres Toyotas kennen. In der Ebene zwischen Butwal und Chisapani war die Straße noch einigermaßen in gutem Zustand. Dann aber bogen sie nach Norden in Richtung Urai-Pass. Die kurvenreiche Straße wand sich langsam höher ins Gebirge. Es ging an steilen Hängen entlang, die immer mehr von riesigen Rhododendrenbäumen bewachsen waren. Manchmal waren die Rhododendren so dicht, dass es wie ein Wald war. Zwischendurch aber gab es immer wieder Ausblicke auf die schneebedeckten Berge, die langsam näher kamen.

Lehn und Kasdorf waren fasziniert von der Natur. Immer wieder sprachen sie darüber, wie richtig die Entscheidung gewesen war, nach Nepal zu fahren und diese Natur zu erleben.

Ihr Reiseführer hatte zwischenzeitlich die Beschreibung eingestellt. Der Herausgeber hatte sich wohl nicht vorstellen können, dass man bis in diese entlegenen Ecken der Welt vordringen konnte.

Sie kamen durch zahlreiche Dörfer. Manchmal, wenn es Klöster gab, hielten sie an. Mit ihren Gebetsfahnen und den Glöckchen, die im Wind bimmelten, übten sie eine starke Faszination aus. Die klare Luft tat ein Weiteres. Nicht nur einmal hatten Lehn und Kasdorf das Gefühl, mit etwas Überirdischem konfrontiert zu sein.

Am dritten Tag näherten sie sich dem Urai-Pass. Der Zustand der Straße war schon den ganzen Vormittag erbarmungswürdig gewesen. Einige Lastwagen quälten sich die Passstraße hinauf. An ein Überholen war nicht zu denken. Doch meistens hatten die Fahrer ein Einsehen und ließen den Toyota an Ausweichstellen vorbei. Glücklicherweise war der Gegenverkehr gering. Aber es waren nicht nur Steigungen zu bewältigen. Kilometerlang ging es durch Hochtäler, die hauptsächlich aus Geröll und vereinzelten kleinen Seen bestanden.

Inzwischen machte sich bei beiden die Höhe unangenehm bemerkbar, was nicht verwunderlich war, denn sie mussten inzwischen über dreitausend Meter hoch sein. Vielleicht auch höher. Jedes Mal, wenn sie den Wagen verließen und ein paar Schritte gingen, mussten sie erst einmal ihre Pumpe zur Ruhe bringen.

Vielleicht zwei Kilometer vor der eigentlichen Grenzstation am Urai-Pass passierten sie das »Himalaja Inn«, ein Resthouse, das eher eine Mischung aus Tankstelle, Kneipe und alter Karawanserei war. Nach der Menge der parkenden PKWs und LKWs zu urteilen, ging in dem Resthouse die Post ab. Lehn wollte anhalten und etwas trinken, aber Kasdorf winkte ab. Er hatte sicher Recht, denn auf der chinesischen Seite der Grenze lagen vor ihnen noch viele Kilometer bis zum nächsten Ort. Und man wusste nicht, wie lange sie von den Grenzbeamten aufgehalten werden würden.

Die erste große Enttäuschung auf dieser Reise kam schneller als erwartet. Schon nach vielleicht einem Kilometer hinter dem Resthouse war die Straße mit Lastwagen verstopft. Da sich die Straße in einer leichten Linkskurve vor ihnen am Hang entlangschlängelte, konnte man unschwer erkennen, dass es bis zur Grenze einen Stau von mehr als einem Kilometer gab. Hauptsächlich Lastwagen, manchmal aber auch Personenwagen dazwischen. An ein Weiterkommen war jedenfalls nicht zu denken.

Lehn schaute Kasdorf fragend an. »Was machen wir jetzt?«

Kasdorf zuckte mit den Schultern. »Einer von uns sollte zu Fuß zur Grenze gehen und sich umsehen, was der Grund für diesen Stau ist.«

Das war aber nicht nötig, denn zufällig erschien ein nepalesischer Zollbeamter, der auf Nachfrage in ziemlich gutem Englisch erklärte, dass die Grenze von den Chinesen geschlossen worden sei.

»Und warum?«, fragte Kasdorf entgeistert.

»Wie üblich«, antwortete er, »tibetanische Unruhen. Dann machen sie die Grenze einfach dicht.«

»Und für wie lange?«

Der Nepalese zuckte mit den Schultern. »Einen Tag, zwei Tage, vielleicht auch eine oder zwei Wochen. Keiner weiß es. Am wenigsten wir vom nepalesischen Zoll. Uns sagen die gar nichts.«

»Was würden Sie uns raten?«, unterbrach Lehn.

»Fahren Sie zurück zum ›Himalaja Inn‹«, sagte er. »Es ist immer noch besser, irgendwo ein Bett zu haben, als hier eine Woche in der Schlange zu stehen, im Auto zu schlafen und sich das Essen aus dem Resthouse holen zu müssen. Noch ist kein Lastwagen hinter ihnen, der sie blockiert.«

Lehn blickte in den Rückspiegel. Die Straße hinter ihnen war tatsächlich noch frei.

»Nichts wie weg hier«, sagte er zu Kasdorf, haute den Rückwärtsgang rein und setzte den Wagen bis zu einer Stelle zurück, wo man drehen konnte.

Beim Resthouse angekommen, parkte er den Toyota auf einem der letzten Parkplätze. Die Kapazität des Parkplatzes ging offensichtlich zur Neige.

Sie betraten das Resthouse. Was sie erwartete, war unvorstellbar. Drinnen tobte das pralle Leben. Eine dicke rauchgeschwängerte Luft hing wie bläulich wabernder Nebel unter der Decke. Es roch nach einem Gemisch von Schweiß, Gewürzen, Knoblauch, Motoröl, sonstigen menschlichen Ausdünstungen, Zigarren, Pfeifen und dem eher betäubenden Rauch von Räucherkerzen. Der Fußboden, der wohl aus Kieferndielen bestand, war kaum zu erkennen, da überall etwas herumlag. Es war kein Resthouse, sondern eher eine Karawanserei voll von Lastwagenfahrern, Touristen, Familien, die nach China wollten, buddhistischen Mönchen in ihren roten Kutten und fliegenden Händlern, die auf Pappkartons saßen, in denen wohl ihre Ware verstaut war. Dazwischen einige nepalesische Zollbeamte und Grenzpolizisten, die aufgrund der geschlossenen Grenze arbeitslos waren und wie Falschgeld herumgingen. In dem ganzen Gewusel spielten einige Hunde. Selbst eine kleine Ziege hatte sich durch die offenstehende Tür gedrückt, stand verloren vor dem Tresen und schaute interessiert zu, wie Unmengen von Bier ausgeschenkt wurden.

Der Raum war erstaunlich groß. Die Decke wurde von mehreren Holzpfeilern gestützt. An den Wänden standen Tische. In der Mitte lagerten Waren, Rucksäcke und die sonstigen Habseligkeiten der Gäste.

Kasdorf und Lehn fanden an einem Tisch Platz, an dem schon zwei Lastwagenfahrer, ein buddhistischer Mönch und ein Polizist saßen sowie eine Frau, die zu niemandem zu gehören schien.

Nach der Begrüßung versuchten sich Lehn und Kasdorf in das allgemeine Gespräch einzufädeln. Da alle Nepali sprachen, gelang das nur zögerlich. Aber schließlich hatten es Kasdorf und Lehn mit Liebenswürdigkeit und einigen Runden Freibier geschafft, dass sich alle bemühten, die Weltsprache Englisch anzuerkennen und in dieser Sprache zu kommunizieren. Das war bei den Lastwagenfahrern und dem Polizisten ein geringes Problem, bei dem Mönch war es schwierig und bei der Frau unmöglich. Der Polizist musste ihren mehr als spärlichen Beitrag zur Unterhaltung übersetzen.

Nach zwei Stunden intensiver Gespräche, in die auch andere Gäste einbezogen worden waren, war herausgekommen, dass eigentlich niemand wusste, warum die Grenze geschlossen war. Es gab nur Gerüchte. Diese reichten von einer Revolution in Tibet über den Tod des Dalai Lamas bis zu Erdrutschen auf der chinesischen Seite der Passstraße, die aber nicht so schnell beseitigt werden konnten, weil das schwere Gerät erst wie immer von Paryang herangekarrt werden musste, was eben dauern würde. Wo eigentlich Paryang lag, darauf konnte man sich nicht mit Sicherheit einigen.

Auf Deutsch sagte Kasdorf zu Lehn: »Ich habe das Gefühl, dass mit der Entfernung von der Zivilisation die Vielzahl der Gerüchte im Quadrat steigt.«

»Das Gefühl habe ich auch!«, pflichtete Lehn ihm bei. »Aber wie blöd diese Sperrung der Grenze für uns auch ist – allein diese Karawanserei zu sehen, zu erleben, hier zu sitzen und diese Raupensammlung von Menschen beobachten zu können, ist eigentlich schon die weite Reise wert. Genauso muss es vor hundert oder zweihundert Jahren gewesen sein, wenn man gedanklich die Mercedestrucks durch Yaks und Mulis ersetzt.«

Lehn kam der Gedanke, die Einheimischen zu fragen, ob es keinen anderen Weg nach China gab.

Der Polizist berichtete von einem Pass namens Nanga-La, der gut zweihundert Kilometer weiter östlich lag. Die Grenze dort oben würde nicht sonderlich streng kontrolliert, ganz im Gegensatz zu den Kontrollen am Urai-Paß.

»Aber da kann man nur mit einem PKW mit Vierradantrieb oder einem kleinen LKW rüber«, unterbrach einer der Lastwagenfahrer.

Der andere Lastwagenfahrer nickte zustimmend und erzählte dann, dass die Straße zu dieser Jahreszeit passierbar sei. Die Fahrt sei atemberaubend schön, aber eben schon ein echtes Abenteuer. Die Anstrengung würde sich aber lohnen, da man ständig den Bergen ganz nah sei.

»Und warum ist die Straße nur jetzt passierbar?«, wollte Kasdorf wissen.

Der Lastwagenfahrer grinste. »Es fehlen die Brücken über die Bäche und Flüsse«, erklärte er. »So einfach ist das! Nach heftigen Regenfällen oder gar bei Föhneinbrüchen führen die Bäche so viel Wasser, dass man nicht mehr durchkommt. Ja, so ist das hier nun einmal im Himalaja!«

Nachdem Kasdorf die Autokarte aus ihrem Toyota geholt hatte, bat er den Lastwagenfahrer, die Strecke einzuzeichnen.

Dieser erklärte, man müsse zuerst nach Simikot zurückfahren, dann Richtung Darma. Dort links abbiegen über Nepka, Lapchachaur und dann hoch zum Nanga-La-Pass. Auf der chinesischen Seite träfe man kurz vor Punsum auf den Highway 219. Das sei ein Höllenritt, aber einmalig, was die Natur betreffe.

Lehn und Kasdorf bedankten sich, falteten die Karte zusammen und erhoben sich von ihren Stühlen.

Beim Verlassen des Raums fiel Lehns Blick auf einen Wandkalender. Es war noch einer dieser alten Kalender der italienischen Reifenfirma Pirelli, mit denen die Italiener offenbar alle Tankstellen der Dritten Welt überschwemmt hatten. Zur Freude der männlichen Kundschaft, denn die Kalenderblätter zierten immer besonders schöne und vor allem leicht bekleidete Frauen. Irgendjemand hatte dieses Exemplar mit einem schäbigen, aber aktuellen Abreißkalender bestückt. Das Blatt zeigte Montag, den 21. Mai.

Sie traten nach draußen. Nach den betäubenden Gerüchen in dem Resthouse tat die kalte, aber klare Luft gut. Sie ermöglichte ihnen, wieder klarer zu denken.

# Kapitel 3

Montag, 21. Mai, 7 Uhr morgens
Frankfurter Flughafen, East Wing, Terminal 2, Ebene 4
Büro von CARGO AND MORE

Auf dem Frankfurter Flughafen wurden gegen sieben Uhr morgens an diesem 21. Mai der Chef des Frachtterminals und zwei Vorarbeiter, verantwortlich für die Frachtentladung und die Einlagerung der ankommenden Fracht, dringend zu ihrem Chef, Klaus Niebuhr, gerufen, der im Verwaltungstrakt auf der vierten Ebene des Terminals 2 sein Büro hatte.

Es waren Felix Habermann, Chef des Frachtterminals, und die Vorarbeiter Dieter Wollweber und Eugen Holtkötter.

Nach mehreren gefühlten Kilometern Fußmarsch erreichen die drei die Verwaltungsebene des Flughafens, wo sie sich im Zimmer 258 melden sollten.

Ihr Vorgesetzter begrüßte sie und bat sie, Platz zu nehmen.

Sie waren zu fünft in dem kleinen Büro. Die Luft war schon am frühen Morgen stickig. Außer Niebuhr hielt sich von Anfang an ein weiterer Mann im Raum auf, der offensichtlich gelangweilt an der Wand lehnte. Dieser Mann murmelte nur eine kurze Begrüßung, hielt sich sonst aber im Hintergrund.

Niebuhr klärte die drei Mitarbeiter über den Grund der Unterredung auf.

»Ich habe Sie zu dieser Besprechung gebeten, weil Polizeirat Brinkmann von der Bundespolizei gleich ein paar Worte zu Ihnen sagen möchte.« Er deutete auf den Mann, der immer noch scheinbar gelangweilt an der Wand lehnte. »Zur Einführung möchte ich noch einmal, vor allem für das bessere Verständnis von Herrn Brinkmann, Ihre Tätigkeitsbereiche beschreiben. Herr Wollweber ist mit seinem Team für das Entladen der Frachtmaschinen verantwortlich. Hauptsächlich kleine Container, die in Form und Größe dem Flugzeugrumpf angepasst sind. Der Rest, der zu groß ist oder aus welchen Gründen auch immer nicht in Container passt, ist Stückgut. Herr Holtkötter ist mit seinem Team verantwortlich für die Einlagerung in den Lagerhallen und für die weiterführende Logistik. Jeder der beiden hat ungefähr fünfundzwanzig Mann unter sich.«

Polizeirat Brinkmann trat jetzt neben den Schreibtisch.

»Mein Name ist, wie Sie eben gehört haben, Brinkmann, von der Bundespolizei. Ich bin zu Ihnen gekommen, um mit Ihnen eine außergewöhnliche Aufgabe zu besprechen. Auch ich will mich kurz fassen, denn ich weiß, dass bei Ihnen die Zeit knapp und jede Minute verplant ist.« Er machte eine Pause. »Wie Sie vielleicht gehört haben, haben irgendwelche Abgeordneten des Bundestages beschlossen, die Deutsche Bundesbank zu zwingen, eine Inventur der Goldbestände durchzuführen. Inventur bedeutet nach HGB das Zählen, Begutachten und Aufnehmen der Dinge, die Gegenstand der Inventur sind. Zählen kann man aber nur, wenn man etwas zum Zählen hat. Der Haken ist, dass Teile der Goldbestände gar nicht bei uns in Frankfurt lagern, sondern bei den Zentralbanken in Paris, London und New York. Da kann man also keine Inventur machen, denn die FED würde sich bedanken, wenn irgendwelche deutschen Buchhalter dort erscheinen würden, um die einzelnen Goldbarren zu zählen und wohlmöglich auch noch zu wiegen. Also muss das Zeug nach Frankfurt gebracht werden. Wohl nicht alles. Aber wenigstens ein repräsentativer Teil. Es stellt sich nun die Frage, wie man diese Goldbarren transportiert. Da, wie wir alle wissen, Deutschland von Amerika durch den Atlantik getrennt ist, muss man also ein Schiff oder ein Flugzeug bemühen. Interessant ist in diesem Zusammenhang, dass die Franzosen einen Teil ihrer Goldbestände, die bei der FED lagerten, mit einem U-Boot abholten. Bei uns ist das anders. Unsere Bundesbank zieht den Transport per Flugzeug vor. Und da sind wir schon bei unserem Problem angekommen. Wir bekommen nämlich Mitte Juni einen Goldtransport mit einer Airbus Frachtmaschine A 310-200 aus New York. Geplant sind dreißig Tonnen in Barren. Alles London-Good-Delivery-Standard. Heutiger Wert: knapp eine Milliarde

Euro. Ein solcher Goldschatz weckt natürlich in zwielichtigen Kreisen gewisse Begehrlichkeiten, wie Sie sich vorstellen können.«

Alle Zuhörer nickten. Offensichtlich konnten sie sich das auch vorstellen.

»Ich bin heute zu Ihnen gekommen«, fuhr Brinkmann ernst fort, »um das gesamte Umfeld des Frachtterminals zu durchleuchten. Vor allem die Kollegen von Ihnen, die die Entladung vornehmen und die Weiterverladung der Barren koordinieren.«

»Da sind Sie«, unterbrach Niebuhr, »bei den drei Herren richtig.«

Etwas unwirsch über die Unterbrechung fuhr Brinkmann fort: »Ich brauche von Ihnen eine genaue Aufstellung der Arbeiter, die in Ihren beiden Teams arbeiten. Und von Ihnen«, wandte Brinkmann sich an Habermann, »brauche ich die Personalunterlagen von jedem Arbeiter der Teams der Herren Holtkötter und Wollweber.«

»Kein Problem«, entgegnete Habermann hilfsbereit.

Wollweber und Holtkötter nickten auch.

»Und wann erwarten Sie die Maschine aus New York?«, fragte Habermann.

Brinkmann zögerte mit der Antwort. Es war ihm überhaupt anzumerken, dass er so wenig wie möglich die Hosen herunterlassen wollte. Aber da er etwas sagen musste, um die Vorbereitungen nicht zu behindern, nannte er den 14. Juni. Plus/minus zwei Tage.

Habermann, der das Problem viel pragmatischer anging, schlug vor, dass man erst einmal den 14. Juni für die Ankunft der Maschine aus New York einplanen solle. Ideal sei eine Ankunftszeit gegen elf Uhr morgens, meinte er, um genug Zeit zu haben, die Ladung zur Bundesbank zu transportieren.

Das erregte den Widerspruch von Holtkötter. Das sei nicht möglich, da die Frachtmaschinen aus New York ganz früh morgens oder spät abends ankämen. Wegen der Zeitverschiebung.

»Dann haben wir also das erste Problem!«, gab Polizeirat Brinkmann zu. »Der Haken nämlich ist, dass die New Yorker darauf bestehen, dass aus Sicherheitsgründen die Frachtmaschine gleich nach der Beladung den JFK Airport verlässt, was bedeutet, dass die Maschine in Deutschland gegen fünf Uhr in der Nacht landet. Und dieser Forderung müssen wir Rechnung tragen.«

»Müssen wir nicht«, unterbrach Niebuhr. »Dank unserer grünen Politiker haben wir hier in Frankfurt seit Neuestem ein rigides Nachtflugverbot. Wir brauchten also eine Ausnahmegenehmigung für eine Landung vor sechs Uhr morgens, und die werden wir wohl kaum bekommen.«

»Scheiße«, entfuhr es Brinkmann. »Diese Grünen sind der Untergang unserer Gesellschaft. Es ist wie bei den Nazis oder in der DDR. Mit ihrer borniertenKleinbürgerlichkeit und ihrem Gutmenschentum versuchen sie jeden Fortschritt kaputtzumachen, um ihre spießige Sicht der Dinge den liberal denkenden Menschen aufzuzwingen.«

»Wir könnten«, sagte Niebuhr nach einigem Nachdenken, »die Maschine auf einem anderen deutschen Flughafen zwischenlanden lassen, wo die Nachtflugauflagen nicht so rigide sind und wo man eine Ausnahmegenehmigung bekommt. Was halten Sie von Hamburg?«

»So machen wir das!«, entschied Brinkmann spontan. »Wir lassen die Maschine in Hamburg zwischenlanden, lassen sie auftanken, und CARGO AND MORE soll die Besatzung austauschen, da die Piloten vielleicht sonst zu lange im Dienst sind, was gegen die Ruhezeitenregelung verstößt. Das hätte den zusätzlichen Vorteil, dass man durch die Zwischenlandung in Hamburg hier in Frankfurt verschleiern kann, dass die Maschine in Wirklichkeit aus New York, vom JFK Airport, kommt. Die neue Besatzung kann dann in aller Ruhe in Hamburg gegen zehn Uhr morgens abfliegen, um kurz nach elf Uhr hier zu landen. Dann könnten die Entladung und der anschließende Transport zur Bundesbank sofort beginnen. Wir werden dann die ganze Aktion mit Beamten vom MEK absichern.«

»Was brauchen Sie also genau?«, wandte sich Niebuhr an Polizeirat Brinkmann.

»Zwei Listen von Herrn Wollweber und Herrn Holtkötter, auf denen die Namen der Arbeiter vermerkt sind, die am Tag der

Ankunft der Maschine dort im Frachtbereich arbeiten, wobei wir heute vom 14. Juni ausgehen. Wir geben Ihnen 24 Stunden vor der endgültigen Ankunft Bescheid. Dann können Sie die Liste aktualisieren, falls einer der Arbeiter krank geworden ist und durch einen anderen ersetzt wurde. Auf jeden Fall müssen Sie dafür garantieren, dass an der Entladung der Maschine nur Männer beteiligt sind, die von uns überprüft worden sind.«

»Klar doch«, antwortete Habermann. »Das kriegen wir hin!«

»Sie können ganz beruhigt sein«, sagte Wollweber. »Für meine Männer lege ich die Hand ins Feuer.«

»Das glaube ich Ihnen«, sagte Brinkmann. »Aber Vorsicht erspart dem Klugen die Reue!«, fügte er nachdenklich hinzu.

»Auf welchem Weg bekommen wir über das genaue Ankunftsdatum, Zeit und Flugnummer Bescheid?«, wollte Habermann wissen.

»Von mir persönlich«, sagte Brinkmann. »Ich werde hier vor Ort sein und alles koordinieren.«

»Das war es dann, meine Herren«, sagte Niebuhr zu Habermann, Wollweber und Holtkötter. »Halten Sie Ihre Augen auf. Vor allem erwarte ich von Ihnen, dass nichts über dieses Gespräch nach außen dringt. Es wäre nicht das erste Mal, dass etwas vorher durchsickert. Und das sollte in diesem Fall auf alle Fälle vermieden werden. Der Wert der Ladung ist einfach zu hoch, als dass uns Fehler unterlaufen dürfen. Sie verstehen, was ich meine?«

Habermann, Wollweber und Holtkötter nickten und erhoben sich.

Niebuhr begleitete sie zu Tür.

Nachdem die drei den Raum verlassen hatten, fragte Niebuhr den Polizeirat: »Und, was halten Sie von unseren Leuten?«

»Wir werden auch sie durchleuchten müssen. Wir können uns einfach keine Fehler leisten. Aber sie schienen mir ganz in Ordnung zu sein.«

# Kapitel 4

Polizeirat Brinkmann sollte sich geirrt haben. Sein erster Eindruck des Vorarbeiters Wollweber war falsch. Dieter Wollweber war ein sogenannter Schläfer.

Aufgewachsen in kleinbürgerlichen Verhältnissen in einer Kleinstadt im Vogelsbergkreis, war er mit achtzehn Jahren wahrscheinlich aus Liebeskummer vom rechten Weg abgekommen. Die Folgen waren Alkoholkonsum und schließlich Drogen. Danach war er abgetaucht und hatte sich schließlich im Islam wiedergefunden. Er war konvertiert und nannte sich ab sofort Ali Mursi. Als solcher schien er sein Glück gefunden zu haben. Alkohol, Drogen und Frauen waren Vergangenheit. Das gemeinsame Freitagsgebet war sein Inhalt geworden.

Sein Führungsoffizier Ahmed Bin Salid hatte ihm befohlen, auf dem Frankfurter Flughafen anzufangen, wo er auf seltsame Weise schnell einen guten Job bekommen hatte. Da Dieter Wollweber alias Ali Mursi nicht dumm war, war er bald zum Vorarbeiter aufgestiegen.

Die Bedingungen von Bin Salid für seine Hilfestellung bei der Jobsuche waren gewesen: Absolutes Schweigen über seinen Übertritt zum Islam und tägliche Berichterstattung über den ankommenden und hinausgehenden Frachtverkehr, insbesondere mit Ländern im Nahen Osten, besonders aber mit Israel, sowie über besondere Vorkommnisse.

So war Ali Mursi in seinem Berufsleben wieder zu Dieter Wollweber mutiert.

Die »besonderen Vorkommnisse« waren jetzt in der Tat gegeben. Sobald Dieter Wollweber zurück in seinem Büro und allein war, griff er zum Telefon, wählte die Nummer von Bin Salid und verabredete mit ihm ein Treffen in einem Lokal in Sachsenhausen, da er wichtige Neuigkeiten von seinem Arbeitgeber habe.

Das Treffen fand noch am frühen Abend im »Grünen Laub«, einem der größten Lokale in Sachsenhausen statt. Bin Salid hatte einen Tisch gewählt, der in der Nähe des Eingangs stand, aber außerhalb der Hörweite von anderen Tischen. Ali Mursi berichtete jede Einzelheit, die er und Holtkötter bei der Besprechung im Büro von seinem Chef Niebuhr gehört hatten. Man erwarte eine Airbus-Frachtmaschine aus New York mit dreißig Tonnen Gold. Wert: knapp unter einer Milliarde Euro.

Bin Salid stockte hörbar der Atem.

»Wäre das was für uns?«, fragte Ali Mursi alias Wollweber erregt.

»Warum nicht?«, antwortete Bin Salid, nachdem er die Nachricht einigermaßen verdaut hatte. »Es würde der Kasse unserer Bewegung jedenfalls gut tun. Und wir würden Allah zu Diensten sein. Meine Güte, knapp eine Milliarde Euro, und alle unsere Probleme wären für Jahre, wenn nicht für immer gelöst. Allein wenn man bedenkt, welche Waffensysteme wir uns kaufen könnten ...«

Er prostete Ali Mursi mit seinem »Äppelwoi«-Bembel zu.

»Wann soll der Transport nach Deutschland über die Bühne gehen?«

»Mitte Juni«, stotterte Wollweber, der erst langsam zu begreifen schien, was Bin Salid mit seiner Bemerkung angedeutet hatte. »Als Datum wurde der 14. Juni plus/minus zwei Tage genannt.«

Sie trennten sich. Bin Salid hatte Ali Mursi alias Dieter Wollweber zum absoluten Schweigen verdonnert.

Bin Salid hatte es eilig, in seine Einzimmerwohnung in Offenbach zu kommen. Er musste so schnell wie möglich diese Neuigkeit weitergeben. Er wählte eine Nummer, die für Notfälle reserviert war. Ohne einen Namen zu nennen, meldete sich eine männliche Stimme. Sie tauschten ein Kennwort aus, das die Garantie war, dass beide frei sprechen konnten. Aufgeregt haspelte Bin Salid seine Neuigkeiten herunter. Er vergaß kein Detail.

»Danke«, sagte die Stimme. »Du und dein Informant haben unserer Sache Ehre erwiesen. Halte dich für weitere Befehle bereit und melde alle Neuigkeiten.«

Damit war das Gespräch beendet.

Mit einem glücklichen Lächeln legte Bin Salid den Hörer beiseite. Er war überzeugt, seinem Vorgesetzten Branko Selic und natürlich Allah gedient zu haben. Besser hätte es nicht laufen können. Dieser 21. Mai könnte zu seinem Glückstag werden.

Noch in der gleichen Nacht telefonierte Branko Selic mit seinem Chef in Islamabad. Nachdem er alles berichtet hatte, wagte er die Prognose, dass al-Qaida bald so reich sein werde, dass man auf Augenhöhe sogar mit anderen Staaten verhandeln könne, sozusagen als gleichwertiger Partner.

Das war vielleicht etwas zu hoch gegriffen, und so würgte ihn sein Chef mit seiner Entscheidung ab: Er würde morgen am 22. Mai mit allen Beteiligten eine Telefonkonferenz schalten, um zu besprechen, wie man weiter vorgehen wolle.

# Kapitel 5

Als Lehn und Kasdorf wieder in ihrem Toyota auf dem Parkplatz des »Himalaja Inn« saßen, mussten sie erst einmal durchatmen. Die Summe von Eindrücken in diesem Resthouse musste verarbeitet werden.

Nach einigen Minuten fragte Lehn: »Wat nu?«

Sie machten sich die Entscheidung an diesem 21. Mai nicht einfach. Aber eine Entscheidung musste her. Da sie in diesem Resthouse nicht hatten bleiben können und wollen, blieben nur drei Alternativen: zurück nach Kathmandu, oder aber sie schauten sich im Umkreis des Urai-Pass ein wenig um und warteten, bis die Grenze wieder geöffnet werden würde. Die dritte Möglichkeit war, über diesen anderen Pass nach China zu kommen versuchen, der zweihundert Kilometer östlich lag. Die Strecke lohne sich, hatte der Lastwagenfahrer gesagt. Aber es würde eben ein echtes Abenteuer werden.

Da sie aber nun einmal nach Nepal gekommen und nicht nach Mallorca zum Ballermann gefahren waren, entschieden sie sich, das Abenteuer zu wagen.

Lehn gab die Losung aus: »Zurück in Richtung Simikot, dann Richtung Darma, und dann nach Norden Richtung China abbiegen! China, wir kommen!« Sie klatschten sich auf die Oberschenkel.

Als sie wieder auf der Strecke waren, freuten sie sich, diese Entscheidung getroffen zu haben. Wann würden sie in diesem Leben wieder eine derart gewaltige Natur hautnah erleben?

»Vielleicht wird es lang«, moserte Kasdorf.

»Ach was«, antwortete Lehn. »Kein Weg ist kürzer als der in guter Gesellschaft.«

Sie grinsten sich an.

Noch gerade bei Helligkeit erreichten sie Simikot und beschlossen, in einem kleinen Resthouse zu übernachten. Am nächsten Morgen ging es dann weiter. Die Abzweigung nach Darma fanden sie problemlos. In Darma war der Pass Nanga-La sogar ausgeschildert.

Der Zustand der Straße wurde jetzt von Stunde zu Stunde schlechter. Schon nach circa zwanzig Kilometern hörte die Asphaltierung auf. Was dann kam, waren allenfalls befestigte Wege. Wich man rechtzeitig den Schlaglöchern aus, war die Straße aber durchaus befahrbar. Die Straße schraubte sich immer höher in die Bergwelt. Das Tal, durch das sie fuhren wurde immer enger, die Landschaft grandioser. Die Höhe forderte langsam ihren Tribut. Die Rhododendrenbäume waren jetzt eher zu kleinen Büschen verkümmert. Erstmals wuchsen an den Hängen kleine Nadelbäume, die an Lärchen erinnerten. Es war aber nicht zu übersehen, dass die Höhe die Pflanzenwelt immer stärker reduzierte, und es war nur eine Frage der Zeit, dass sie die Baumgrenze erreichen würden.

Alle zehn bis zwanzig Kilometer durchfuhren sie eines der Dörfer. Es war immer das gleiche Bild. Einige wenige Häuser aus Stein, umgeben von Wellblechhütten. Überall bunte Gebetsfahnen, die im Wind flatterten. Von den Erwachsenen war wenig oder nichts zu sehen, während die Kinder angelaufen kamen, um zu winken. Kasdorf und Lehn winkten huldvoll zurück.

Gegen Mittag kam es zu dem vielleicht entscheidenden Vorfall, der diese Abenteuerreise von zwei jungen deutschen Männern zu einem Alptraum werden lassen sollte. Sicherlich war es nicht nur dieser Vorfall, aber es war der Beginn einer Verquickung von verhängnisvollen Entscheidungen.

Plötzlich war die Straße vor ihnen blockiert. Ein Lastwagen war umgekippt. Der Unfall musste vor nicht langer Zeit passiert sein, denn es hatte sich erst ein Stau von zwei Wagen gebildet.

Einer der Umstehenden sprach etwas englisch. »Bis ein Kran kommt, kann es Tage dauern. Am besten fährt man zurück ins letzte Dorf und biegt dann nach Westen ab. Man kommt dann über eine kleine Bergstrecke in das parallel verlaufende Hochtal. Dort bis zum nächsten Dorf, und dann wieder rechts abbiegen. Dann kommt man auf diese Straße zurück, und die Unfallstelle ist umfahren.«

»Klingt verlockend und einfach«, meinte Kasdorf. »Ist das mit unserem Toyota zu schaffen?«

»Wenn nicht mit dem Toyota, dann mit keinem anderen Auto der Welt«, antwortete der Mann lächelnd.

Lehn und Kasdorf beschlossen, den Rat des Mannes anzunehmen. Sie drehten um, fuhren bis zum nächsten Dorf zurück und fanden die Abzweigung, die über einen Bergrücken ins Nachbartal führen sollte. Die Straße war abenteuerlich, aber wie der Mann vorhergesagt hatte, meisterte der Toyota alle heiklen Stellen spielend. Die Flora war jetzt so spärlich, dass sie die Straße weit voraus überblicken konnten. Nach einer Anhöhe ging es wieder leicht abwärts in das von dem Mann beschriebenen Nachbartal. Es war eher ein Hochtal mit wenig Pflanzen und viel Geröll. Die Straße war einigermaßen befestigt, sodass sie gut vorankamen.

Am Nachmittag erreichten sie ein Dorf namens Bonjol, das am Hang lag. Zuerst war es das immer wiederkehrende Bild: Kinder standen am Straßenrand und winkten. Anders war, dass einige Männer auf der Straße standen und Kasdorf durch Handzeichen bedeuteten anzuhalten.

Kasdorf hätte sowieso angehalten, um nach dem Weg zu fragen. Die Männer waren freundlich. Ein vielleicht dreißigjähriger Mann schälte sich aus der Gruppe heraus und kam auf sie zu. In erstaunlich gutem Englisch fragte er, wo sie hinwollten.

Kasdorf berichtete über den Unfall mit dem Lastwagen, der sie zu diesem Umweg über das Nachbartal veranlasst hatte und dass sie bei der nächsten Möglichkeit wieder auf die Hauptstraße zurückwollten, zum Pass Nanga-La und weiter nach China.

»Wir müssen einen Schluck zusammen trinken«, sagte der Mann plötzlich. »Kommt in unser Haus. Ihr seid unsere Gäste.«

Kasdorf blickte Lehn fragend an. Lehn zuckte mit den Schultern. »Eine Einladung darf man in dieser Region wohl nicht ausschlagen. Also, lass uns einen Drink nehmen. Die Unterbrechung tut uns auch gut. Und wir lernen Land und Leute kennen.«

Sie betraten das Haus. Immerhin hatte es ein Wohnzimmer, das ein Fernseher beherrschte. Sie ließen sich in die plüschigen Sessel fallen. Der junge Mann kam mit einer Flasche Johnny Walker und füllte kleine Gläser mit dem Whisky.

»Whisky pur«, sagte er. » Leider haben wir keine Eiswürfel.«

Kasdorf versicherte, dass sie den Whisky immer so trinken würden und prostete dem Mann zu. »Auf die nepalesisch-deutsche Freundschaft«, sagte er.

Der junge Mann prostete zurück.

Die Unterhaltung, die sich dann entspann, drehte sich um alles, was die Menschen in dieser Region bewegte: das Wetter, die Straßenverhältnisse und die miserablen Berufschancen, welche die Bevölkerung am Fuße des Himalaja vorfand.

Lehn fragte den Mann, wo er dieses ausgezeichnete Englisch gelernt habe.

»In Kathmandu«, antwortete er lächelnd. »Ich komme zwar aus diesem Dorf hier, aber ich bin schon vor Jahren nach Kathmandu gegangen. Jetzt bin ich nur zu Besuch bei meiner Familie.«

Dann schnitt Kasdorf ein anderes Thema an, sodass Lehn einen Augenblick lang seinen Gedanken freien Raum lassen konnte. Er blickte sich in diesem kleinen Raum um, erfasste die anderen älteren Personen, die in einer Ecke saßen und rauchten. Sein Blick glitt über die armselige Einrichtung und machte sich dann wieder an dem jungen Mann fest, der jetzt mit Kasdorf über das Verhältnis zu China diskutierte. Da der junge Mann mit Armen und Händen gestikulierte, fiel Lehns Blick auf die Hände. Erstaunlicherweise waren es ganz feingliedrige Hände, die noch keine Feldarbeit gesehen hatten.

Ganz plötzlich kam Lehn der Gedanke, dass mit diesem jungen Mann irgendetwas nicht stimmen konnte. Irgendwie kam der Kriminalbeamte bei ihm durch. Das Ganze passte nicht zusammen. Selbst wenn er auf den besten Schulen in Kathmandu gewesen war, würde er kaum ein so europäisch klingendes akzentfreies Englisch sprechen. Sein Gesicht ähnelte auch nicht den harten, wettergebräunten, aber guten Gesichtern der Dorfbewohner. Er hatte eher ein europäisches Milchgesicht. Von den Händen ganz zu schweigen.

Aber Lehn sagte sich dann, dass es ihm egal sein konnte. Es war nicht verboten, am Rand des Himalajas als Europäer in einem nepalesischen Dorf zu wohnen, nepalesisches Fernsehen zu genießen und sich als Dorfbewohner auszugeben.

Nach dieser Erkenntnis drängte Lehn zum Aufbruch, stand unvermittelt auf und wandte sich zur Tür.

Als er auf die Straße trat, herrschte gerade Aufregung vor dem Haus. Offenbar hatte sich ein Zwergschwein unter ihrem Toyota versteckt, und ein Junge war unter das Fahrzeug gekrochen, um es hervorzuziehen. Schließlich war der Junge wieder aufgetaucht, und das Zwergschwein verkrümelte sich quiekend zwischen den Häusern.

So weit, so gut. Sie verabschiedeten sich, nicht ohne sich für die Gastfreundschaft zu bedanken und fuhren los.

Nach einigen Minuten Fahrt sprach Lehn seinen Verdacht aus, dass dieser junge Mann nicht der war, für den er sich ausgab.

Aber Kasdorf hatte nichts dergleichen bemerkt. »Selbst wenn es so ist, wie du meinst, kann es uns egal sein«, meinte er. »Es ist sein Leben, nicht unser. Und nun vergiss einmal deinen Beruf und diese Angewohnheit, alles zu hinterfragen!«

Die Straße war jetzt gar nicht schlecht. Sie wand sich in langen Kurven durch das Hochtal.

»Bald muss die Abzweigung zu der Hauptstraße kommen«, brummelte Kasdorf. Aber die Abzweigung kam nicht. Oder sie hatten sie übersehen.

Dann kam die Dunkelheit. Kasdorf fuhr jetzt mit Scheinwerferlicht. Obwohl das eigentlich nicht nötig war, denn das Mondlicht war so hell, dass man auch ohne Licht hätte fahren können.

Sie genossen beide das sich ihnen bietende Bild. Das fahle Mondlicht über dem Hochtal. Ein gigantischer Sternenhimmel. Aber das Großartigste war der Anblick der Berge, deren schneebedeckten Hänge in dem Mondlicht fast silbern glänzten.

Irgendwann wurde Kasdorf müde. Auch Lehn verspürte keine Lust mehr weiterzufahren. Da sie zu faul waren, das Zelt aufzubauen, entschlossen sie sich, im Fahrzeug zu übernachten. Da die Rücklehnen der Vordersitze des Toyotas zurückgeklappt werden konnten, war diese Art der Übernachtung zwar nicht ideal, aber einem Abenteuer angemessen.

Der nächste Morgen brachte eine handfeste Überraschung. Das Wetter hatte plötzlich umgeschlagen. Sie saßen in einer Waschküche. Ob es Nebelschwaden oder Wolken waren, war nicht zu sagen. Sicher war nur, dass sie kaum etwas sehen konnten.

Trotzdem setzten sie die Fahrt fort. Irgendwann musste die Abzweigung kommen, die sie auf die Hauptstraße zurückbringen würde. Wenn sie die erste Abzweigung verpasst hatten, würde es sicherlich eine andere geben, denn schließlich fuhren sie in einem Nachbartal der Hauptstraße nach Norden. So dachten sie jedenfalls. Aber die Abzweigung kam nicht.

Das Wetter besserte sich ein wenig. Manchmal rissen die Wolken auf und gaben den Blick frei auf die schneebedeckten Hänge der Bergriesen. Diese Ausblicke rechtfertigten allein schon diesen Abstecher.

Da die Straße eigentlich erstaunlich gut befestigt war, sahen sie keinen Grund umzukehren. Dennoch wurde der Untergrund immer feuchter, was wohl an den Wolken lag, die Feuchtigkeit abgaben. Der Sand, auf dem sie fuhren, wurde schmieriger, und der Toyota hatte manchmal Schwierigkeiten, die Spur zu halten. Trotzdem war noch alles im grünen Bereich.

Unheimlicher wurde ihnen bei dem Gedanken, dass sie nun schon wieder fast zehn Stunden gefahren waren, ohne durch ein Dorf zu kommen, geschweige denn an eine chinesische Grenzstation.

Aber schlimmstenfalls konnten sie umdrehen und zurückfahren.

Am Nachmittag legten sie eine Pause ein. Die Wolken waren gerade etwas aufgerissen und gaben den Blick auf die Berge frei. Lehn und Kasdorf konnten sich nicht sattsehen.

»Das ist schon etwas anderes als der Watzmann«, meinte Lehn. Kasdorf nickte nur zustimmend.

Als sie einige Meter auf der Straße gingen, um sich die Beine zu vertreten, bemerkte Kasdorf Reifenspuren, die sich im Sand abzeichneten, weil der Boden jetzt feucht war.

»Schau«, meinte Kasdorf. »Selbst hier ist ein LKW gefahren.«
»Erstaunlich«, meinte Lehn.
»Es sind Zwillingsreifen, die nur von der Hinterachse eines LKWs stammen können. Sie verdecken die Spuren der Vorderräder.«
»Was sagt uns das?«, fragte Lehn lächelnd.
»Dass wir auf dem richtigen Weg sind«, antwortete Kasdorf.

»Denn wo Lastwagen fahren, gibt es auch ein Ziel, und das kann hier oben nur China sein.«

Sie fuhren nur noch eine gute Stunde und beschlossen dann anzuhalten, um vor der einsetzenden Dunkelheit das Zelt aufzubauen.

Die Wolken hatten sich etwas gehoben, sodass wenigstens die nähere Umgebung überschaubar war. Sie waren noch immer in dem Hochtal – oder waren sie schon in einem anderen Tal gelandet? Sie wussten es nicht. Das einzige, was sie wussten, war, dass sie müde wurden. Aber das störte sie nur marginal. Die Reifenspuren des LKWs, die jetzt deutlich zu sehen waren, sagten ihnen, dass sie nicht in der Wildnis landen würden.

Sie waren gerade über eine kleine Anhöhe gefahren. Die Straße wand sich bergab in einer Kehre zu einem kleinen See, der etwas tiefer lag. In vielleicht fünfhundert Meter Entfernung war eine kleine Hütte aus Stein auszumachen, die abseits der Straße am Ufer des Sees lag.

Irgendwie waren sie froh, in dieser Wildnis eine menschliche Behausung ausmachen zu können.

»Die sollten wir uns einmal anschauen. Vielleicht können wir dort unsere Schlafsäcke ausrollen und ersparen uns, das Zelt aufzubauen.«

Die Hütte lag knapp hundert Meter von der Straße entfernt, war aber nur zu Fuß erreichbar. Kasdorf ließ den Toyota einfach auf der Straße stehen. Sie nahmen ihre Schlafsäcke, etwas zu essen und weiteres Nachtgepäck mit und näherten sich zu Fuß der Hütte.

Je näher sie kamen, desto sicherer waren sie, dass die Hütte unbewohnt war.

»Vielleicht die Behausung eines Eremiten«, meinte Lehn geheimnisvoll.

Kasdorf ging nicht darauf ein. Er war zu müde.

Etwas unbehaglich öffnete Lehn die Tür, die mit einem quietschenden Geräusch nachgab. Soweit man sehen konnte, bestand die Hütte aus einem größeren Raum mit einer Art Kamin und zwei kleineren dahinterliegenden Räumen. Aber das Dach war dicht, denn der Raum war trocken. Irgendwelche Einrichtungsgegenstände gab es nicht. Der einzige Gegenstand, der zu sehen war, war ein Klappspaten, der aufgeklappt vor der Feuerstelle lag. Kasdorf kickte den Spaten mit einem Fußtritt zur Seite, um Platz für seinen Schlafsack zu haben.

»Ideal für die Nacht«, meinte Lehn gähnend und ließ seinen Schlafsack und die anderen Sachen auf den Boden fallen.

»Aber kalt«, meinte Kasdorf trocken. »Wir sollten etwas Holz holen, um ein Feuer zu machen. Eine Feuerstelle ist ja vorhanden.«

»Ich gehe«, opferte sich Lehn. Er trat nach draußen. In der einsetzenden Dämmerung sah er hinter der Hütte eine kleine Pagode. An einem Band waren vier Gebetswimpel geknüpft und einige Glöckchen. Vielleicht ein Grab, dachte er.

Es war ungemütlich nasskalt geworden. Lehn begann zu frieren. Eilig begann er einige abgebrochene Zweige einzusammeln, die von einer dieser Latschenkiefern abgebrochen waren.

Mit einem Arm voll Zweigen ging er zurück. Das musste für ein Feuer reichen.

Kasdorf hatte sich in der Hütte schon eingerichtet. Irgendwie hatte er es geschafft, eine Taschenlampe aufzuhängen, die auch als Deckenlampe genutzt werden konnte.

»Fällt dir etwas auf?«, fragte Kasdorf, als Lehn hereinkam.

Lehn verneinte das.

»Schnupper mal. Irgendwie riecht es hier nach abgestandenem Rauch. Vor nicht allzu langer Zeit muss hier jemand ein Feuer gemacht haben.«

»Das tun wir ja auch«, antwortete Lehn entspannt. »Es gibt hier sicherlich noch andere Menschen, die sich nachts vor der Kälte in einer Hütte schützen wollen.«

Nachdem das Feuer brannte, wärmten sie sich noch eine Konservendose Corned Beef auf, deren Inhalt sie dann gierig verspeisten. Es war köstlich. Abenteuer pur. Dann krochen sie in ihre Schlafsäcke. Das Feuer ließen sie brennen. Es bestand keine Brandgefahr, da nichts Brennbares in Reichweite war.

Draußen musste etwas Wind aufgekommen sein, denn sie hörten die kleinen Glöckchen hinter der Hütte bimmeln. Irgendwie schaurig schön.

Nachts wurde Lehn plötzlich von einem Geräusch geweckt, das er nicht einordnen konnte. Es hörte sich an wie ein Lastwagen, der auf der Straße mit ziemlicher Geschwindigkeit vorbeifuhr. Lehn weckte Kasdorf.

»Hörst du das Motorengeräusch?«, fragte Lehn.

Aber bis Kasdorf wach war, war das Geräusch schon wieder abgeebbt, und schließlich herrschte wieder diese unbeschreibliche Stille.

Lehn quälte sich aus seinem Schlafsack, reckte sich und ging dann nach draußen. Ihn empfing eine dicke Nebelsuppe, die so undurchdringlich war, dass man die Hand nicht vor den Augen sehen konnte. So drehte er sich um und ging in die Hütte zurück.

»Gibt es etwas zu sehen?«, fragte Kasdorf aus seinem Schlafsack.

»Nein«, antwortete Lehn nachdenklich. »Es gibt effektiv nichts zu sehen. Der Nebel ist so dick, dass man die Hand nicht vor den Augen sehen kann.«

»Na, dann las uns weiterschlafen«, meinte Kasdorf mit einer Stimme, die verriet, dass er eigentlich nicht gestört werden wollte.

»Je mehr ich darüber nachdenke, desto seltsamer kommt mir das Ganze vor.«

»Was?«, fragte Kasdorf, nun wieder wach werdend.

»Ich habe eben ein Motorengeräusch gehört, das der Lautstärke nach von einem größeren Lastwagen stammen müsste. Dieser LKW fuhr auf dem Weg vorbei, wo wir unseren Toyota abgestellt haben. Aber draußen herrscht eine Sicht gleich Null. So frage ich mich, wie ein Fahrer eines Lastwagens sich bei dieser Sicht orientieren kann.«

»Du hast Sorgen«, meinte Kasdorf. »Nimm lieber noch eine Mütze Schlaf, damit du morgen fit bist!«

Aber Lehns Bedenken waren noch nicht vom Tisch. Hellwach bemühte er sich, seine Bedenken zu analysieren. Woran lag es, dass er plötzlich so nachdenklich geworden war? Er bemühte sich positiv zu denken. Was konnte schon passieren? Schlimmstenfalls fuhren sie nach Kathmandu zurück.

So versuchte er alle Bedenken wegzuwischen. Aber ein Rest blieb. Schließlich sagte er: »Ich werde morgen einmal bei der Trekking-Agentur über Satellitentelefon anrufen, um die nach ihrer Meinung zu fragen, ob wir hier weiterfahren sollten.«

Kasdorf antwortete nicht. Er war wieder eingeschlafen.

Der nächste Morgen brachte insofern eine Überraschung, als sich die Wolkendecke gehoben hatte. Die Berggipfel waren zwar nicht zu sehen, aber in dem Hochtal war die Sicht gut.

Lehn machte sich als erstes auf den Weg zu dem Toyota, um das Satellitentelefon zu holen. Er hatte dieses Gefühl des Unheimlichen zwar etwas eingedämmt, aber so ganz hatte er es nicht unterdrücken können.

Das Satellitentelefon hatten sie hinten im Kofferraum liegen. Dort hatte es Lehn jedenfalls zuletzt gesehen. Als er jetzt den Kofferraum öffnete, war es weg. Sollte sein Freund es woanders verstaut haben?

Immer hektischer wühlte Lehn in den Sachen, die noch im Kofferraum lagen. Aber das Telefon tauchte nicht auf. Schließlich brach er die Suche ab. Er musste erst einmal zurück zu der Hütte, um Kasdorf zu fragen.

Aber Kasdorf hatte auch keine Erklärung. Genau wie Lehn erinnerte er sich, das Satellitentelefon zuletzt im Kofferraum des Toyotas gesehen zu haben.

Nachdenklich setzten sie sich auf die kleine Bank vor der Hütte.

»Das will mir nicht in den Kopf«, meinte Kasdorf schließlich.

Nach einer kleinen Pause sprach Lehn aus, was sie beide dachten, aber bisher nicht gewagt hatten auszusprechen.

»Was ist«, fragte Lehn, »wenn es hier in diesem Hochtal doch nicht so einsam ist, wie es den ersten Anschein hatte? Vielleicht ist nachts irgendjemand an unserem Toyota vorbeigekommen, hat das Satellitentelefon im Kofferraum gesehen und es mitgenommen. Immerhin hatten wir vergessen, den Wagen abzuschließen.«

»Wer sollte hier schon vorbeikommen?«, meinte Kasdorf. »Vielleicht haben es auch die Leute in dem Dorf geklaut, wo wir gehalten haben und bei den Einwohnern eingekehrt sind. Mir kam diese Aufregung mit dem Schwein, das sich angeblich unter unserem Wagen verkrochen hatte, gleich übertrieben vor. Natürlich gibt es auch die Version, dass jemand das Telefon geklaut hat, um es uns unmöglich zu machen, beispielsweise um Hilfe zu holen.«

»Diesen ›worst case‹ sollten wir ausschließen«, meinte Lehn. »Aber dieses nächtliche Motorengeräusch war schon merkwürdig. Es muss ein LKW gewesen sein. Vielleicht hat der Fahrer angehalten und das Satellitentelefon geklaut?«

»Bist du sicher oder hast du das nur geträumt mit dem LKW?«, fragte Kasdorf.

Lehn, der aus seinem Beruf die Erfahrung mitbrachte, dass man sich verdammt schnell irren konnte, schlug vor, zur Straße zu gehen, um zu sehen, ob es Spuren gab.

Die Reifenspuren waren auf dem feuchten Boden nicht zu übersehen.

Wie die Indianer gingen sie die Straße ab. Zuerst überlagerten zwei Zwillingsreifen die Spur der Toyotas. Kurz vor dem parkenden Toyota scherten die Spuren nach links aus, umfuhren den Toyota und kehrten dann auf den Weg zurück.

»Der Beweis«, sagte Lehn, der begonnen hatte, an sich zu zweifeln. »Es war kein Traum! Heute Nacht ist ein Lkw hier entlanggefahren!«

»Na und?«, entgegnete Kasdorf. »Das ist noch kein Verbrechen. Zum Verbrechen wird es erst, wenn der Typ unser Satellitentelefon geklaut hat.«

»Noch etwas anderes macht mich nachdenklich«, unterbrach ihn Lehn.

»Und das wäre?«

Lehn zögerte, es auszusprechen. Schließlich sagte er leise, mehr zu sich selbst: »Wie konnte der LKW unseren parkenden Toyota eigentlich sehen? Bei der Nebelsuppe, die heute Nacht herrschte, müsste der LKW unseren unbeleuchteten Toyota zermalmt haben, denn wir hatten den Wagen direkt auf dem Weg abgestellt. Aber nein, der LKW schert gut fünfzig Meter nach links aus, umfährt fein säuberlich das Hindernis und fährt dann auf den Weg zurück.«

Kasdorf sagte gar nichts. Schweigend saßen sie auf der kleinen Bank und hingen ihren Gedanken nach, die nicht mehr so euphorisch waren wie am Tag zuvor.

Schließlich meinte Kasdorf: »Das Ganze erscheint mir nicht mehr so friedlich wie zuvor. Aber lass uns einen Kaffee trinken, das vertreibt die schlechten Gedanken.«

Lehn liebte diese Art an Kasdorf. Er war immer positiv und ein gutes Gegengewicht zu Lehns berufsbedingter Nachdenklichkeit.

Der Kaffee tat gut. Lehns Blick fiel auf den Klappspaten, den er am Abend zuvor mit dem Fuß weggekickt hatte. Er stand auf, bückte sich, hob den Spaten auf und betrachtete die Erde, die noch am Spaten klebte.

»Frisch!«, stellte er fest. »Die Erde ist noch relativ frisch. Was unser Vormieter hier wohl vergraben hat?«

»Ein echter Mietnomade!«, stellte Kasdorf lächelnd fest. »Schläft hier, haut dann ab und hinterlässt keinen Cent.«

Lehn musste auch über diese Bezeichnung ihres Vormieters lachen. Mit den Augen suchte er den Boden der Hütte ab, aber auf dem Lehmboden waren keine frischen Spuren zu sehen.

Mit den Worten »Vielleicht hat unser Mietnomade draußen seine Oma verbuddelt« schlug Kasdorf vor, die Suche nach einer frischen Aufgrabung aufzunehmen.

Sie brauchten nicht lange zu suchen. Hinter der kleinen Pagode war offensichtlich gegraben worden. Der Boden aus kleinen Steinen, Lehm, Sand und Erde war nur oberflächlich wieder eingeebnet worden.

»Dann wollen wir einmal sehen, was unser Mietnomade hier versteckt hat«, sagte Lehn und fing mit dem Aushub an.

Die Aktion war nach ein paar Minuten beendet, denn die Erde war locker. Aus dem Loch holten sie einen grauen Samsonite-Koffer. Mit gemischten Gefühlen brachten sie das Fundstück in die Hütte und öffneten vorsichtig den Deckel, etwas ängstlich, ob vielleicht doch ein Teil der Oma des Mietnomaden zum Vorschein kommen würde. Aber ihre Angst war unbegründet. Stattdessen fanden sie Batterien, zwei Kerzen, Streichhölzer, eine Art Tagebuch, ein Kassenbon von »Kingsway Stores« in Kathmandu und eine ältere Ausgabe des *Bombay Daily*.

»Warum er die alte Zeitung wohl mitschleppt?«, Wwar Kasdorfs einziger Kommentar.

Lehn griff als erstes zu dem Tagebuch, das in Englisch geschrieben war, wurde aber von Kasdorf abgelenkt, der den Kassenbon studierte.

»Halt dich fest«, sagte Kasdorf. »Unser Mietnomade hat bei Kingsway Stores einen Großeinkauf gemacht. Umgerechnet sind das vierhundert Bucks. Und das Interessante ist: Der Einkauf liegt erst zwei Wochen zurück.«

Lehn blickte Kasdorf an. »Das ist alles nicht verboten.« Er machte eine Pause. »Aber etwas seltsam ist es doch, gerade in Verbindung mit dem Verschwinden unseres Telefons und mit diesem LKW heute Nacht.«

Kasdorf schlug vor, noch einen Kaffee draußen auf der Bank zu trinken. »Der Anblick der Achttausender wird uns soviel Demut lehren, dass wir die Geheimnisse unseres Mietnomaden entschlüsseln können.«

Der Kaffee war schnell gekocht. Sie setzten sich draußen auf die Bank. Die Achttausender waren zwar nur andeutungsweise zu sehen. Aber es war ein unendlich beglückendes Erlebnis, auf dieser Bank zu sitzen.

Lehn, als Beamter der Kripo gewöhnt, die Ausgangslage eines Falles zu skizzieren, begann die Fakten aufzuzählen, die sie wussten. Der Mietnomade, der in der Hütte einen oder zwei Tage zuvor Feuer gemacht hatte, war mit Sicherheit vor zwei Wochen noch in Kathmandu gewesen. Demnach musste er relativ zügig in dieses Hochtal gekommen sein. Denn er und Kasdorf hatten, allerdings mit dem Umweg über Lumbini und den Urai-Pass, vier Tage dafür gebraucht.

Dann folgerte Lehn weiter: »Die Tatsache, dass der Koffer

vergraben war, deutet darauf hin, dass unser Mietnomade zurückkommt, um die Sachen zu holen. Die Frage ist nur: Warum versteckt er den Koffer? Er könnte ihn doch in seinem Auto lassen? Warum nur wollte er ihn nicht bei sich haben? Dafür muss es einen Grund geben.« Die nächste Frage ergab sich von selber: »Wo ist das Auto? Ist er mit dem Wagen weitergefahren, mit dem er in diese Einsamkeit gekommen ist, oder hat er den Wagen hier irgendwo versteckt und ist zu Fuß weitergegangen?«

Kasdorf wandte ein, dass die schriftlichen Aufzeichnungen vielleicht Informationen enthielten, die den Chinesen nicht passten, vorausgesetzt, China war sein Ziel.

»Vielleicht ist unser Mietnomade ein Spion. Vielleicht vom CIA? Vielleicht ein zweiter James Bond?«

Lehn lachte. »Wenn dummen Menschen gar nichts mehr einfällt, ist der Schuldige immer der CIA.«

»Was interessiert uns dieser Mietnomade?«, stellte Kasdorf achselzuckend fest. »Er hat das gleiche Recht wie wir, hier in diesem Hochtal herumzufahren oder zu laufen. Entweder ist er jetzt schon über die Grenze und kommt in den nächsten Tagen zurück, um seinen Koffer zu holen, oder er ist zurück nach Kathmandu und hat seinen Koffer den Würmern überlassen.«

Doch Lehn war diese Erklärung zu einfach. Er griff sich die Ausgabe des *Bomday Daily*, setzte sich wieder vor die Hütte auf die Bank und begann die Zeitung zu studieren. Die Zeitung war vom 17. Mai 1979, also gut dreißig Jahre alt. Demnach musste diese Zeitung irgendetwas enthalten, was es dem Mietnomaden wert war, dieses dreißig Jahre alte Exemplar mit sich herumzuschleppen. Gespannt überflog er die einzelnen Artikel auf der ersten Seite. Es ging um eine Konferenz in Delhi, und um einen Streit zwischen dem Maharadscha von Jaipur und dem Bürgermeister von Udaipur. Auf der zweiten Seite fand Lehn auch nichts, was in irgendeiner Beziehung zu dem Mietnomaden hätte stehen können. Das änderte sich auf Seite drei. Elektrisiert las er die Überschrift: »Was ist aus Major Crosby geworden?« Lehn las weiter. Dieser Crosby war mit einem nepalesischen Führer im März zu einer Tour in den Himalaja aufgebrochen, von der er nicht zurückkam. Ziel war ein geheimnisvolles Kloster. Zuletzt waren die beiden in Simikot gesehen worden.

Da haben wir auch übernachtet, dachte Lehn. Aber dann kam es: Einige Tage später hatte man den Nepalesen gut einhundert Kilometer weiter nördlich erschossen aufgefunden. Von Major Crosby fehlte seitdem jede Spur.

»Verdammt«, murmelte Lehn und legte die Zeitung zur Seite. »Das muss ungefähr in der Gegend sein, wo wir uns jetzt gerade aufhalten.«

»Wie findest du das?«, fragte Kasdorf.

»Komm, wir gehen nach draußen«, sagte Lehn. »Es gibt schlechte Neuigkeiten: Offensichtlich ist unser Mietnomade hier in dieser Hütte auf den Spuren nach diesem gewissen Major Crosby eingekehrt.«

»Na und?«, fragte Kasdorf etwas gelangweilt. Er setzte sich zu Lehn.

»Das Problem ist, dass Major Crosby seitdem verschwunden ist und sein nepalesischer Sherpa erschossen wurde.«

»Wo?«

»Vielleicht auf der Bank, wo du jetzt sitzt«, entgegnete Lehn trocken.

»Das ist ja gar nicht schön«, war Kasdorfs einziger Kommentar. Er war etwas blass geworden.

Sie schwiegen eine Weile.

Schließlich stand Kasdorf auf, ging zum Wagen und holte die Whiskyflasche.

»Du solltest einen trinken«, sagte er. »Bevor du zu viele Gespenster siehst.«

»Merkwürdig ist es schon«, insistierte Lehn. »Irgendwie unheimlich. Allein die Tatsache, hier in der Gegend zu sein, wo vor rund dreißig Jahren vielleicht ein Verbrechen geschah. Und denkt man dann an das, was wir erlebt haben, an diesen LKW, der einfach so im Nebel fahren kann und an das geklaute Satellitentelefon – das macht einen nachdenklich.«

»Eigentlich ist der Diebstahl unseres Satellitentelefon völlig sinnlos, denn der Dieb kann es gar nicht benutzen, da er die PIN nicht kennt.

»Richtig!«, meinte Lehn. »Aber stell dir vor, dass er vielleicht das Telefon gar nicht benutzen will.«

»Warum klaut er es dann?«

»Vielleicht um zu verhindern, dass wir telefonieren, beispielsweise, um um Hilfe zu rufen.«

Das Argument beeindruckte Kasdorf. Nachdenklich geworden, gab er seinem Freund Recht.

Nach einer Weile schlug er vor, noch eine weitere Nacht in dieser Hütte zu bleiben, da das Wetter von Stunde zu Stunde schlechter wurde.

Irgendwann stellte Lehn dann die rhetorische Frage, ob sie lieber umkehren sollten. Aber beide reizte das Abenteuer. Sie wollten etwas erleben. Sie suchten nun einmal das Alternativprogramm zu dem Berufsleben in Deutschland. Zu dieser täglichen Tristesse, die nur von den Wochenenden unterbrochen wurde, die oft aber noch langweiliger waren. Am Fuße des Himalajas wurde ihnen dieses atemberaubende Alternativprogramm geboten. Nicht nur die unbeschreibliche Natur, sondern jetzt auch noch ein geheimnisvoller Unbekannter, der vielleicht ihr Satellitentelefon geklaut hatte, und ein Mietnomade, der möglicherweise auf der Suche nach einem verschwundenen englischen Offizier namens Crosby war.

»Morgen fahren wir weiter in Richtung China«, sagte Kasdorf plötzlich voller Enthusiasmus. »Wir lassen uns doch noch nicht einschüchtern!«

Nach diesem eindeutigen Statement zum Abenteuer griff Kasdorf nach dem Tagebuch, das sie in dem Koffer gefunden hatten, und begann darin zu blättern

Schon nach wenigen Augenblicken sagte er: »Dreimal darfst du raten, wessen Tagebuch ich hier in der Hand halte.«

»Das von Major Crosby«, antwortete Lehn.

Kasdorf nickte. »Bingo!«, sagte er. »Mit dieser richtigen Antwort haben Sie eine Kurzreise an die italienische Adria gewonnen und eine Wärmedecke.«

»Blödmann«, sagte Lehn. »Nun lies schon vor, was darin steht.«

Feierlich meinte Kasdorf, dass er jetzt aus dem Tagebuch eines englischen Offiziers vorlesen werde, der mit seinem nepalesischen Freund vor dreißig Jahren in den Himalaja aufgebrochen war, um ein sagenhaftes Kloster zu finden. Derselbe Major Crosby, von dessen Verschwinden in der *Bombay Daily* berichtet worden war.

Etwas stotternd begann Kasdorf vorzulesen, da die Schrift von Crosby nicht leicht zu entziffern war:

*I Major George Crosby am starting this diary on the 1st of January 1979 in order that I might detail my upcoming trip to the Himalajan region, which I shall undertake together with my new friend Sherpa Tendzin who served as a sergeant in my company, the 3rd Scottish Rifles stationed near Edinburgh from where we dismissed at the end of 1978.*

*The inspiration for the trip was conceived from old legend which Tendzin had been most curious about, and had told me several times previously. It is the story of an old Buddhist Monastery situated in an unknown valley somewhere in the upper Himalajan region. The path to the Monastery is neither known, nor can anyone locate the holy place between peaks of the majestic 24 thousand feet high mountains. Only very few have ever been permitted to enter the Monastery, and only then under the condition that the ruling Lama abbot himself would consent. The path leads via another Monastery called Lao-san, located at the end of a plateau. But even this Monastery Lao-san is elusive, as monks were required to undertake every necessary effort to hide all traces of the path and to keep its exact location secret. However, once a traveller has found the Monastery Lao-san, he might stand a chance to find the path to this holy place, which allegedly is known by the name of Kat-ku.*

*According to the story, the traveller who finds Kat-ku will find a second Garden of Eden, populated by about 200 monks who deny any contact with the rest of the world. This valley is told to be so beautiful that the monks would do everything to prevent anyone from discovering it.*

An dieser Stelle unterbrach ihn Lehn, mit der Bemerkung, dass seine Englischkenntnisse es nicht erlaubten, dem Text des Tagebuches hundertprozentig zu folgen.

Kasdorf versuchte dann mit Erfolg, die wesentlichen Aussagen noch einmal zusammenzufassend zu wiederholen.

Demnach hatte Major Crosby sein Tagebuch Anfang 1979 begonnen. Zuerst schilderte er darin die Planung einer Reise zum Himalaja und wie es überhaupt dazu gekommen war. Laut Tagebuch diente Major Crosby bei den Scottish Riffles, wo einer seiner Untergebenen ein gebürtiger Nepalese war, der wohl als Mitglied des Commonwealth in der englischen Armee dienen durfte oder sogar musste. Die Geschichten, die der Nepalese erzählt hatte, waren dann die Initialzündung für die Reise. Zusammen hatten sie Ende 1978 den Dienst quittiert, um dieses Abenteuer, eine Reise zum Himalaja, ein Jahr später zu unternehmen.

»Klingt nach schwul«, unterbrach Lehn unromantisch seinen Freund Kasdorf.

Dieser zuckte mit den Achseln und mit den Worten »Das tut jetzt nichts zur Sache« fasste er weiter zusammen: Der Nepalese habe von einem geheimnisvollen Kloster namens Kat-ku berichtet, das in einem von der Zivilisation völlig abgelegenen Hochebene vermutet wurde. Eine winzige Hochebene, irgendwo oben im Himalaja, das die Schritte eines Fremden nie erreichen würden. Dort oben habe ein buddhistischer Abt einen Ort geschaffen, wo er mit einer Gruppe von gleichgesinnten Mönchen eine Art zu leben realisiert habe, die sich von den Problemen der Welt abgekoppelt habe. Der Weg führe über ein anderes Kloster namens Lao-san.

»Und seit wann soll es dieses Kloster Kat-ku geben?«, fragte Lehn skeptisch.

Kasdorf las weiter, bis er eine Antwort gefunden hatte.

»Angeblich soll das Kloster vor 1800 gegründet sein. Es soll ein ziemlich großer Bau sein und dem Gerücht nach auf einer kleinen fruchtbaren Hochebene liegen.«

»Na, wenn das mal stimmt«, brummte Lehn, der das karge

Hochtal vor Augen sah, wo sie sich gerade aufhielten. »Aber«, gab er zu. »Dieses Tagebuch hat einen gewissen Reiz.«

»Soll ich weiter übersetzen oder lieber vorlesen?«, fragte Kasdorf. Lehn entschied sich für übersetzen.

So las Kasdorf das Tagebuch Absatz für Absatz weiter und servierte Lehn eine kurze Zusammenfassung der gelesenen Absätze.

Demnach hatte der Nepalese Tendzin immer wieder gewarnt, dass es bisher niemandem gelungen sei, dieses Kloster Kat-ku zu finden. Und dass der, der es doch fand, getötet werden würde. Aber Major Crosby hatten diese Bedenken seines Freundes nicht davon abhalten können aufzubrechen, um sich auf die Suche nach dem heiligen Ort zu machen.

Dann kamen lange Beschreibungen von Hochtälern, kleinen Flüssen, die hatten überwunden werden müssen und Überlegungen, ob man die Suche nicht lieber abbrechen sollte.

Aber Crosbys Abenteuerlust hatte alle Zweifel immer wieder weggewischt.

Kasdorf verzichtete für eine Weile auf seine Übersetzungen, bis er an eine Stelle kam, die seltsam war. Crosby berichtete von einem Punkt, an dem man rechtwinklig nach Westen abbiegen musste, um den richtigen Weg nach Lao-san zu finden.

Langsam wurden sie müde. Kasdorf warf das Tagebuch neben sich auf den Boden. Dabei fiel ein loses Blatt heraus. Es war reiner Zufall. Nur mäßig interessiert begann Kasdorf zu lesen. Der Text war mit der Schreibmaschine in Englisch getippt. Ziemlich unprofessionell, wie Kasdorf feststellte. Überschrieben war die Seite mit der Überschrift »The Secret of the Yellow Goat«.

»Das Geheimnis der gelben Ziege«, übersetzte Lehn. »Na, übersetz mir das einmal.«

Kasdorf hatte einige Schwierigkeiten, den Text zu lesen, weil der Schreiber sich oft vertippt hatte, teilweise waren ganze Worte nicht mehr leserlich. Mit einem Wort: Diese Schreibmaschinenseite war vor vielen Jahren getippt worden, und der Zahn der Zeit hatte ihr nicht gut getan. So studierte Kasdorf erst einmal den Text, bevor er Lehn eine Kurzfassung servierte.

Die Geschichte handelte von einem Mönch aus Kat-ku, der bei der Überquerung irgendeines Gletschers in eine Spalte gefallen war, was zu jener Zeit einem Todesurteil gleichkam. Die anderen Mönche seines Klosters pilgerten zu dem Unfallort, den man ziemlich genau bestimmen konnte, da der verunglückte Mönch dort einen Handschuh verloren hatte. Sechs Tage beklagten sie den Tod des Mönchs am Unfallort, wie es Brauch in ihrem Mönchsorden war.

Umso größer war ihr Erstaunen, als sie nach Rückkehr ins Kloster den totgeglaubten Mönch im Kloster vorfanden, wo er es sich gut gehen ließ.

Es sah wie eine Wiedergeburt aus, und der Mönch ließ sich als Empfänger eines Wunders feiern, ohne je zu erzählen, was ihm widerfahren war. So wurde er zu einer Art Heiligem und genoss sein Ansehen durch die anderen.

Er wurde unendlich alt und eine Berühmtheit unter den Mönchen. Als es dann aber zum Sterben kam, bedrückte ihn sein Geheimnis, und er beichtete seinem Abt die Wahrheit.

Demnach war keinesfalls ein Wunder geschehen, sondern der Mönch hatte einfach beim Fall in die Felsspalte am Rand des Gletschers Glück gehabt. Die Spalte war nicht tief gewesen, und unten hatte ein kleiner See seinen Fall abgefedert, sodass er unverletzt geblieben war. Zugute gekommen war ihm, dass der Gletscher in seinem Bett Hohlräume gebildet hatte und so im Laufe der Jahrhunderte Gänge entstanden waren. Mehr kriechend als aufrecht war er diesen Gängen gefolgt und hatte so schließlich wieder nach Tagen blauen Himmel über sich gesehen.

Nachdem der Mönch gestorben war, ließ der Abt die Geschichte überprüfen. Man färbte eine Ziege mit Curcuma, also mit Gelbwurz, ein, seilte das Tier in der Spalte ab, in die der Mönch gefallen war, und wartete ab. Tatsächlich tauchte die Ziege nach einigen Tagen weiter unten in der Nähe des Klosters Lao-san auf. Man fand relativ einfach die Öffnung im Gletscher, wo die Ziege herausgekommen sein musste.

Der Abt war so fasziniert, dass er im Geheimen die Gletschersohle erkunden und den Weg markieren ließ, der unter dem Gletscher hindurch ins Hochtal von Lao-san führte. Der Abt ließ dieses Geheimnis aufschreiben und versteckte den Bericht, um zu verhindern, dass jemals ein Unbefugter diesen Weg , der das höher gelegene Kat-ku mit dem tiefer gelegenen Lao-san verband, finden würde.

Aus Dankbarkeit ließ er sowohl über der Felsspalte, in die der Mönch gefallen war, als auch am Ort, wo die Ziege aus dem Gletscher herausgekommen war, eine kleine Pagode errichten, deren Spitze er im Angedenken an die gelb eingefärbte Ziege gelb anmalen ließ.

»Warum wohl diese Geheimnistuerei?«, sagte Kasdorf.
»Typisch für das 19. Jahrhundert. Die machten aus jedem Furz ein Wunder«, meinte Lehn und fügte hinzu: »Aber seltsam, dass diese Aufzeichnung des Geheimnisses der gelben Ziege nach Kathmandu gelangt und schließlich in das Tagebuch von diesem Engländer geraten ist.«

Bevor sie einschliefen, machten sie sich Gedanken darüber, wie das Tagebuch wohl in die Hände ihres Mietnomaden gekommen war. Aber sie fanden keine Erklärung. Übermüdet schliefen sie ein.

In der Nacht weckte Lehn plötzlich seinen Freund. Wie schon in der Nacht zuvor war wieder das Geräusch eines LKWs zu hören. Sie befreiten sich aus ihren Schlafsäcken, stürzten aus der Hütte und blickten zur Straße hinüber. Da der Himmel wolkenverhangen war, war die Sicht dementsprechend schlecht. Plötzlich sahen sie zwei winzige Lichter, die, aus Süden kommend, ihren parkenden Toyota umfuhren und dann wieder in der Dunkelheit verschwanden. Bei dem Fahrzeug tippte Lehn auf einen dreiachsigen MAN, wie er auch bei der Bundeswehr zum Einsatz kam.

Trotz ihrer Abenteuerlust brachen sie am nächsten Morgen etwas nachdenklicher auf. Das Wetter war besser geworden. Der Weg war nicht mehr so glitschig wie zwei Tage zuvor. Die dicken Reifenspuren des LKWs waren aber auf dem angetrockneten Lehm noch gut zu erkennen.

Lehn hielt den Toyota sicher auf dem schmalen Weg, der sich immer weiter bergauf schlängelte. »Solange wir diese LKW-Spuren sehen, müssen wir schlussendlich nach China kommen, denn wo sonst sollte dieser LKW hinwollen?«

Kasdorf, der in dem Tagebuch las, blickte auf: »Wenn man dieses Tagebuch ließt und die Beschreibung der Landschaft mit der Wirklichkeit vergleicht, könnte man annehmen, dass wir uns hier auf dem gleichen Weg fortbewegen, den Major Crosby beschrieben hat.

Die Landschaft hatte plötzlich gewechselt. Das Hochtal, das sie erreicht hatten, war übersät von riesigen Felsbrocken, die teilweise mehr als haushoch waren. Die Straße schlängelte sich um diese herum. Manchmal waren die Durchfahrten so eng, dass Lehn sich fragte wie der LKW da durchgekommen war. Teilweise waren die Felsen so hoch, dass ihnen der Blick auf die Achttausender genommen wurde.

Plötzlich bremste Lehn und hielt an.

»Was ist?«, fragte Kasdorf erschreckt.

»Die Reifenspuren des LKWs vor uns sind weg.«

»Was heißt weg?«, wollte Kasdorf wissen.

»Weg heißt weg«, antwortete Lehn trocken. »Der LKW muss sich in Luft aufgelöst haben. Vielleicht kann er nicht nur bei Nebel fahren, sondern sich auch noch unsichtbar machen.«

Sie verließen den Toyota und gingen etwas zurück. Tatsächlich kamen sie an die Stelle, wo der LKW offensichtlich angehalten hatte.

Sie blickten sich fragend an und suchten die Umgebung mit den Augen ab. Soweit zwischen den Felsen zu sehen war, gab es von einem LKW keine Spur.

Fast gleichzeitig fanden sie dann die Erklärung. Der LKW hatte zurückgesetzt und war ziemlich genau in seinen Reifenspuren eine kurze Strecke rückwärtsgefahren. Dann war er scharf nach links abgebogen.

»Entweder der Fahrer hat die Abzweigung verschlafen oder ...?«

»Oder was?«, wollte Kasdorf wissen.

»Vielleicht war es dieser alte Indianertrick«, sagte Lehn und erzählte, dass die Indianer, um ihre Verfolger zu täuschen, in ihren Spuren zurückgegangen seien, um sich dann irgendwo in die Büsche zu schlagen.

»Lernt man das auf der Polizeiakademie?«, fragte Kasdorf irritiert.

»Nein, bei Karl May«, antwortete Lehn grinsend.

»Und welchen Weg nehmen wir?«, wollte Kasdorf wissen.

»Was sagt denn unser Major Crosby?«

»Nicht mehr viel«, räumte Kasdorf ein. »Ich bin schon auf der letzten Seite des Tagebuches, dann hat Crosby plötzlich aufgehört zu schreiben. Interessant ist, dass Crosby zum Schluss erwähnt, dass man irgendwo links abbiegen müsse, um dann zu einem Bergsattel hinaufzufahren. Von dort oben erblicke man dann in der Ferne das erste Ziel, das Kloster Lao-san.«

Lehn schlug vor, Crosbys Rat zu folgen.

Als sie abgebogen waren meinte Kasdorf. »Mir kommen langsam Bedenken, ob das noch der richtige Weg nach China ist. Vielleicht landen wir völlig woanders.«

Lehns Antwort darauf war lediglich die Feststellung, dass diese Tour dem wahren, dem perfekten Abenteuer entsprach: »Auf den Spuren Major Crosbys!« Wie vor dreißig Jahren. Zuerst gelte es jetzt dieses Kloster Lao-san zu finden. Und dann als Krönung vielleicht das sagenhafte Kat-ku. Jenes Kloster, das für normale Sterbliche versteckt in einem Garten Eden liegen solle. Ihr eigentliches Ziel, der heilige Berg Kailash, sei dagegen nur eine läppische Touristenattraktion.

Langsam schraubte sich ihr Toyota den Berg weiter bis zur Anhöhe hinauf.

Oben angekommen, waren sie überwältigt von dem Blick. Ein

weiteres Hochtal lag vor ihnen, und in weiter Entfernung auf einer kleinen Anhöhe war ein Lamakloster zu erkennen.

»Lao-san!«, rief Kasdorf begeistert aus. »Wir haben Lao-San gefunden!«

Sie waren fasziniert, aber gleichzeitig stieg auch eine gewisse Angst in ihnen auf. Sie sprachen es nicht aus, was sie dachten. Aber ihr anschließendes Schweigen war Beweis genug für ihr unterschwelliges Unwohlsein. An dieser Stelle endete das Tagebuch von Crosby, und es konnte nicht ausgeschlossen werden, dass an dieser Stelle auch das Schicksal von Crosby und seinem nepalesischen Freund Tendzin besiegelt worden war. Im Tagebuch hatte auch gestanden, dass die Mönche von Lao-san jeden töteten, der den Weg zu ihnen fand. Kein Fremder sollte den Weg je kennenlernen. Sie gerierten sich als die Wächter über den Weg nach Kat-ku.

»Wollen wir oder wollen wir lieber nicht weiterfahren?«, fragte Lehn.

Kasdorf war die Spontaneität etwas abhanden gekommen. Zögerlich meinte er: »Wir leben im 21. Jahrhundert. Da hoffe ich doch, dass die Mönche von Lao-san sich an die Gesetze halten und vor allem den aufkeimenden Fremdenverkehr in Nepal nicht durch einsame Entscheidungen torpedieren oder gar abwürgen.«

»Mögest du Recht haben«, sagte Lehn und gab Gas.

# Kapitel 6

Freitag, 25. Mai
Hamburg-Wilhelmsburg

Nachdem die al-Quds-Moschee in der Innenstadt, am Steindamm, geschlossen worden war, hatte sich das Zentrum der Fundamentalisten in eine provisorische Moschee in Wilhelmsburg verlagert. Genauer gesagt in die Neuhöfer Straße. Das Ganze war als Tischlerei getarnt. Neben dem früheren Handwerksbetrieb mit Zugang von der Straße befand sich ein unauffälliger Nebeneingang. Betrat man diesen, kam man in die dahinterliegenden Gebäude, die ursprünglich die Tischlerwerkstatt beherbergt hatten. Anstatt der Werkstatt waren die kleinen Gebäude jetzt mit Teppichen ausgelegt, wo gemeinsam gebetet wurde. Es gab aber auch einen bestuhlten Konferenzraum mit einem Podest, wo die Prominenz saß, einen Clubraum mit Sesseln und ein kleines Büro, das, was die Kommunikationsmittel betraf, auf das Modernste ausgestattet war.

Dort ging gegen 14 Uhr der entscheidende Anruf ein. Omar Chalid, der Chef der Moschee, meldete sich. Am Apparat war eine männliche Stimme. Ohne einen Namen zu nennen, sagte der Mann nur, er habe einen gebrauchten Opel zu verkaufen, ob Interesse an einem derartigen Fahrzeug vorhanden sei.

Omar Chalid spürte, wie sich seine Hand, die den Telefonhörer hielt, verkrampfte. Er wollte antworten, aber seine Stimme versagte. Er musste fast würgen, so aufgeregt war er. Denn das, was der Fremde gefragt hatte, die Sache mit dem gebrauchten Opel, war nichts weniger als ein Code. Omar Chalid wusste, dass er jetzt antworten und nach dem Preis fragen musste. Aber seine Stimme versagte noch immer.

»Besteht Interesse an dem Opel?«, wiederholte die Stimme drängend, fast fordernd.

»Der Preis?«, krächzte Omar Chalid. »Wie hoch ist der Preis?« Diese Frage war der Schlüssel nach dem Grad der Wichtigkeit des

Anrufes und durfte nur gestellt werden, wenn absolut sicher war, dass niemand anderes im Raum des Angerufenen war.

»Fünfzigtausend«, antwortete der Mann am Telefon.

Mit diesem Preisvorschlag war die Katze aus dem Sack. Fünfzigtausend für einen gebrauchten Opel, wo der faire Preis vielleicht bei dreitausend Euro lag, bedeutete nichts anderes, als Alarmstufe eins.

Omar Chalid hatte sich jetzt etwas mehr im Griff, als er antwortete, er habe Interesse an dem Fahrzeug, wo man es denn besichtigen könne.

Das war die verschlüsselte Frage nach weiteren Anweisungen.

»Kommen Sie morgen allein gegen zwölf Uhr mittags zum Hamburger Hauptbahnhof. Ausgang Glockengießerwall. Ich werde Sie ansprechen.«

Omar Chalid nickte und wollte antworten, dass er selbstverständlich dort sein werde und es ihm eine Ehre sei. Dazu kam es aber nicht, denn der Anrufer hatte bereits aufgelegt.

Mit noch immer zitternder Hand wollte Omar Chalid den Hörer auf den Apparat zurücklegen, was aber erst beim zweiten Anlauf gelang.

Er musste sich erst einmal setzen, um diese letzte Minute zu verdauen, denn viel länger hatte der Anruf des großen Unbekannten nicht gedauert. Erst langsam wurde ihm klar, dass er soeben mit der höchsten Instanz des kämpferischen Arms der Islamisten gesprochen hatte: mit niemand anderem als Branko Selic, der als der direkte Verbindungsmann zur Zentrale von al-Qaida in Pakistan galt und der der Sektion Europa vorstand. Niemand anderes war befugt, diesen Code zu verwenden. Hinter vorgehaltener Hand hieß es, dass Selic, wenn er sich in Deutschland aufhielt, in der Nähe von Neu-Ulm zu finden sei.

Doch langsam wurde sich Omar Chalid auch klar darüber, dass er sich fragen musste, was dieser Anruf überhaupt zu bedeuten hatte. Warum war er auserwählt, sich mit Branko Selic zu treffen? Einem Dschihadisten, der wohl auf Augenhöhe mit

Osama bin Laden zu seinen Lebzeiten gesprochen hatte? Das konnte Gutes, aber auch Schlechtes bedeuten. Schlimmstenfalls sollte er liquidiert werden. Aber warum? Omar Chalid war sich keiner Verfehlungen bewusst. Er hatte sich immer für die Sache des Islams eingesetzt. So kam er zu dem Schluss, dass er dem Treffen am nächsten Tag am Hamburger Hauptbahnhof ohne Sorgen entgegensehen konnte. Aber mulmig war ihm doch. Aber er verdrängte alle Sorgen. Er, Omar Chalid, würde Selic kennenlernen, der in islamistischen Kreisen hohes Ansehen genoss. Wegen seiner Brutalität, aber auch wegen seiner Macht. Welche Ehre, welch ein Glück. Wenn Allah das sehen würde, würde er vielleicht sagen: »Omar Chalid, du bist ein Auserwählter! Und wenn du irgendwann zu mir kommst, werden die einhundert Jungfrauen auf dich warten.«

Einhundert?, stutzte Omar Chalid in Gedanken. Habe ich nicht auch einmal von eintausend Jungfrauen gehört …?

Er hatte sich fürs Erste damit beruhigt, dass einhundert Jungfrauen für den Anfang auch nicht schlecht waren. Immerhin war er auch nicht mehr der Jüngste. Wenn alles gut lief, konnte man vielleicht später aufstocken.

# Kapitel 7

Der noch zu bewältigende Weg bis zum Kloster Lao-san entpuppte sich weiter als gedacht, aber nach gut zwei Stunden stoppte Lehn den Wagen kurz vor der Anhöhe, auf der das Kloster gebaut war.

Es war ein stolzer Bau. Unglaublich, was die Mönche vor Jahrhunderten an diesem Ort geleistet hatten. Auf einem Sockel aus Felssteinen erhoben sich über zwei Stockwerke die Mauern, die von Fachwerk aus Holz gestützt wurden. Darüber gab es dann noch ein Stockwerk aus dunkel gebeiztem Holz, über welches das Dach aus tiefbraunen Ziegeln auskragte. Überall, aber besonders an dem oberen hölzernen Stockwerken, gab es Schnitzereien, die dem ganzen Bauwerk die Wucht nahmen und eine gewisse Leichtigkeit ausströmten.

Links, unterhalb des Klosters, war eine größere Ansammlung von Stupas, kleineren Pagoden, wahrscheinlich ein Gräberfeld der Mönche. Überall flatterten Gebetsfahnen im Wind. Die Spitzen der Stupas waren mit Leinen verbunden, an denen kleine bunte Fahnen in der leichten Brise flatterten, die vom Himalaja herunterwehte.

Lehn ließ seinen Blick über die nähere Umgebung gleiten. Linker Hand war ein riesiges Geröllfeld, das sich mit leichtem Gefälle in die Richtung absenkte, aus der sie gekommen waren. Hinter dem Kloster war in ziemlicher Entfernung eine Anhöhe zu sehen. Nach Norden sah man nur steile Bergwände, die die Abbrüche der Achttausender waren. Im Osten war es ähnlich.

Lehn und Kasdorf wurden sich bewusst, dass an diesem Ort die Welt zu Ende war. Das Ende eines Hochtales. Eine Sackgasse. Majestätisch, aber auch furchteinflößend. Am Fuß der Achttausender erschienen die Berge einfach nur noch hoch.

»Einen Punkt können wir abhaken: Nach China geht es hier nicht«, stellte Kasdorf ernüchtert fest, nachdem er sich umgeschaut hatte. Im Norden und Osten machten steile Bergwände jedes Weiterkommen unmöglich.

»Dafür sehen wir jetzt das Kloster Lao-san«, entgegnete Lehn.

»Wer weiß, wie viele Menschen vor uns diesen Ort je gesehen haben?«

Kasdorf vermutete, dass es bestimmt nicht viele waren. »Vielleicht Major Crosby und möglicherweise unser Mietnomade. Vielleicht lernen wir wenigstens diesen Herrn jetzt kennen. Bei Crosby kommen wir wohl zu spät. Es sei denn, er ist als Novize in das Kloster eingetreten und ist jetzt der Abt.«

»Hör auf damit, alles ins Lächerliche zu ziehen!«, ermahnte ihn Lehn, und lenkte den Toyota direkt vor die große Eingangstür.

Was sie aus der Entfernung nicht gesehen hatten, jetzt aber aus der Nähe nicht zu übersehen war, war, dass die gesamte Anlage renovierungsbedürftig war. Überall war Farbe abgeplatzt, der Türrahmen der schweren Eingangstür wies Risse auf, die Gebetsfahnen waren durch den Wind stark gebeutelt, um nicht zu sagen: unansehnlich, teilweise zerfetzt. Der Vorplatz vor dem großen Eingangstor war mit Unkraut übersät.

Obwohl sich kein Mönch blicken ließ, machte die Anlage dennoch einen bewohnten Eindruck. Am Rande des Vorplatzes liefen einige Hühner herum. Hinter einer Krüppelkiefer wühlte ein Zwergschwein im Dreck, und am Rande des Geröllfeldes kletterte eine kleine Herde Ziegen über die nackten Felsen. Aber von einem Mönch war immer noch nichts zu sehen.

Etwas zögerlich stiegen sie aus und gingen zur Eingangstür. Da es keine Klingel gab, klopften sie. Aber das schwere Eichenholz schluckte jeden Laut. Lehn drückte gegen die Tür. Sie gab nach. Etwas zögerlich traten sie ein. Die schwere Eichentür schloss sich hinter ihnen mit einem schmatzenden Geräusch.

Einen Moment verharrten sie. Sie befanden sich in einer ziemlich großen Halle, die über zwei Stockwerke hoch war. Oben gab es eine Galerie. Die untere mehr oder minder quadratische Halle war mit Teppichen ausgelegt. An den Wänden gab es Bänke. An der gegenüberliegenden Wand war eine Art Altar, bestehend aus einem liegenden Buddha aus Holz, der teilweise mit Blattgold bedeckt war. Davor lagen viele Dinge, die Lehn und Kasdorf nicht einordnen konnten. Vielleicht waren es Opfergaben.

»Wo sind nur die Mönche?«, raunte Kasdorf.

Lehn zuckte mit den Schultern und bewegte sich in Richtung des Altars. Kasdorf folgte ihm.

»Mir fehlt«, sagte Lehn, »dieser typische Geruch von Räucherstäbchen, dessen Geruch sich wie eine Klammer um die Lungen legt, wenn man buddhistische Tempel betritt.«

Kasdorf überlegte kurz und blickte sich um. »Du hast recht. Irgendwie macht das Ganze einen toten Eindruck, als ob in diesem Kloster nicht mehr praktiziert werden würde.«

Ohne Vorwarnung brüllte Lehn ein »Hallo« in die tote Atmosphäre. Kasdorf erschrak, rügte nur, ob das in dieser Lautstärke hatte sein müssen.

»Es musste.« Lehn deutete nach oben. Denn dort auf der oberen Galerie erschien jetzt ein Mönch in seiner orangenen Kutte.

Von dem Besuch von zwei Europäern oder Amerikanern schien er nicht im Entferntesten überrascht zu sein. Durchaus höflich forderte er sie auf, in den Raum rechts vom Altar zu gehen. Dort stände Wasser zur Erfrischung und Gebäck.

»Ein Whisky wäre mir lieber«, meinte Lehn. »Aber möglicherweise sind wir hier unter die Guttempler geraten.«

Sie gingen in den beschriebenen Raum, wo tatsächlich Wasser in Dosen und Kekse auf einer Art Anrichte standen.

»Die Wasserdosen sind von Nestlé. Das kann man unbesorgt trinken«, stellte Lehn fest. »Erstaunlich, wie dieser Konzern aus Vevey das Ende der Welt beliefert.«

»Viel erstaunlicher ist, dass die Mönche hier dieses Mineralwasser feilbieten. Man muss sich allein die Logistik vorstellen, die das erfordert …«

»Keine Logistik kann vollkommen genug sein, um nicht die Gäste unseres Klosters Lao-san auf das Beste zu bewirten«, sagte eine Stimme im Hintergrund in fließendem Englisch.

Lehn und Kasdorf blickten sich um. Ein weiterer Mönch stand plötzlich in der Tür. Sie hatten ihn nicht kommen hören. Vielleicht fünfzig Jahre alt, schätzte Lehn. Zu jung, um der legendäre Major Crosby zu sein.

»Ich bin der Abt von Lao-san und heiße Sie im Namen unserer Klosterbruderschaft willkommen.«

Lehn und Kasdorf stellten sich vor.

Der Abt forderte sie auf, sich zu setzen und zu erzählen, was sie an diesen abgelegenen Flecken der Erde geführt habe. Immerhin komme es nicht oft vor, dass Fremde sich an diesen Ort verirrten.

Lehn und Kasdorf erzählten abwechselnd, dass sie eigentlich auf dem Weg zum heiligen Berg Kailash seien. Da aber die Grenze am Urai-Pass geschlossen gewesen sei, hätten sie versucht, über den Pass Nanga-La nach China zu kommen; ein Vorhaben, das wohl zugegebenermaßen in die Hose gegangen sei.

»Da haben Sie Recht«, sagte der Abt schmunzelnd. »Hier geht es nicht weiter. Hier ist das Ende der Welt. Die Grenze, die Sie offenbar gesucht haben, ist weiter östlich.«

»Und, sind wir hier schon in China?«, fragte Kasdorf gespannt.

Der Abt wich einer genauen Antwort aus. »China, Tibet, Nepal«, zählte er auf. »Hier oben sind wir in einer anderen Welt. Es gibt hier keine Grenzen. Beispielsweise gibt es von hier keine Verbindung nach China, weshalb die Chinesen hier nichts zu sagen haben.« Der Abt trat an das kleine Fenster. Mit den Worten »Schauen Sie« forderte er seine Gäste auf, ans Fenster zu kommen. Er zeigte auf die Bergkette von sechs- bis siebentausend Meter hohen Bergen, die sich unmittelbar hinter dem Kloster im Norden und Osten erstreckten. »Da kommt kein Chinese rüber. Wir sind hier in einer Sackgasse am Ende der Welt. Aber der Vorteil ist, dass wir dafür unendlich viel Zeit für unsere Meditationen haben.«

Das Gespräch verflachte. Immer wieder wollte der Abt wissen, wieso sie gerade den Weg zum Kloster Lao-san genommen hatten. Stereotyp entgegneten Lehn und Kasdorf, dass das reiner Zufall gewesen sei. Sie hätten schlichtweg die Abzweigung ins Nachbartal zur Passstraße nach China nicht gefunden.

Aus einem Gefühl heraus erwähnten sie nichts von dem geklauten Satellitentelefon, von dem Mietnomaden und von Crosbys Tagebuch.

Schließlich fragte Kasdorf nach dem Hintergrund der guten Englischkenntnisse des Abtes.

»Ich bin ein alter Mann«, wich der Abt aus. »Die Gebirgsluft hier oben hemmt in gewisser Weise den Alterungsprozess der Haut. Leider nicht der Organe«, fügte er schmunzelnd hinzu. »Wir haben viel Zeit, uns zu bilden. Vor allem in Sprachen. So spreche ich auch ein wenig deutsch und konnte ihre Bemerkung über den Nestlé-Konzern verstehen. Zudem haben wir eine große Bibliothek, wo sich unsere Brüder über alles informieren können.«

»Faszinierend«, bemerkte Lehn.

»Und welchen Buddhismus vertreten Sie hier? Den des ›großen Fahrzeugs‹ oder des ›kleinen Fahrzeugs‹?«, fragte Kasdorf.

Der Abt schien verunsichert. Schließlich sagte er, dass das Kloster den reinen Buddhismus vertrete. Im Übrigen sei das Essen angerichtet, und man möge ihm zum Speisesaal im ersten Stock folgen.

Zu dritt gingen sie schweigend die große Treppe in den ersten Stock und betraten den Speisesaal. An einem langen Tisch saßen ungefähr zehn Mönche und weitere acht Personen, die keine Kutten trugen.

»Während der Einnahme der Mahlzeiten gilt hier das Schweigegelübde«, raunte der Abt ihnen zu. Der Abt wies ihnen zwei Plätze am Ende des Tisches zu, sodass sie auch gar keine Gelegenheit hatten, mit einem der anderen zu sprechen.

Das Essen war einfach, aber schmackhaft. Auf Wunsch gab es Wasser oder Coca-Cola.

Auf Kasdorfs erstaunte Frage, wie hier an das Ende der Welt Coca-Cola käme, antwortete der Abt leise, man habe öfters Transporte aus dem Tal organisiert.

Kasdorf dachte an den LKW, den er nachts gehört hatte, sagte aber nichts.

Nach Beendigung des Abendessens äußerten Lehn und Kasdorf den Wunsch, noch etwas Luft zu schnappen.

Sie verließen das Kloster durch den Haupteingang. Die sie umfangende Abendstimmung war umwerfend. Die Sterne waren zum Greifen nah.

»Man meint hier oben im Himalaja dem Himmel sehr nah zu sein«, sagte Kasdorf irgendwie überwältigt.

»Hoffentlich meinst du das nur in Bezug auf die Natur und nicht auf deine Person«, meinte Lehn nachdenklich.

»Was treibt unseren Pessimisten nun wieder um?«

Lehn ließ sich mit der Antwort Zeit. Schließlich zählte er auf, was ihn alles stutzig machte. So scheine es in Lao-san keinen buddhistischen Klosterbetrieb zu geben. Ob ein überladener Altarraum, hölzerne Gebetstrommeln oder der alles erschlagende Geruch von Räucherstäbchen: Es gebe an diesem Ort nichts von dem, was ein lebendiges Klosterleben ausmache, oder das, was da sei, scheine außer Betrieb. Der Abt erscheine ihm ziemlich jung, und der Mann spreche erstaunlich gut englisch. Mit dem buddhistischen Glauben scheine er auch nicht auf gutem Fuß zu stehen, denn er wisse nichts von dem »großen Fahrzeug« und dem »kleinen Fahrzeug«. Die Teilnehmer bei dem Abendessen seien nur teilweise Mönche gewesen, und diese Laien hätten auch nicht geredet, obwohl für sie das Schweigegelübde wohl kaum habe gelten können. Hinzu komme, dass diese Versorgung durch LKWs aus dem Tal für ein Kloster ungewöhnlich sei. Das alles koste Geld. Sehr viel Geld. Er frage sich, wo das Geld herkomme. Im Übrigen habe er eigentlich erwartet, den Mietnomaden hier zu treffen.

»Alles Hypothesen und pessimistische Annahmen. Typisch für das negative Denken eines deutschen Kriminalbeamten«, meinte Kasdorf lächelnd. »Lass uns erst einmal schlafen. Morgen fahren wir zurück. Dann sieht die Welt schon ganz anders aus.«

Sie gingen ins Kloster zurück.

Ihnen wurde eine Doppelzelle zugewiesen. Es gab zwei Betten, zwei Spinde und immerhin eine Nasszelle mit einer kleinen Toilette.

Kasdorf ließ sich auf die Matratze fallen. Sie war in Ordnung. Der Mönch, der sie an diesen Ort gebracht hatte, wünschte auf Englisch eine gute Nacht und bedauerte, die Zelle von außen abschließen zu müssen.

»Warum das?«, fragte Lehn misstrauisch.

Der Mönch sprach von einem alten Brauch, den ein seit langem verstorbener Abt eingeführt habe. Den Grund kenne er nicht. Aber es gebe im Kloster nun einmal Regeln, die eingehalten werden mussten. Im Übrigen gebe es eine Klingel für den Notfall. Dann komme jemand, um die Tür zu öffnen.

Lehn und Kasdorf waren zu müde, um gegen den Einschluss zu protestieren. Sie schliefen sofort ein. Nachts wachte Lehn einmal auf. Er meinte, von dem Brummen eines LKW-Motors geweckt worden zu sein. Er stand auf, ging ans Fenster. Aber er konnte nichts erkennen.

Als sie am nächsten Morgen die Zelle verlassen wollten, war die Tür, ohne dass sie es bemerkt hatten, schon entriegelt. Sie gingen in den Speiseraum zum Frühstück. Danach wollten sie in die Zivilisation zurückfahren. Aber ihr Toyota sprang nicht an.

Ratlos blickten sie sich an. Der Abt wurde gerufen. Er vertröstete die beiden damit, dass in den nächsten Tagen ein Techniker in Lao-san erwartete werde, um verschiedene Reparaturen auszuführen. Er könne auch Toyotas reparieren.

»Wenn es nicht zu lange dauert«, unterbrach ihn Lehn. »Wir haben nämlich nicht viel Zeit, da wir nach Deutschland zurückfliegen müssen.«

Dieser Einwand veranlasste den Abt, über den Begriff der Zeit zu resümieren. Hier oben im Himalaja sei die Zeit kein allzu wertvolles Gut. Man müsse hier viel Zeit haben, denn die Naturgewalten würden keine geregelten Zeitabläufe akzeptieren. Es habe Reisende gegeben, die mehr als ein Jahr gewartet hätten, bis irgendein Pass wieder begehbar gewesen sei. Sie hätten in dieser Zeit des Wartens viel gelesen und nachgedacht und seien so mit sich ins Reine gekommen.

»Na, das kann ja heiter werden«, sagte Lehn. »Und ich hoffe, dass mein Vorgesetzter, Kriminalrat Stahmer, für den etwas sonderbaren Zeitbegriff hier im Himalaja Verständnis aufbringen wird.«

Die nächsten beiden Tage zogen sich zäh dahin. Von einem Techniker war nichts zu sehen. Es war ihnen gestattet, alle Räume des Klosters zu betreten, außer den Räumen im ersten Stock, die durch eine Tür verschlossen waren. Sie verbrachten viel Zeit in der Bibliothek, versuchten mit den anderen Bewohnern des Klosters ins Gespräch zu kommen, was nur mäßig gelang, und beobachteten umso genauer ihren Tagesablauf. Dabei stellten Lehn und Kasdorf fest, dass herzlich wenig religiöse Handlungen vorgenommen wurden. Dafür war leichter Sport angesagt, was in der Höhe alle Kräfte erforderte. Auffallend war, dass die ziviltragenden Bewohner sich änderten. Einige waren morgens verschwunden, während dann auch wiederum neue Gesichter am Esstisch saßen.

In der dritten Nacht kam es zu einem Zwischenfall. Einige Schüsse hatten Lehn und Kasdorf aufgeweckt. Sie waren ans Fenster gestürzt, hatten aber nichts sehen können.
Beim Frühstück hieß es, ein Bär habe sich am Hühnerstall zu schaffen gemacht und sei dann mit Schüssen vertrieben worden.
Die Wahrheit war wohl eine andere. Gegen neun Uhr hatte man schon von weitem gesehen, dass zwei in Drillich gekleidete Personen eine Bahre trugen, auf der eine Person lag. Langsam näherten sie sich dem Kloster. Lehn und Kasdorf gingen ihnen einige Meter entgegen, wurden aber von den Trägern angefaucht, wieder ins Kloster zurückzugehen. Erleichtert erkannte Kasdorf, dass der Mann auf der Bahre bei Bewusstsein war. In der Eingangshalle stellten die Träger die Bahre ab.
Erst jetzt war zu erkennen, dass der Mann im Brustbereich stark blutete. Mehrere Personen bildeten jetzt einen Kreis um die Bahre und glotzten auf den Verletzten. Lehn kniete sich hin

und versuchte die Jacke und das Hemd des Mannes zu öffnen, um ihm Erleichterung beim Atmen zu verschaffen.

Immerhin brachte irgendjemand ein Glas Wasser und reichte es Lehn, der es dem Verletzten einzuflößen versuchte. Als der Mann die Lippen öffnete, flüsterte er: »Ich muss mit Ihnen allein ein paar Worte sprechen!« Offensichtlich war er Engländer.

Das Erscheinen des Abts beendete jede weitere Kontaktaufnahme. Ein weiterer Mönch, der offensichtlich etwas von Medizin verstand, brachte den Verletzten in eine stabile Seitenlage, entkleidete dann vorsichtig den Oberkörper und legte erst einmal einen Verband an.

Als das gemacht war, öffnete er einen Erste-Hilfe-Koffer und verabreichte dem Verletzten einige Tabletten. Daraufhin wurde der Verletzte in eine Zelle im ersten Stock getragen.

Lehn fragte den Abt, ob er näheres über die Umstände wisse, wie es zu dieser Schussverletzung gekommen war und wer der Mann sei.

Der Abt schüttelte den Kopf. Er wisse es auch nicht, aber er werde den Vorfall untersuchen, meinte er.

»Und was schlagen Sie vor, wie man dem Mann helfen kann?«, fragte Lehn.

»Selbst wenn wir die Möglichkeit hätten, scheidet ein Transport ins Tal aus. Der Verletzte würde es nicht überleben. Wir können ihn nur mit unseren bordeigenen Mitteln zu behandeln versuchen …«

»Und die wären?«, fragte Lehn.

»Kräuter, Schlaf, verbunden mit Schmerzmitteln aus unserer Apotheke«, antwortete der Abt und fügte hinzu: »Wir können nicht mehr für ihn tun. Es liegt jetzt in der Hand Allahs.«

Etwas erstaunt über diese Bemerkung korrigierte Lehn den Abt, dass in einem Lamakloster wohl eher die Hand Buddhas segensreich sei. Der Abt aber hatte sich wortlos umgedreht und verließ schnellen Schrittes die Halle.

Lehn schlug seinem Freund vor, etwas vor der Tür spazieren zu gehen, um ungestört sprechen zu können.

Draußen berichtete Lehn seinem Freund von den gestammelten Worten des Verletzten, dass er mit ihm sprechen wolle. Nur das Erscheinen des Abtes habe offenbar den Verletzten veranlasst, nicht weiterzureden.

»Dann sollten wir versuchen, mit dem Mann allein zu sprechen«, sagte Kasdorf und fügte hinzu: »Was nicht leicht werden wird.«

Da ein Gespräch mit dem Verletzten tagsüber nicht möglich war, weil immer einer der Mönche sich vor dem Zimmer aufhielt, entschlossen sich Lehn und Kasdorf, es nachts zu versuchen. Zwischen ihrer Zelle und der des Verletzten lag nur eine weitere Zelle, die aber nicht belegt war. Nachts war der Weg über den Flur verriegelt. Deshalb entschlossen sich Lehn und Kasdorf, sich außen am Sims entlang zu hangeln. Das entpuppte sich als leichter als befürchtet, da das Dach an dieser Stelle eine Auskragung hatte.

Sie quetschten sich durch das kleine Fenster der Zelle des Verletzten. Diesem ging es besser als befürchtet. Offensichtlich sprach er auf die Behandlung mit Kräutern an. Und die Schmerzmittel taten ein Übriges. Mit seiner Taschenlampe erleuchtete Lehn den Raum, sodass der Verletzte seine Besucher erkennen konnte. Ein Lächeln glitt über sein Gesicht.

»Mein Name ist Lehn, und das ist mein Freund Kasdorf. Wir sind deutsche Touristen und nur durch Zufall hier. Wir wollten nach China.« Dann fuhr er fort: »Wie sind Sie hierhergekommen, und was ist passiert? Wer hat Sie angeschossen?«

Der Verletzte antwortet leise. Offensichtlich machte seine Atmung ihm Schwierigkeiten. Aber sein Englisch war durchaus zu verstehen. »Ich habe mich von Kathmandu von einem LKW mitnehmen und mich fünfzig Kilometer hinter Simikot absetzen lassen. Dann habe ich mich in Richtung Nordwesten auf den Weg gemacht. Dorthin, wo ich das Kloster Lao-san vermutete.«

Kasdorf fragte ihn, warum er nicht einen eigenen Wagen genommen habe.

»Zu gefährlich. Der Weg hierher wird elektronisch überwacht. Sie haben auf dem Weg eine Art Funkleitsystem installiert. Das ermöglicht ihnen, selbst bei Nebel – oder in den Wolken, wie man es nimmt – nicht vom Weg abzukommen. Aber es ermöglicht ihnen auch, jedes Fahrzeug zu registrieren, das sich dem Kloster nähert. Ich habe Ihren Toyota übrigens gesehen. Ich hätte Sie warnen sollen, war aber nicht sicher, ob Sie nicht auch zu dieser Verbrecherbande gehören. Um nicht entdeckt zu werden, bin ich deshalb die letzten Kilometer nur nachts marschiert. Aber selbst das hat nichts genützt. Sie haben mich, wie Sie sehen, erwischt.«

Lehn fragte, ob er der Mann sei, der in der kleinen Klause übernachtet und hinter der Hütte einen Koffer vergraben habe.

»Sie haben meinen Koffer also gefunden?«

»Das war auch nicht so schwer«, antwortete Kasdorf entwaffnend.

»Sie deuteten eben an, Sie hätten uns warnen sollen. Und Sie sprachen von einer Verbrecherbande. Wie sollen wir das verstehen?«, wollte Lehn wissen.

Der Engländer blickte erst Lehn, dann Kasdorf an. Dabei versuchte er sich aufzurichten, was aber nicht gelang. Kasdorf stopfte ihm das Kopfkissen in den Rücken, sodass er halbwegs aufrecht saß.

Wieder blickte er erst Lehn und dann Kasdorf an, so, als wollte er sicher sein, dass die beiden ihm zuhörten. »Meine Herren!«, begann er ernst. »Mein Ausflug nach Lao-san, aber auch Ihre Fahrt zu diesem Kloster kommt einem Todesurteil gleich. In meinem Fall bin ich mir sicher, denn mit meiner Brustverletzung habe ich nur noch wenig Zeit zu leben. Was Sie betrifft, wissen Sie es möglicherweise noch nicht. Aber die Wahrheit ist, und ich verspreche es Ihnen: Auch Sie werden getötet werden.«

Lehn und Kasdorf reagierten wie versteinert.

Kasdorf fasste sich als erster. »Aber wieso? Diese Mönche sind doch, abgesehen von einigen Merkwürdigkeiten, ganz höflich?«

Der Engländer machte eine Handbewegung, die alles bedeuten konnte, aber auch nichts. »Alle gewöhnlichen Menschen, die einmal Lao-san erreicht haben, bleiben für immer hier oder werden getötet. Es gibt kein Zurück. Es ist ein eisernes Gesetz des Klosters Kat-ku, dass niemand ins Tal zurückkehren darf, der die Lage von Kat-ku verraten könnte. Das gleiche gilt für Lao-san, denn Lao-san ist lediglich der Vorposten von Kat-ku.«

»Aber Sie sprechen jetzt von Kat-ku. Was ist Kat-ku? Wo liegt dieses geheimnisvolle Kat-ku?«, wollte Lehn wissen.

Die Stimme des Engländers wurde jetzt zu einem Flüstern: »Es handelt sich um das sagenumwobene Kloster Kat-ku, das hier in der Nähe auf einer kleinen Hochebene vermutet wird. Es ist bisher wahrscheinlich nur von wenigen gewöhnlichen Menschen gesehen worden. Ein gewisser Major Crosby hat immerhin den Weg beschrieben. Aber er kam nie zurück.«

»Das Tagebuch von Major Crosby«, unterbrach Kasdorf.

»Sie haben es in meinem Koffer gefunden?«

Kasdorf nickte.

»Und woher wissen Sie von Kat-ku?«, fragte Lehn.

»Das Geheimnis dieses Klosters hat mich über die gesamten Jahre fasziniert, die ich an der englischen Botschaft in Kathmandu gearbeitet habe. Die Geschichten und Gerüchte sind teilweise einhundert bis zweihundert Jahre alt. Sie gehen in eine Zeit zurück, als das Kloster noch von strenggläubigen buddhistischen Mönchen bewohnt wurde. Heute vermutet man, dass das Kloster in die Hände von Terroristen gefallen ist, die dort oben eine Rückzugsbasis aufgebaut haben sollen. Um dies zu ergründen, bin ich gekommen. Und wie ich mir jetzt eingestehen muss, bin ich gescheitert.«

»Einmal von den Terroristen abgesehen – was hat Sie an dem Kloster so fasziniert?«, fragte Lehn.

Irgendwie schienen die Augen des Engländers einen Glanz anzunehmen, als er zu erzählen begann: »Glaubt man den Geschichten und den Gerüchten, dann liegt dieses Kloster Kat-ku hier irgendwo auf einer Hochebene. Diese Hochebene muss wunderschön sein. Da sie durch die Bergkette der Sieben- bis Achttausender nach Norden völlig geschützt liegt, ist sie gegen die eisigen Nordwinde abgeschottet. Dieses kleine Fleckchen Erde, über dem das Kloster Kat-ku thront, ist angeblich so schön, dass die ersten Mönche, welche die Hochebene im frühen 18. Jahrhundert entdeckten, sich entschlossen haben, das Kloster dort zu errichten. Ein kleines Paradies mit einer atypischen Vegetation in fast fünftausend Meter Höhe. Eine Anomalie. Hervorgerufen durch einen vulkanischen Untergrund. Ein warmer Boden und heiße Quellen ermöglichen es angeblich, dort Gemüse, ja Obstbäume anzubauen, sodass die Mönche, die dort lebten, völlig autark sind. Außerdem sollen dort oben tagsüber angenehme Temperaturen um zehn Grad Celsius herrschen. Aber zugegeben: Alles sind Geschichten und Gerüchte. Niemand hat es eigentlich wirklich gesehen. Auch wohl dieser Crosby nicht. Vielleicht ist Kat-ku auch nur ein Traum, der in den Köpfen der Nepalesen und einigen Europäern herumspukt. Ein Traum, den ich jetzt mit meinem Leben bezahlen werde.«

Lehn lief es kalt über den Rücken. Aber bevor er etwas sagen konnte, fuhr der Engländer fort: «Ich habe vage Aufzeichnungen gefunden, die von Kat-ku erzählen. Das Problem ist, dass der Weg dorthin immer falsch angegeben wurde. Offensichtlich war es ein Anliegen der Äbte, ja eher ein Gelübde, dass der Weg nie verraten werden durfte. Wer den Weg dorthin dennoch verriet, wurde von einer Greiftruppe des Klosters getötet, die Spuren des Unglücklichen wurden verwischt. Schon immer waren diese Wächter über den Weg nach Kat-ku nicht pingelig. Wahrscheinlich ähnlich brutal wie die heutigen Terroristen.«

Der verletzte Engländer begann zu röcheln. Das Erzählen hatte ihn angestrengt.

Kasdorf bedeutete ihn zu schweigen und sich etwas auszuruhen. Aber man spürte, dass er seine Geschichte loswerden wollte.

»Bei Ihrem Wissen – oder sagen wir Ihren Ahnungen –, dass wir hier alle in ein Verbrechernest geraten sind: Warum sind Sie dieses Risiko überhaupt eingegangen und haben sich auf den Weg in diese verdammt abgelegene Gegend gemacht?«

Ein Lächeln glitt über das Gesicht des Engländers. »Risiko ist die Wahrscheinlichkeit des Misserfolges.«

»Und Sie glaubten an den Erfolg?«, sagte Kasdorf.

»Vielleicht war es Abenteuerlust oder eher Dummheit. Ich dachte, ich würde zu Fuß nahe genug an Lao-san herankommen und die kleine Pagode finden, die den Eingang zu einem geheimen Weg nach Kat-ku markiert.«

»Der Reihe nach«, unterbrach ihn Kasdorf. »Es muss doch einen Anlass geben, dass Sie gerade jetzt nach hier oben in das Reich der Achttausender aufgebrochen sind.«

Der Engländer hatte sich wieder etwas beruhigt. Er sprach jetzt leiser. Das Röcheln war einem schweren Atmen gewichen, aber er erwähnte diese Geschichte mit dem geheimen Weg nach Kat-ku nicht mehr. Stattdessen erzählte er, dass ein Mann ihm auf der Straße in Kathmandu das Tagebuch von diesem Major Crosby zugesteckt habe. Es sei allerdings in gewissen Kreisen von Kathmandu bekannt gewesen, dass er sich für das Kloster Kat-ku interessiert habe, inklusive aller Sagen, Gerüchten und Geschichten. Vor einigen Monaten sei sogar ein kleiner Artikel in der Zeitung *Kathmandu Times* erschienen, wo er namentlich erwähnt worden sei, inklusive seines Interesses an Kat-ku.

»Sie kannten den Mann nicht, der Ihnen das Tagebuch zugesteckt hat?«, fragte Lehn.

»Vor einigen Monaten ging ich durch die Durban Street, als mich ein Mann anrempelte. Nichts Ungewöhnliches, denn dort herrscht immer ein furchtbares Gedränge. Ich kann noch nicht einmal sagen, wie der Mann aussah und schenkte dem Vorfall keinerlei Beachtung. Zu Hause fand ich dann das Tagebuch von Major Crosby in meiner Einkaufstüte zwischen den Lebensmitteln, die ich eingekauft hatte. Ich erkannte auf den ersten Blick, dass es ein Tagebuch über eine Trekkingtour in den Nordwesten von Nepal war bis zur Grenze nach China.«

»Und wie erkannten Sie die Brisanz dieses Tagebuches?«, fragte Lehn.

Der Engländer antwortete nicht sofort, als müsste er erst einmal nachdenken.

»Da muss ich ausholen, um Ihnen alles zu erzählen. Das fällt mir in meinem Zustand schwer. Aber ich werde mich bemühen. Denn nur so hat mein Herzensanliegen eine kleine Chance, der Nachwelt überliefert zu werden.«

»Erzählen Sie uns einfach, was Sie über Kat-ku wissen«, forderte Lehn ich auf.

Die Augen des Engländers glänzten auf. Relativ ruhig erzählte er dann. Er sei Angestellter der britischen Botschaft in Kathmandu, zuständig für Pressearbeit und nepalesische Innenpolitik. Schon vor mehr als einem Jahr sei die britische Botschaft in Kathmandu vom MI6 in London informiert worden, dass oben an der chinesischen Grenze irgendetwas nicht stimme und dass möglicherweise ein Kloster von Terroristen dazu benützt würde, als Trainingszentrum, aber auch als Ruheraum für Terroristen zu dienen. »Dazu muss man sagen, dass dieser nepalesische Nordwesten am Fuße des Himalajas schon seit Jahren von den sogenannten Mao-Rebellen kontrolliert wird, sodass man die Gegend nicht erreichen konnte. So war es uns von der Botschaft unmöglich, die Informationen vom MI6 zu überprüfen.«

»Welche Qualität hatten die Hinweise?«, fragte Kasdorf.

»Nachhaltige Hinweise«, antwortete der Engländer. Der MI6 habe bei gefangengenommenen Terroristen im Irak und Afghanistan Hinweise gefunden, die auf dieses Gebiet hinwiesen. Aber selbst unter Folter habe keiner der Gefangenen Näheres gewusst.

»Folter«, entfuhr es Kasdorf, wobei herauszuhören war, dass er jede Art von Folter missbilligte.

Der Engländer blickte ihn mitleidig an. »Junger Mann«, sagte er. »Merken Sie sich: Wenn Folter der Wahrheitsfindung dient, und wenn durch die unter Folter gemachten Aussagen andere unschuldige Menschen gerettet werden können, dann muss Folter erlaubt, sogar zwingend notwendig sein!«

Kasdorf wand ein, dass der Europäische Gerichtshof Folter verbiete.

»Scheiß auf den Gerichtshof. Und scheiß auf die EU«, sagte der Engländer und tat so als müsse er kotzen. »Das Leben ist anders, und wenn wir die Bösen nicht mit ihren Waffen schlagen, haben wir verloren. Sie sehen es doch am Zweiten Weltkrieg. Sechsundfünfzig Millionen Menschen hätten nicht sterben müssen, wenn es keine Appeasement-Politiker, keine von diesen Scheißgutmenschen gegeben hätte, sondern entschlossene Politiker, die euren Führer energisch gebremst hätten.«

Der Engländer hatte sich erregt. Sein Atem ging wieder schneller. Lehn legte seine Hand auf die Stirn des Engländers. Beruhigend sagte er: »Wir holen Sie hier raus!«

»Wo denken Sie hin. Es gibt keine Zukunft für uns, und für mich mit meiner Schussverletzung schon gar nicht. Wir sind verloren.«

»Es gibt immer eine Lösung«, unterbrach ihn Kasdorf energisch.

Der Engländer blickte Kasdorf mit großen Augen an. »Ich sehe keine Chance«, sagte er. »Aber versuchen Sie es. Vielleicht haben Sie ja eine Chance. Sie sind jung. Fliehen Sie nachts. Laufen Sie so schnell Sie können zurück, und versuchen Sie die kleine Kate zu erreichen, die sie ja kennen. Gut einhundert Meter südlich der Kate gibt es einen mannshohen Felsen, dessen oberer Teil an eine Pyramide erinnert. Auf der Rückseite in einer kleinen Ausbuchtung habe ich meine Papiere versteckt. Aber auch ein Satellitentelefon und eine Pistole. Sie werden die Dinge gut gebrauchen können.«

»Wir gehen nicht ohne Sie.«

»Ihr Deutschen seid doch Sturköpfe«, sagte der Engländer tadelnd. »Aber selbst wenn ihr meine Sachen finden würdet, wäre die Chance zu entkommen nicht groß. Ihr werdet es vielleicht nicht bemerkt haben, aber der Weg nach hier oben ist, ich erwähnte es vorhin schon, durch dieses Funkleitsystem überwacht. Das ermöglicht diesen Schweinen von Lao-san, auch bei Nebel oder in Wolken die Versorgung aufrechtzuerhalten und natürlich auch ungebetene Besucher aufzuspüren.«

Erst jetzt ging Lehn ein Licht auf. Das war die Erklärung, dass der LKW, den sie nachts gehört hatten, auch bei Dunkelheit und selbst bei Nebel ihren Toyota nicht plattgemacht hatte. Und es war eine Erklärung, dass der Abt von Lao San bei ihrem Erscheinen nicht sonderlich erstaunt gewesen war.

»Wenn es so schwer ist, nach Süden zu fliehen, warum fliehen wir nicht nach Westen oder Osten? Nach Norden geht es wohl nicht, wegen der Berge.«

»Nach den alten Aufzeichnungen«, sagte der Engländer, »liegt dieses Kloster Kat-ku von hier aus gesehen im Westen. Aber es ist letztlich nur eine Vermutung. Der Weg von Lao-san nach Kat-ku wird möglicherweise nicht so überwacht wie der Weg nach Süden. Wenn Sie nicht erschossen werden, haben Sie beide dann als einzige Europäer dieses Paradies zu Gesicht bekommen. Vorausgesetzt, es gibt dieses Paradies überhaupt. Vielleicht ist alles nur Einbildung. Ein schöner Traum. Die Sehnsucht von uns Europäern, das Paradies zu finden. Aber stattdessen werden Sie vielleicht die Hölle finden. Im Vorhof der Hölle in Lao-san sind Sie ja schon angekommen. Kommen Sie heil nach Kat-ku, haben Sie vielleicht eine winzige Chance, von dort zu fliehen.«

Der Engländer machte eine Pause, als müsste er nachdenken.

»Aber ...«, sagte er, stockte dann aber.

»Was wollten Sie sagen?«, fragte Kasdorf.

Leise fuhr der Engländer fort: »Ganz entfernt habe ich noch die Hoffnung, dass es Menschen gibt, die auf unserer Seite stehen.«

»An wen denken Sie?«, fragte Lehn.

»Beispielsweise an den Mann, vielleicht ein buddhistischer Mönch, der mir in Kathmandu das Tagebuch zugesteckt hat. Er muss sich dabei etwas gedacht haben. Manchmal hatte ich auch in der Einsamkeit auf meinem Weg hierher das Gefühl, dass ich gar nicht so allein war. Manchmal war es, als folge mir jemand. Aber es kann sowohl ein Freund als auch ein Feind gewesen sein.«

»Wie haben Sie das bemerkt?«, wollte Kasdorf wissen.

»Bemerkt? Gar nicht. Nur ein Gefühl. Ein Geräusch, das nicht in die Landschaft passte. Wenn die Einsamkeit mit ihrer Stille absolut ist, merkt man eher, wenn ein fremdes Geräusch die

Einsamkeit stört. Und dann die Tiere. Manchmal hört man sie. Es sind so eine Art Murmeltiere. Sie geben pfeifende Laute von sich. Dann ist es wieder absolut still, obwohl man sich selber nicht bewegt hat. Aber alles kann auch Einbildung sein. Vielleicht ist es nur die Hoffnung auf Hilfe und Beistand, die einem die Halluzinationen beschert.«

An seiner leiser werdenden Sprache war zu erkennen, dass der Verletzte müde wurde.

»Schlafen Sie jetzt erst einmal, damit Sie wieder zu Kräften kommen. Wir legen uns zwischenzeitlich einen Plan zurecht, wie wir fliehen können. Auf jeden Fall fliehen wir gemeinsam!«

»Gott schütze Sie!«, flüsterte der Engländer leise.

Lehn und Kasdorf kletterten durch das kleine Fenster auf den Dachfirst und kehrten auf diesem Weg in ihre Zelle zurück.

Kasdorf war sofort auf seinem Bett eingeschlafen. Lehn ließ das Gespräch mit dem Engländer nicht zur Ruhe kommen. Er versuchte sich an jeden Satz des Verletzten zu erinnern, was natürlich nur bedingt gelang. Ihn ärgerte, dass der Engländer irgendetwas von diesem geheimen Weg nach Kat-ku und dieser Pagode angedeutet hatte, aber im Laufe seiner Erzählungen nicht weiter darauf eingegangen war. Lehn nahm sich fest vor, am nächsten Tag speziell diesen Punkt zu hinterfragen.

Beim Frühstück am nächsten Morgen hörten sie, dass man den verletzten Engländer noch vor Sonnenaufgang weggebracht habe, um ihn im Tal medizinisch zu versorgen.

Erregt flüsterte Lehn, sodass nur Kasdorf es hören konnte, dass diese Nachricht wohl eher ein Todesurteil sei.

Kasdorf gab ihm Recht, riet aber zur Mäßigung, da sie, wie sie jetzt von dem Engländer wussten, in den Händen von Verbrechern seien. In Lao-san gebe es keine Polizei und keine Deutsche Botschaft. Niemand könne ihnen helfen.

Am Ende des Frühstücks dankte Kasdorf mit Ironie in der Stimme für die köstliche Mahlzeit. In Richtung des Abtes sagte er: »Wie schaffen Sie es nur, diese Köstlichkeiten hier bis ans Ende der Welt zu schaffen?«

Lächelnd wich der Abt bei seiner Antwort aus. »Wir kümmern uns hier lediglich um unser Seelenheil. Und so sind Fragen nach unserem leiblichen Wohlbefinden eher nicht opportun. Sie verstehen.«

»Ist es denn opportun zu fragen, mit welchem Wagen Sie den verletzten Engländer abtransportiert haben?«, wollte Lehn wissen.

»Für derartige Notfälle haben wir hier einen Wagen zur Verfügung«, antwortete der Abt immer noch lächelnd.

»Bei der nächsten Fahrt in Richtung Kathmandu würden wir gerne mitfahren, da auf den Toyota-Service ja offensichtlich kein Verlass ist«, sagte Kasdorf wütend. »Ich hoffe, Sie haben mich verstanden. Wenn nicht, werden wir Ihr verschlafenes Kloster etwas aufmischen!«

Die Antwort des Abts war kühl. Er werde sie informieren, sagte er, stand auf und verließ den Raum.

Damit war das Frühstück beendet. Kasdorf und Lehn gingen nach draußen, um dem muffigen Geruch des Klosters zu entkommen und die klare Bergluft einatmen zu können.

»Dem hast du es ja gegeben!«, sagte Lehn, als sie außer Hörweite waren.

Kasdorf blickte ihn an. In seinem Blick lag ein Hauch von Verzweiflung. Deprimiert setzte er sich auf einen Stein. Lehn hatte das Gefühl, dass sein Freund weinte. Er wollte sich gerade zu ihm setzen, um ihn zu trösten, als ein Mönch sich näherte.

»Geht es Ihrem Freund nicht gut?«, fragte der Mann in gebrochenem Englisch. »Ich habe vorhin mitbekommen, wie Ihr Freund dem Abt gedroht hat, im Kloster Unruhe zu stiften.«

»Wir sind verzweifelt«, gab Lehn zu. »Wir haben das Gefühl, Gefangene in diesem Kloster zu sein.«

»Ihr Gefühl täuscht Sie nicht!«, antwortete der Mönch mitfühlend. »Vor allem bleiben Sie ruhig, und provozieren Sie den Abt nicht mit der Androhung von Gewalt. Eine alte buddhistische Weisheit sagt: Versuche jedem Kampf auszuweichen, denn wo kein Kampf ist, gibt es weder Sieg noch Niederlage. Die biegsame Weide am Fluss kämpft nicht gegen den Sturm, sondern weicht ihm aus. Dennoch überlebt sie.«

Der Mönch beugte sich zu Kasdorf hinunter, nahm sein Handgelenk und fühlte den Puls. Dabei raunte er Lehn zu: »Wenn es Ihrem Freund besser geht, folgen Sie mir auf dem Weg, den ich jetzt einschlage. Ich warte etwas weiter vorne auf Sie!«

Lehn nickte als Zeichen, dass er verstanden hatte.

Nach vielleicht zehn Minuten hatte sich Kasdorf soweit erholt, dass er aufstand.

»Wer ist dieser Mönch? Will er uns wirklich helfen, oder ist es wohlmöglich eine Falle?«

Lehn antwortete, dass es einen Versuch wert sei. Allzu viele Optionen, hier wegzukommen, hätten sie wahrlich nicht.

Kasdorf nickte. »Auf geht's. Wie sagt der Kölner: Es hätt noch immer joot jegange!«

Sie folgten dem Weg, auf dem der Mönch verschwunden war.

# Kapitel 8

Samstag, 26. Mai
Hamburger Hauptbahnhof, Eingang Glockengießerwall

Omar Chalid war schon lange vor zwölf Uhr am Hauptbahnhof angekommen. Eigentlich hatte er den ganzen Vormittag mit den Vorbereitungen zu diesem Treffen verbracht. Zuerst hatte er seinen Wagen bei CAR WASH innen und außen waschen lassen. Dann war er in Richtung Hauptbahnhof gefahren, um ja einen guten Parkplatz zu bekommen. Nachdem das geklappt hatte, waren immer noch eineinhalb Stunden bis zur Ankunft von Branko Selic übriggeblieben.

So kreiste Omar Chalid zu Fuß durch die Straßen um den Hauptbahnhof, immer den Bahnhof im Blick, um nur ja rechtzeitig am Treffpunkt zu sein.

Die Minuten zogen sich wie Kleister in die Länge. Je näher sich die Uhr der Zwölf näherte, umso aufgeregter wurde er.

Schließlich war es zwölf Uhr. Angespannt musterte er alle Männer, die der Bahnhof ausspuckte. Er hatte keine Ahnung, wie Selic aussah. In seinen Vorstellungen sah er einen Mann mit einem Turban vor sich, was aber zugegebenermaßen Quatsch war, denn Selic kam vom Balkan.

Gerade als er in diese Überlegungen vertieft war, trat ein Mann neben ihn. »Sie interessieren sich für meinen Opel?«, fragte der Mann völlig emotionslos.

»Ja«, stammelte Omar Chalid.

»Dann fahren wir zur Besichtigung. Wo ist Ihr Wagen?«

»Gleich hier«, stammelte Omar Chalid und deutete auf den nahegelegenen Parkplatz.

Der Mann steuerte sofort den Parkplatz an. Erst jetzt konnte Omar Chalid einen Blick auf Selic werfen. Es war ein rund Vierzigjähriger in Jeans, Hemd und Sakko. Bei genauerem Hinsehen stellte Omar fest, dass der Mann äußerst brutal aussah und stechende Augen hatte.

Dann erreichten sie auch schon Omar Chalids Ford Fiesta.

Als sie beide eingestiegen waren, wollte Omar Chalid die Zündung starten.

»Warten Sie«, sagte der Mann in einem überaus harschen Ton. Etwas versöhnlicher fuhr er dann fort: »Wir müssen vorsichtig sein. Wenn die Lichtmaschine läuft, ist auch Strom da. Dann können auch Wanzen aktiviert werden. Ist dein Wagen sauber?«

»Ja«, stammelte Omar Chalid. »Ich glaube ja.«

»Wollen wir es hoffen«, entgegnete der Mann und fügte etwas versöhnlicher hinzu: »Ich bin Branko, der Toyota-Verkäufer. Nenn mich einfach Branko.«

Omar Chalid nickte etwas verstört.

»Du kannst jetzt losfahren«, sagte Branko. »Wo können wir ungestört reden? Ich brauche eine genaue Beschreibung des Ortes, wo du mich hinbringst. Normalerweise würde ich nie ein derartiges Risiko eingehen und mich irgendeinem anderen anvertrauen. Aber wir stehen derart unter Zeitdruck, dass wir gewisse Vorsichtsmaßregeln außer Acht lassen müssen.«

Omar Chalid startete seinen Wagen, fädelte sich in den fließenden Verkehr ein und überlegte dabei krampfhaft, wie er am besten die Hütte beschreiben sollte, wo er und seine Freunde sich immer trafen und in die er jetzt den großen Chef bringen wollte.

»Nun?«, drängte Branko mit einem eisigen Unterton in der Stimme. »Wo geht die Reise hin?«

Omar Chalid hasste es, unter Druck gesetzt zu werden. Aber bei Branko Selic wagte er keinen Widerspruch. Zu grausam waren die Geschichten, die in islamistischen Kreisen kursierten, über Opfer, die sich auch nur den kleinsten Widerspruch bei Selic geleistet hatten.

Erst etwas stockend, dann aber immer flüssiger werdend, beschrieb Omar Chalid das Versteck von ihm und seiner Gruppe von Islamisten. Da allgemein bekannt war, dass die Moscheen überwacht und abgehört wurden, hatte Omar Chalid schon vor einigen Jahren ein kleines einstöckiges Gebäude von der Bundesbahn gemietet. Baujahr 1923. Es lag in einem Gleisdreieck und hatte schon den Gleisarbeitern der Reichsbahn als Unterkunft gedient. Das Gebäude hatte mehrere winzige Zimmer, aber auch drei größere Räume, die wohl früher die Aufenthaltsräume gewesen waren. Der Clou dieses Hauses war die Lage in diesem Gleisdreieck, wo niemand hinkam. Dazu war es noch vollkommen uneinsichtig, da die Gleise von Buschwerk gesäumt waren.

»Klingt gut«, lobte Selic. »Wenn ich mit der Bahn fahre, denke ich immer wieder, dass diese Gleisdreiecke und übrigens auch Autobahndreiecke die letzten weißen Flecken auf der europäischen Landkarte sind. Kein Unbefugter kommt jemals auf den Gedanken, diese Dreiecke zwischen den Gleisen zu betreten. Und wenn es dennoch eine Besiedlung gibt, dann sind es obskure Vereine, wie Schulen für Kampfhunde, Geländebahnen für Biker oder einfach nur Schrottplätze.«

»So ist es auch bei uns«, bestätigte Omar Chalid. »Bei uns gibt es nur eine Zufahrt von der Mehdornstraße. Man passiert eine Hundeschule und einen völlig überwucherten Tennisplatz. Wer den einmal angelegt hat, weiß kein Mensch. Dann kommt unser Haus. Als Tarnung haben wir einen Verein mit dem Namen ›TuS-Verein von 1923‹ gegründet.«

»Klingt gut«, sagte Selic anerkennend.

Die Fahrt Richtung Altona kostete eine gute halbe Stunde. Schließlich bog Omar Chalid in die Mehdornstraße ein und dann in einen Schotterweg, der den einfallslosen Namen »Weg 43« trug. Kein Schild verriet, dass es hier zu einer Hundeschule oder gar zu einem »Turn- und Sportverein von 1923« ging.

Der Weg glich einer wahllosen Aneinanderreihung von Schlaglöchern. Schließlich parkte Omar Chalid vor einem hässlichen einstöckigen Gebäude, das nicht verhehlen konnte, dass es kurz nach dem Ersten Weltkrieg für Gleisarbeiter der Reichsbahn gebaut worden war.

Dieser eher abstoßende Eindruck wurde aber sofort nach dem Betreten des Gebäudes revidiert. Die größeren Räume waren mit Teppichen ausgelegt. An den Wänden standen Sofas und Stühle. In einem Raum befanden sich mehrere Sitzgruppen und ein Bartresen, der mit einer modernen Espressomaschine bestückt war.

Omar Chalid und Selic ließen sich in die schweren Sessel einer der Sitzgruppen fallen.

Branko kam gleich zur Sache. »Können wir hier abhörsicher miteinander sprechen?«

Omar Chalid nickte.

»Wer weiß bisher von meinem Besuch in Hamburg?«

»Niemand«, sagte Omar Chalid.

»Dein Glück«, sagte Selic. »Denn was ich dir jetzt sage, ist absolut top secret. Es wird der größte Schlag, die größte Erniedrigung der Kreuzritter seit dem elften September sein. Unsere Zentrale in Pakistan plant die Entführung eines Flugzeuges. Gelingt der Plan, haben wir einen großen Sieg errungen. Misslingt er, haben wir eine einmalige Chance vertan. Es liegt nun bei dir, Omar Chalid, ob unsere Organisation, ja, ob alle Islamisten auf der Welt stolz auf dich und deine Hamburger Gruppe sein werden – oder ob ihr versagt und Schande über den Islam bringt!«

»Wir sind eine gut organisierte Zelle hier in Hamburg. Unsere Führung in Pakistan und du, ihr könnt euch auf uns verlassen!«

»Das höre ich gerne. So spricht ein anständiger Dschihadist«, lobte Selic. »Lass uns jetzt einen Espresso trinken. Du hast ja dort auf dem Tresen eine vernünftige Maschine. Und ein kleiner Cognac oder ein Calvados würde auch nicht zu verachten sein.«

Omar Chalid schoss aus seinem Sessel hoch, um den Espresso zu machen. Er war froh, für einen Augenblick seinem intensiven Gesprächspartner zu entkommen. Um den Cognac zu holen, musste er in einen der anderen Räume, da Alkohol nicht recht zu dem Ambiente einer Moschee passte. So ließ er sich etwas Zeit.

Kaum war er mit dem Espresso und dem Cognac zurückgekehrt, begann Selic sein Gegenüber in den Plan einzuweihen. Er sprach von der Operation »L'Orient rouge«.

»Vor drei Tagen hat eine Telefonkonferenz mit Islamabad stattgefunden. Auf dieser Konferenz wurde beschlossen, eine aus New York kommende Frachtmaschine mit sehr wertvoller Ladung zu entführen. Dies wird in Hamburg geschehen. Eigentlich ist die Maschine für Frankfurt bestimmt, sie kann dort aber aus politischen Gründen nicht vor sechs Uhr landen. Die Frachtmaschine wird in Hamburg für den Weiterflug nach Frankfurt aufgetankt werden. Anstatt nach Frankfurt zu fliegen, wird sie von unseren Leuten entführt werden. So weit, so gut. Da al-Qaida beschlossen hat, die Maschine zu entführen, muss die für den Flug nach Frankfurt vorgesehene Besatzung ausgetauscht werden. Die neuen Piloten, Männer unseres Vertrauens, fliegen dann mit der Maschine ein Ziel an, wo al-Qaida Zugriff auf die wertvolle Ladung hat.« Selic machte eine Pause und fuhr dann fort: »Die Frage ist nun …«, Selic blickte Omar mit seinen stechenden Augen an, »… kannst du Mitte Juni mit deinen Leuten sicherstellen, dass auf eurem Provinzflughafen in Hamburg die Maschine aufgetankt und die vorgesehene Besatzung durch unsere Besatzung ausgetauscht wird, wobei al-Qaida euch die Arbeit abnimmt, die beiden neuen Piloten zu beschaffen?«

Omar Chalid druckste herum. Blitzschnell überlegte er, wie seine Truppe am Hamburger Flughafen aufgestellt war. Wie viele Islamisten in welchen Funktionen konnten von heute auf morgen aktiviert werden? Natürlich hatte er einige Schläfer am Flughafen, so wie er Schläfer an den Bahnhöfen und im Hafen hatte, die dort ihre Arbeit verrichteten, bis sie ihre Einsatzbefehle bekamen.

Um Zeit zu gewinnen, fragte Omar: »Wie viele Leute brauchen wir und in welchen Positionen, um den Auftrag durchzuziehen?«

Selic holte seine Notizen aus seiner Brieftasche. »Punkt eins: Ihr müsst es hinbekommen, dass die beiden Piloten, die für den Flug Hamburg-Frankfurt von CARGO AND MORE eingeteilt sind, durch unsere beiden Piloten aus Pakistan ausgetauscht werden. Im Klartext heißt das, dass die deutschen Piloten entführt oder liquidiert werden müssen, damit unsere Piloten die Maschine übernehmen können. Punkt zwei: Es muss gewährleistet sein, dass das Flugzeug bis zum Überlaufen aufgetankt wird, denn die Maschine muss einen weit entfernten Flughafen ohne Zwischenlandung erreichen können. Punkt drei: Es muss gewährleistet sein, dass die

Maschine spätestens gegen zehn Uhr hinausgeht, da unsere Piloten bei Helligkeit ihr Ziel erreichen müssen. Denn wie ich aus Pakistan gehört habe, muss der Zielflughafen auf Sicht angeflogen werden. Es gibt keinerlei elektronische Unterstützung bei der Landung.«

Selic machte eine Pause, um seine Worte wirken zu lassen. Das war auch gut so, denn Omar Chalid brummte schon jetzt der Schädel.

Aber Selic ließ ihm nicht viel Zeit nachzudenken. Wie ein Maschinengewehr fuhr er mit seinem Forderungskatalog fort: »Das macht zusammen eine ganze Menge von Leuten, die auf dem Flughafen auf dein Kommando hören müssen. Wichtig ist der Mann, der das Auftanken regelt, und gegebenenfalls der Mann, der den Abflug der Maschine ermöglicht, sollte wider Erwarten keine Startgenehmigung erteilt werden. Also der Typ, der die Startblöcke vor den Rädern freiräumt.«

»Die Maschine soll dann einfach starten? Ohne Starterlaubnis?«, fragte Omar entgeistert.

»Ja«, antwortete Selic cool. »Was wir hier planen, ist kein Kinderspiel, es ist genial, zur Ehre von Allah. Hast du eigentlich verstanden, worum es hier geht?«

Omar Chalid schämte sich ein wenig für seine Kleinmütigkeit. »Ich beginne es zu begreifen«, antwortete er eingeschüchtert.

»Das ist gut«, meinte Selic. »Aber noch einmal, damit ihr nichts vergesst: Die Mannschaft, bestehend aus Pilot und Co-Pilot, muss ausgetauscht werden, wobei die neue Mannschaft von uns bereitgestellt wird. Ich wiederhole, dass die alte Mannschaft kaltgestellt oder gegebenenfalls eliminiert werden muss. Zweitens muss die Maschine bis zum Überlaufen aufgetankt werden. Und drittens muss der Mann auf dem Vorfeld die Bremsklötze wegräumen, damit die Maschine starten kann, für den Fall, dass keine Starterlaubnis vorliegt! Was wir nicht hoffen wollen«, fügte er diabolisch grinsend hinzu.

Omar schluckt. Er hatte zwar einige gute Schläfer in Fuhlsbüttel. Aber diese Aufgaben stießen an die Grenzen der Kapazitäten seiner Truppe.

»Lass dir etwas einfallen«, sagte Branko Selic nur. »Wenn es dich und deine Gruppe überfordert, sage es lieber gleich. Niemand reißt dir dann den Kopf ab. Es ist besser, wir blasen alles ab, als dass irgendjemand versagt. Es steht einfach zu viel auf dem Spiel. Du musst dann aber auch mit der Schande leben, einen wichtigen Auftrag nicht erfüllt zu haben! Ich erwarte deine Vorschläge bis morgen. Bringe mich jetzt zum Bahnhof zurück.« Mit diesen Worten erhob er sich und steuerte die Tür an. Kurz vor der Tür drehte er sich zu Omar Chalid um und meinte: »Bewältigt ihr diese Aufgabe? Zum Ruhme Allahs.«

»Zum Ruhme Allahs!«, wiederholte Omar Chalid. »Wir schaffen das!«

»Du musst ein wenig nachdenken bei dieser Operation«, meinte Branko Selic fürsorglich. »Aber ich bin auch sicher, dass du das schaffst.«

Mit diesen Worten verließ er die Räume des Turn- und Sportvereins von 1923.

# Kapitel 9

Lehn und Kasdorf folgten dem Pfad, den der Mönch eingeschlagen hatte und der sich kurvenreich durch ein Geröllfeld schlängelte. Nach vielleicht fünfzig Metern hörten sie seine Stimme. Obwohl der Mönch nicht zu sehen war, war seine Stimme unverkennbar. »Setzen Sie sich auf den Stein vor Ihnen. Tun Sie so, als würden Sie die Aussicht genießen. Wir müssen vermeiden, dass die im Kloster bemerken, dass ich mit Ihnen spreche. Drehen Sie sich nicht zu mir um.«

Lehn und Kasdorf setzten sich wie befohlen auf einen größeren Stein, der fast die Ausmaße einer Bank hatte. Sie spürten die Nähe des Mannes, der sich unmittelbar hinter ihnen versteckt hielt.

»Mein Name ist Sherpa Padma. Ich will Ihnen helfen zu fliehen und so vermeiden, dass es Ihnen so ergeht wie dem Engländer. Er wurde übrigens heute morgen ermordet.«

»Ermordet?«, entfuhr es Lehn.

»Drehen Sie sich keinesfalls zu mir um!«, zischte die Stimme, um jeden unbedachten Gefühlsausbruch im Keim zu ersticken. »Die Wachen in Lao-san haben starke Ferngläser und werden mit Sicherheit Sie beide im Focus haben. Es kommt jetzt darauf an, dass Sie sich den Anschein geben, miteinander zu sprechen, dann können wir uns gefahrlos unterhalten. Doch zurück zu dem Engländer. Ich glaube, die im Kloster haben mitbekommen, dass Sie heute Nacht den Engländer in seinem Zimmer besucht haben. Aber machen Sie sich keine Vorwürfe. An seinem Tod trifft Sie keine Schuld. Der Mann wäre so oder so verreckt. Seine Schussverletzung war zu schwer. Selbst wenn man ihn nach Kathmandu hätte bringen können, hätte er den Transport nicht überlebt. Die Chance hatte er einfach nicht mehr.«

»Und wer bist du?«, fragte Lehn eine Spur misstrauisch.

»Ich bin Sherpa Padma. Wir Sherpas gehören einem Mönchsorden an. Einem tibetanischen Orden. Unser Abt sitzt ich Lhasa. Die Terroristen von Lao-san geben uns Arbeit. Sie brauchen uns Sherpas im Winter natürlich noch mehr als im Sommer. Sonst sind die hier verloren. Natürlich denken die Verbrecher, dass sie unsere Treue mit Geld kaufen können. Aber da irren sie sich. So mistrauen sie uns, und wir misstrauen ihnen. Gleichzeitig hoffen wir, überleben zu können. So, und nun sollten wir uns trennen. Sie haben genug ins Tal geschaut. So viel gibt es hier nicht zu sehen. Wir treffen uns morgen wieder zur gleichen Zeit. Dieser Treffpunkt ist an sich gut. Das Geröllfeld ermöglicht mir, ungesehen hierherzukommen. Außerdem steht die Sonne in einem Winkel, dass sie direkt von vorne kommt. Im Kloster sind sie ein wenig geblendet, wenn sie uns mit ihren Ferngläsern beobachten wollen.«

Kasdorf fragte, was sie bis morgen tun sollten.

Sich an die Höhe gewöhnen, antwortete der Mönch. »Nur derjenige, der sich hier akklimatisiert hat, hat eine geringe Chance, dieser Hölle zu entkommen!«

Mit diesen Worten war der Mönch verschwunden. Lehn und Kasdorf machten sich keuchend auf den Rückweg zum Kloster.

»Im Augenblick ist dieser Sherpa unsere einzige Chance«, sagte Lehn kurzatmig.

»Wir sollten seinem Rat folgen und uns an die Höhe gewöhnen«, antwortete Kasdorf. »Immerhin keuchen wir, als hätten wir TBC.«

Im Kloster empfing sie die Normalität, die sie schon kannten. Es wurde fast gar nicht gesprochen. Es gab keine buddhistischen Gebete. Sie versuchten mit einigen Personen, die Zivilkleidung trugen, ins Gespräch zu kommen, was aber immer wieder nach kurzer Zeit von einem Mönch mit irgendeinem Vorwand unterbunden wurde.

Nach dem Mittagessen war Sport angesagt. Dieser Teil des Programms wurde von den Mönchen ausgesprochen ernst genommen. Ein Vorturner gab die Befehle. Lehn und Kasdorf machten mit, in der Hoffnung, schneller fit zu werden. Da sie konditionsmäßig den anderen überlegen waren, hielten sie sich aber zurück, um möglichst nicht aufzufallen.

Trotzdem spürten sie am Abend ihre Knochen, zumal die Höhe ihren Tribut forderte. Die Nacht verlief ohne Zwischenfälle. Am nächsten Morgen fieberten sie dem neuen Treffen mit dem Sherpa entgegen.

An dem vereinbarten Treffpunkt erwartete er sie schon. Sofort zur Sache kommend, berichtete er, dass er und seine Sherpa-Kollegen sich Gedanken gemacht hätten, um eine Flucht zu organisieren. Eine Flucht ins Tal sei unmöglich, da die Mönche von Lao-san alles perfekt kontrollierten. Die einzige Möglichkeit sei der Weg über Kat-ku.

»Wie der Engländer es schon vorgeschlagen hat«, flüsterte Kasdorf.

»Und wie soll das ablaufen?«, wollte Lehn wissen.

Der Sherpa Padma gab zu, dass der Plan völlig abwegig sei. Aber in der Irrationalität lägen auch die Erfolgschancen. Man müsse wissen, dass ständig junge Männer über Lao-san nach Kat-ku geschleust würden, die oben in Kat-ku ihren letzten Schliff als Terroristen bekämen. Da die Kapazitäten von Kat-ku aber begrenzt seien, würden ebenso viele ausgebildete Terroristen wieder ins Tal verbracht werden, um sie an den verschiedenen Fronten des Dschihads zu verheizen. Das sei die einzige Chance, dieser Hölle zu entkommen. Es gelte, die beiden Deutschen in diesen Zyklus einzuschleusen, um sie als ausgebildete Terroristen wieder an Lao-san vorbei ins Tal zu bringen. Die Kontrollen der Personen, die von Kat-ku herunterkamen, seien marginal.

»Hinzu kommt«, fügte Padma hinzu, »dass zurzeit ein wahrer Run in Richtung Kat-ku ausgebrochen ist. In den letzten Tagen bringen wir so viele junge Männer wie nie zuvor nach Kat-ku. Wir Sherpas können uns das auch nicht erklären, was da oben los ist und warum diese Männer alle gebraucht werden. Hinzu kommt, dass wir auch schweres Gerät nach oben bringen müssen. Alles natürlich in Einzelteile zerlegt, damit unsere Mulis es tragen können.«

»Was für schweres Gerät?«, fragte Lehn.

»Geräte, die man beim Straßenbau verwendet. Ein kleiner Grader, eine Vibrationswalze und einen Minibagger. Aber auch Rüttelmaschinen, um den Boden zu befestigen. Und dann ohne Ende Zementsäcke. Immer wieder Zement. Unsere Mulis sind schon völlig am Ende.«

»Also wird da oben in Kat-ku irgendetwas gebaut«, stellte Lehn fest.

»Muss wohl«, antwortete Padma. »Es gibt sonst keine Erklärungen für die Aktivitäten der letzten Tage. Wir wissen auch nicht, was da oben plötzlich planiert oder befestigt wird. Der Felsen, auf dem das Kloster Kat-ku liegt, versperrt den Blick auf das Hochtal. Aber diese Hektik hat natürlich auch etwas Gutes: Die Kontrollen sind entsprechend geringer.«

»Warum helfen Sie uns eigentlich?«, wechselte Kasdorf das Thema.

»Wir Sherpas lieben die Freiheit der Berge. Wir hassen es, gefangen zu sein, was wir in Wirklichkeit sind. Wir wollen, dass Leute wie ihr in Kathmandu oder sonst wo auf der Welt berichtet, was hier geschieht. Wir können nicht fliehen, und selbst wenn wir fliehen würden, würde uns niemand Glauben schenken. Außerdem brauchen wir das Geld, um unsere Familien unterstützen zu können. Als man uns als Sherpas angeheuert hat, war nur die Rede davon, dass wir Mönche sicher zu einem Kloster bringen sollten. Das haben wir gemacht. Aber heute sind es keine Mönche mehr, sondern junge Männer und Frauen aus allen Teilen der Welt, die wir praktisch täglich von und nach Kat-ku bringen, damit sie dort ihre Terrorismuslaufbahn vollenden. Sie brauchen uns Sherpas, um die letzte Barriere zum Kloster Kat-ku zu überwinden. Diese jungen Idioten sind ja keine Bergsteiger. Sie würden sofort in eine Gletscherspalte fallen, wo sie, wenn sie nicht sofort sterben, elendig verhungern und erfrieren würden. Die Spalten sind mörderisch.«

»Gletscher?«, unterbrach Kasdorf.

»Drehen Sie sich kurz zu mir um«, sagte Padma. »Sehen Sie das Geröllfeld hier hinter uns, das den Berg herunterkommt?«

»Das sehe ich«, bestätigte Kasdorf.

»Das ist kein Geröllfeld. Es ist ein riesiger Gletscher, der nur an seiner Oberfläche Geröll transportiert. Diesen Gletscher kann nur derjenige überwinden, der in den Bergen aufgewachsen ist. So wie wir Sherpas. Ein normaler Mensch ist auf dem Gletscher hoffnungslos verloren.«

»Und der Weg nach Kat-ku führt über diesen Gletscher?«, fragte Lehn.

Sherpa Padma antwortete, dass es keinen anderen Weg gebe. Deshalb seien die Sherpas so unentbehrlich.

Padma schlug vor, sich für eine Stunde zu trennen, um keinen Verdacht zu erregen. Sie trennten sich. Lehn und Kasdorf gingen den Weg weiter und gestikulierten mit den Armen, um eine interessante Unterhaltung unter Freunden vorzugaukeln.

»Blödes Theater«, meinte Kasdorf. »Aber wir sind es diesem Sherpa schuldig. Schließlich riskiert er auch sein Leben, wenn herauskommt, dass er mit uns Kontakt aufgenommen hat.«

Aber Lehn hörte nicht zu. Irgendwie beschäftigte ihn dieser Gletscher. Hatte nicht auch in der Geschichte auf dem Zettel, der in dem Tagebuch von Crosby gelegen hatte, ein Gletscher eine Rolle gespielt?

Aber Kasdorf holte ihn mit den Worten, dass Sherpa Padma auf sie warte, aus seinen Überlegungen zurück.

Padma war schon an dem verabredeten Treffpunkt.

»Sie können also bestätigen, dass es dieses sagenhafte Kloster Kat-ku wirklich gibt? Ist es denn das Paradies, wie es die Sage erzählt?«, überfiel Lehn den Sherpa mit seiner Frage.

Sherpa Padma ließ sich Zeit mit seiner Antwort. Schließlich sagte er, es sei ein Paradies gewesen. Heute sei es die Hölle. Das Kloster liege am Ende einer kleinen Hochebene. Wenn es von der Abendsonne beleuchtet werde, sei es wie ein farbiger Punkt vor den Hängen des gewaltigen Gorakh-Massivs. Es sei ein unbeschreiblicher Anblick.

»Und diese Hochebene?«, fragte Lehn.

»War und ist wie ein kleines Paradies«, ergänzte Padma. »Aber es hat seine Unschuld verloren. Es muss den Mönchen, die hier Anfang des 19. Jahrhunderts auftauchten, wie ein Paradies vorgekommen sein. Man muss sich vorstellen, dass die Mönche in dieser Zeit viele Wochen wenn nicht Monate unterwegs waren. Sie hatten nur Geröll gesehen und ziemliche Entbehrungen erlitten. Dann stießen sie, wahrscheinlich durch puren Zufall, auf diese kleine Hochebene von wenigen Quadratmeilen. Die Hochebene liegt auf vulkanischem Boden, sodass überall warme Quellen entspringen. Aufgrund der Lava ist der Boden extrem fruchtbar. So wachsen dort oben sogar kleine Bäume wie Eichen und natürlich Kiefern, was für diese Höhe kaum zu glauben ist. Natürlich ist diese Anomalie kein Wunder. Die kleine Hochebene wird im Norden durch die Kette der Siebentausender geschützt, die die Gegend gegen die kalten Nordwinde abschotten. Dann der fruchtbare vulkanische Boden und immer temperiertes Wasser, das aus den Quellen kommt. Eine weitere Merkwürdigkeit ist, dass in der Höhe der warme Boden immer einen leichten Nebel produziert, sodass dort oben eine etwas geheimnisvolle Stimmung herrscht, denn der Boden ist ständig mit einer leichten Dunstschicht bedeckt.«

»Das erleichtert die Geheimnistuerei, denn wenn etwas im Nebel liegt, kann es nicht von einem Flugzeug aus gesehen werden.«

Dieser Erkenntnis folgten einige Minuten Schweigen, weil wohl Lehn und Kasdorf klar wurde, dass auch aus der Luft keine Hilfe zu erwarten war.

In das entstandene Schweigen fragte Lehn plötzlich: »Was sind das für Leute, die ihr nach Kat-ku bringt?

Der Sherpa überlegte offensichtlich, bevor er antwortete. Dann sprudelte es aber aus ihm heraus: »Türken, Tschetschenen, Usbeken, aber auch viele Europäer. Vor allem Spanier. Viele sind völlig verblendet. Wollen eine bessere Welt und wissen nicht, dass sie total manipuliert werden und alles nur noch schlimmer machen. Aber es gibt auch Rambos unter ihnen, die geldorientiert sind. Männer mit Killerinstinkt. Die wollen nur töten aus Neid, Habgier, verletzter Eitelkeit und sonstigen niedrigen Beweggründen. Ekelhafte Menschen. Der Abschaum der Welt.«

»Aber sie lassen euch in Ruhe und ihr sie?«, wollte Kasdorf wissen.

»Im Gegenteil!« Padma lachte auf und meinte dann prustend: »Manchmal, wenn wir nicht beobachtet werden, lassen wir den einen oder anderen von denen hopsgehen, indem wir ihn in eine Gletscherspalte schubsen. Nur so zum Spaß. Es ist ein wunderbares Gefühl, die Welt von diesem Abschaum zu befreien. Aber die Gelegenheiten dazu sind selten. Meistens begleiten uns Aufpasser vom Kloster. Dann läuft gar nichts. Aber manchmal gelingt es eben doch.«

»Und die Frauen?«, fragte Lehn.

Die seien noch schlimmer als die Männer, fuhr Padma fort.

»Und gibt es Probleme zwischen den Männern und Frauen?«, fragte Lehn.

Sherpa Padma schüttelte den Kopf. »Da ist mir nichts bekannt. Die meisten, die hier hoch kommen, sind sowieso schwul. Außerdem denken sie nur an ihre Ausbildung und den Auftrag, der sie erwartet. Da haben sie keine Frauengeschichten im Kopf. Eigentlich gieren sie nur danach, Allah gefällig zu sein.«

Mit den Worten, dass es Zeit sei zu gehen, verabschiedete sich Padma abrupt.

Damit war wieder ein Tag zu Ende. Ein Tag voller Hoffnung auf ein gutes Ende ihrer Odyssee. Aber auch ein Tag von weiteren Enttäuschungen, denn Lehn und Kasdorf mussten sich eingestehen, dass ihre Flucht wohl nur über Kat-ku möglich war. Und das konnte dauern, von den Risiken einmal ganz abgesehen.

So war das tägliche Treffen mit dem Sherpa der Strohhalm, der ihnen Kraft gab und sie nicht verzweifeln ließ.

# Kapitel 10

Sonntag, 27. Mai
Hamburg-Altona, TuS von 1923, Weg 43

Um 19 Uhr hatte Omar Chalid ein Treffen im »Verein« einberufen. Ein elitäres Treffen der Getreuen der Getreuen. Sie waren zu fünft. Außer Omar Chalid waren anwesend: Peter Radmann alias Mehmet, Konvertit. Von Beruf Assistant Ramp Agent auf dem Hamburger Flughafen, der Personalabteilung des Flughafens nur unter dem Namen Radmann bekannt. Peter Radmann war nicht nur qua seines Berufes als Assistant Ramp Agent der wichtigste Mann in dieser Gruppe, sondern galt auch sonst als Stellvertreter von Omar Chalid. Ibrahim al Makki, ursprünglich Flüchtling aus dem Irak, mit anerkanntem Asylantrag und Aufnahmeantrag zur Einbürgerung in Bearbeitung. Von Beruf Staplerfahrer im Frachtterminal auf dem Hamburger Flughafen. Ahmed war anatolischer Türke und ansässig in Deutschland in zweiter Generation. Von Beruf Hilfskraft auf dem Flughafenvorfeld des Hamburger Flughafens, Untergebener von Peter Radmann. Manuel Alonso war Spanier, fanatischer Islamsympathisant und arbeitslos. Sie saßen in dem Clubraum und schlürften grünen Tee, den sie sich selbst zubereitet hatten.

Omar Chalid berichtete mit wenigen Worten, dass der Hamburger Gruppe ein wichtiger Auftrag übertragen worden sei. Ohne zu viele Einzelheiten zu erwähnen, beschrieb er die Aufgaben, die von der Hamburger Gruppe zu stemmen seien. Nämlich die Entführung eines Flugzeuges. Der Austausch der Besatzung, was möglicherweise die Liquidierung der rechtmäßigen Besatzung beinhalte. Das Auftanken der Maschine und, falls erforderlich, ein nicht genehmigter Start.

Das Schweigen, das dem Ende seiner Ausführungen gefolgt war, zeigte Omar Chalid, dass auch seine Getreuen diese Aufgabenstellung erst einmal verarbeiten mussten.

Nach einer kurzen Bedenkzeit fragte Omar Chalid: »Welche Aufgaben könnt ihr übernehmen, und wer macht was?«

Als erster meldete sich Manuel Alonso. Wenn man ihm sage, wer zu liquidieren sei, werde er diesen Auftrag gerne übernehmen. Aber er brauche genaue Angaben über den Ort, den Zeitpunkt und das Zielobjekt.

»Dieser Teil des Auftrags wäre also erst einmal abgedeckt. Wir brauchen natürlich erst die Dienstpläne von CARGO AND MORE, welche Besatzung die Maschine nach Frankfurt fliegen soll. Also da gibt es noch viel Arbeit«, sagte Omar Chalid erleichtert, weil ihm das Töten eines Menschen eigentlich zuwider war. »Kommen wir zu der Frage, wer die Betankung des Flugzeugs garantiert.«

Peter Radmann meldete sich zu Wort. »Da es sich offensichtlich um eine Frachtmaschine handelt, die entführt werden soll, ist die Sache etwas einfacher.«

»Und warum?«, unterbrach ihn Omar Chalid.

Peter Radmann erklärte, dass die Passagiermaschinen, die an

den Fingern parkten, durch Unterflurbetankung automatisch betankt würden. Anders sei es bei den Frachtmaschinen. Diese Maschinen würden im Rampbereich oder eben im Apron-Bereich vor dem Frachthangar geparkt. Da die Maschinen nie auf der gleichen Stelle geparkt würden, gebe es auch keine Bodenanschlüsse, die die Maschinen automatisch betanken.

»Das heißt?«, unterbrach ihn Omar Chalid.

»Die Maschinen werden noch auf die konventionelle Methode mit einem Tanklaster betankt.«

»Wir müssten also den Fahrer bestechen, dass er genügend Benzin herausrückt?«, fragte Omar Chalid.

»Besser wäre es«, antwortete Peter Radmann, »den Fahrer durch einen unserer Leute zu ersetzen.«

»Wer übernimmt das?«, fragte Omar Chalid.

»Dazu müssen wir auch erst die Dienstpläne kennen, was aber voraussetzt, dass wir wissen, an welchem Tag die Operation startet.«

Das war verständlich. Auch Omar Chalid verstand das. »Wer von euch kann die Dienstpläne besorgen?«, fragte er.

Peter Radmann meinte, dazu in der Lage zu sein.

»Also verschieben wir diesen Punkt, bis wir die Dienstpläne einsehen können«, sagte Omar Chalid. »Und nun zu dem Mann, der die Startklötze entfernt, sollte wider Erwarten keine Startgenehmigung vorliegen.«

»Kann ich machen«, sagte Ahmed. »Kein Problem! Ich muss nur wissen, wann ich aktiv werden muss.«

»Immerhin«, fasste Omar Chalid erleichtert zusammen, »scheinen die Aufgaben, vor die man uns gestellt hat, lösbar zu sein.«

»Theoretisch«, unterbrach ihn Peter Radmann. »Nur theoretisch.« Und gab dann zu bedenken, dass eine derartige Aktion irrsinnige Vorarbeiten verlange, um erfolgreich zu sein. Wenn so eine Aktion spontan abgewickelt werden solle, wie in diesem Fall, brauche man schon eine gehörige Portion Glück, dass sie gelinge. Eigentlich sei das alles zum Scheitern verurteilt.

Omar Chalid sackte sichtbar auf seinem Stuhl zusammen. Nach

einem Moment des Nachdenkens sagte er trotzig: »Ein Scheitern ist ausgeschlossen. Unsere Hamburger Gruppe würde weltweit Schande über uns Islamisten bringen. Diese Entführung ist so wichtig für den Dschihad, dass wir alles geben müssen, um Erfolg zu haben. Von dieser Stunde an bis zum erfolgreichen Abflug der von uns entführten Maschine sollt ihr nur an diesem Plan arbeiten. Ihr könnt so viele Freunde von uns anwerben, wie ihr wollt. Ihr könnte jede Menge Geld ausgeben, wenn es notwendig ist. Das Einzige, was ihr nicht dürft, ist: Ihr dürft mit keinem Wort verraten, worum es geht. Dringt auch nur ein Wort über die Entführung an die Öffentlichkeit, an die Presse oder gar an die Polizei, ist alles verloren, und ihr seid des Todes. Haben wir uns verstanden?«

In das Schweigen, das dem Apell Omar Chalids folgte, sagte Peter Radmann plötzlich: »Ich schätze, dass wir mindestens dreißig unserer Freunde aktivieren müssen. Vielleicht auch mehr. Vor allem brauchen wir Computerspezialisten, um an die Dienstpläne zu kommen.«

»Ich werde mich darum kümmern«, sagte Omar Chalid. »Noch Fragen?«

Ibrahim wollte wissen, wann sie sich wieder träfen.

»Ab jetzt«, sagte Omar Chalid, »jeden Abend um 19 Uhr in diesen Räumen. Solange, bis der Auftrag erledigt ist. Geht irgendetwas schief, entfällt das Treffen mangels Teilnehmer, denn es wird euch nicht mehr geben.«

# Kapitel 11

Am vierten Tag wollte Kasdorf von dem Sherpa Padma wissen, warum die Schweine von Lao-san sie nicht sofort liquidiert hatten. Möglichkeiten dazu hätten ja genug bestanden.

Die Antwort von Padma war desillusionierend. »Warum sollten sie? Ihr kommt hier nicht weg. Der sogenannte Abt von Lao-san ist pervers. Am Anfang will er natürlich sicher sein, dass euch niemand gefolgt ist. Er wird sich die Zeitungen von Kathmandu anschauen, ob ihr gesucht werdet, ob es vielleicht eine Suchexpedition gibt. Aber letztlich ist alles vergebens. Denn selbst wenn euch jemand sucht, wird man denjenigen abfangen und durch irgendwelche Tricks an der weiteren Suche hindern. In den Bergen gibt es viele Möglichkeiten, eine Suche zu stoppen: Bergrutsche, Lawinen und so weiter. Und das Gebiet ist so groß, dass selbst Satelliten aufgeben müssen. Aber wenn klar ist, dass euch niemand gefolgt ist, dann ist die Luft rein. Von dann ab spielt der Abt nur noch mit euch. Er delektiert sich daran, wie ihr immer wieder Hoffnung schöpft, dass beispielsweise der Techniker von Toyota kommt. Aber es wird kein Reparaturdienst kommen, denn es gibt gar keinen mobilen Reparaturdienst von Toyota. So werdet ihr Tage, Wochen, Monate, vielleicht Jahre hingehalten. Bis ihr verrückt werdet. Wahrscheinlich nehmt ihr euch irgendwann vorher das Leben.«

Lehn fragte, ob es einen Plan B gebe.

Sherpa Padma antwortete: »Solange ihr am Leben seid, gibt es immer einen Plan B. Nur der Tod kassiert alle weltlichen Pläne.«

Lehn fragte, wie der Plan B aussehe. Ihre Zeit werde knapp. Auf ihn warte der Polizeidienst und auf Kasdorf die Raiffeisen-Filiale in Gunzenhausen.

»Du sprichst von einer anderen Welt«, sagte Padma nicht ohne eine gewisse Verachtung in der Stimme. »Das Verderben von euch Europäern ist, dass ihr keine Zeit habt. Hier habt ihr die einmalige Chance, Zeit zu haben. Viele Mönche sind früher hier zur

Meditation heraufgekommen. Für einige Monate. Geblieben sind sie ein Menschenleben lang. Versucht euch mit dem Buddhismus vertraut zu machen, ohne eure eigene Religion zu verleugnen. Es macht euch klüger, weil ihr erkennen werdet, dass vieles mit anderen Augen gesehen werden kann. Erinnert euch an die Worte Buddhas, der gesagt hat, dass von jeder Wahrheit auch das Gegenteil wahr sei. Hier im Himalaja ist die Gelegenheit günstig, alles aus einem anderen Blickwinkel zu sehen. Das, was euch vorher als wichtig erschienen ist, wird hier im Schatten der Achttausender völlig unwichtig. Ihr seid hier dem Leben nach dem Tode näher. Viel näher. Leider ist das nicht nur im übertragenen Sinn gemeint.«

»Zurück zum Plan B«, unterbrach Lehn Padmas Ausführungen über die Zeit.

Sherpa Padmas Stimme bekam etwas Geheimnisvolles. »In den nächsten Tagen werden wir euch über den Gletscher nach Kat-ku bringen.«

»Wer kontrolliert oben in Kat-ku die Neuankömmlinge?«

»Offiziell der sogenannte Abt, der natürlich kein Abt ist, sondern einer dieser Terroristen. Er lässt sich mit Abt anreden. Sein Spitzname ist G.G. le Caid. Was auf Französisch so viel heißen will, dass er ein harter Hund ist. Ich habe ihn nur einmal gesehen. Er hat fünf oder sechs Unterführer, die die eigentliche Arbeit machen. Wir Sherpas haben zu tun mit einem sogenannten Murat. Er empfängt die Neuankömmlinge und teilt ihnen ihre Unterkünfte zu.«

Lehn fragte, ob das in dem Kloster sei.

»Nein«, antwortete der Sherpa. »Die Unterkünfte für die Neuen befinden sich in dem Camp, nicht weit entfernt von dem alten Kloster Kat-ku. Im eigentlichen Kloster Kat-ku wohnt nur noch eine Handvoll alter Mönche. Sie sind praktisch Gefangene.«

Lehn wollte wissen, von wem der Franzose seine Befehle erhalte, ob es al-Qaida sei.

Sherpa Padma zuckte mit den Schultern. »Ich weiß es nicht«, sagte er. »Was ich so gehört habe, ist, dass die Oberhäuptlinge in

Pakistan im Grenzgebiet zu Afghanistan sitzen. Sie entscheiden, was geschieht. Die Besatzung hier in Lao-san, aber auch die in Kat-ku sind irgendwie nur Befehlsempfänger. Sie fügen sich einer übergeordneten Stelle, weil sie alle in diesem Dschihaddenken verwurzelt sind, was nichts weniger bedeutet als die völlige Unterordnung unter das Ziel, den Islam zu verherrlichen und unter Einsatz von Gewalt zu verbreiten. Es ist schon verrückt, sich vorzustellen, dass diese Menschen diesen langweiligen Dienst hier im Kloster Lao-san in Kauf nehmen, nur um der höheren Sache willen. Die ganze Mönchsmaskerade ist nur ein Vorwand. Wenn sie wenigstens beten würden oder sonst etwas Vernünftiges. So geht es Tag für Tag. Woche für Woche. Monat für Monat. Etwas Abwechslung bringen nur die praktisch täglichen Transporte aus Kathmandu, mit neuen Terroristen, Zeitungen, Lebensmitteln und natürlich Alkohol. Und mit solchen Typen wie ihr es seid oder dem Engländer. Mit denen sie spielen können, um ihre perverse Mordlust zu befriedigen.«

Kasdorf fragte, wie groß die Stammbesatzung von Lao-san sei.

Normalerweise bestehe sie aus ungefähr zwanzig sogenannten Mönchen und sieben bis acht Sherpas. Hinzu kämen manchmal eine Handvoll Terroristen, die nicht gleich nach Kat-ku weitergeschickt würden, weil sie sich erst in der Höhe akklimatisieren müssten.

Nachdem sie sich von Padma getrennt hatten, waren sie eher noch deprimierter, zumal Padma angekündigt hatte, dass sie sich erst am übernächsten Tag wieder würden treffen können, da am nächsten Tag ein größerer Transport nach Kat-ku zu bewältigen sei. Zwanzig vollbepackte Mullis müsse er nach oben bringen.

Lehn und Kasdorf bemühten sich den Tag zu überstehen, so gut es ging. Der Abt hinderte sie nicht an ihren ausgedehnten Spaziergängen. Vielleicht ergötzte er sich an dem Gedanken, dass die beiden Deutschen mit Fluchtgedanken spielten, ohne zu wissen, dass eine Flucht utopisch war. Ihre hoffnungslose Lage wurde ihnen indessen immer klarer, je mehr sie zu Fuß unterwegs waren.

In dieser Höhe von fünftausend Metern wurde schon jeder Schritt zur Anstrengung, obwohl sie sich etwas an die Höhe gewöhnt hatten.

Am Abend nahmen sie an einigen gemeinsamen Veranstaltungen der Mönche und der gerade anwesenden neuen Terroristen teil. Es wurde Schach gespielt, und man versuchte, gemeinsam Lieder zu singen, was aber eine Schnapsidee war, da es keine Texte gab, die alle kannten. Schließlich sangen Lehn und Kasdorf zu Erbauung der Anwesenden deutsche Soldatenlieder, was gut ankam.

Vor dem Abendessen stellte Kasdorf fest, dass ihr Toyota nicht mehr vor dem Tor stand. Darauf angesprochen meinte der Abt nur, dass man den Wagen zum Schutz vor der nächtlichen Kälte untergestellt habe.

Während des gemeinsamen Abendessens fragte Kasdorf den Abt, wann damit zu rechnen sei, mit dem LKW oder ihrem Toyota nach Kathmandu zurückzukommen.

Abermals gab der Abt nur eine ausweichende Antwort. Der LKW sei zurzeit völlig überladen mit Personen, die ins Tal zurückgebracht werden müssten. Sie müssten also, was ihre Rückkehr nach Kathmandu betraf, noch etwas Geduld mitbringen.

Diese Reaktion des Abts hatte Lehn und Kasdorf in dem Entschluss bestärkt, mit Hilfe von Padma eine Flucht über Kat-ku zu versuchen. Bei ihrem nächsten Treffen mit dem Tibetaner in dem Geröllfeld berichteten sie von dem Verschwinden ihres Toyotas.

»Schlechtes Zeichen«, meinte Padma. »Sie fangen an, eure Spuren zu beseitigen. Wahrscheinlich wollen sie vermeiden, dass der Toyota vielleicht doch von einem Satelliten erkannt wird. Wie auch immer, hier in Lao-san gibt es keine Zukunft für euch.«

»Wann geht es los?«, fragte Lehn spontan.

»Frühestens übermorgen«, antwortete Padma. »Die Mulis müssen zwei Tage Ruhe haben, nach dem strapaziösen Aufstieg gestern.«

»Und wie soll unsere Flucht vor sich gehen?«, wollte Lehn wissen.

Padma hatte sich offensichtlich schon Gedanken gemacht. »Wie gesagt, morgen erwartet man einen Transport von rund acht jungen Terroristen, die, nach einer Nacht der Gewöhnung an die Höhe, am nächsten Tag von uns Sherpas nach Kat-ku gebracht werden sollen. Ihr schließt euch der Gruppe an und schlüpft in die Rolle von Terroristen. Während des Aufstiegs liquidieren wir zwei von den Neuankömmlingen, sodass in Kat-ku nur acht Personen ankommen.«

Bei dem Wort »liquidieren« drehte sich Lehn geschockt zu Padma um, der wie immer hinter ihm stand, halb von einem Felsbrocken verdeckt. »Muss das sein? Geht das nicht ohne Liquidierung der beiden Personen?«

Padma machte eine abfällige Bewegung mit seiner rechten Hand. »Da machen Sie sich mal keine Sorgen«, meinte er grinsend. »Die wären sowieso irgendwann als Selbstmordattentäter umgekommen. Da ist es vielleicht ganz angenehm, wenn die Zeit, bis sie zu den einhundert Jungfrauen kommen, etwas abgekürzt wird.«

»Wenn es denn sein muss«, sagte Lehn.

»Es muss«, antwortete Padma bestimmt. »Übermorgen noch bei Dunkelheit brechen wir auf. Wir müssen noch vor Sonnenaufgang über den Gletscher kommen. Irgendwann gegen neun Uhr, spätestens beim Frühstück, wird der Abt von Lao-san bemerken, dass ihr weg seid. Es wird dann darauf ankommen, ihn in dem Glauben zu lassen, dass ihr in Richtung Kathmandu geflohen seid. Keinesfalls darf der Abt auch nur auf den Gedanken kommen, dass ihr euch der Gruppe angeschlossen habt, die bei Dunkelheit in Richtung Kat-ku aufgebrochen ist.«

»Danke, dass Sie uns helfen«, sagte Kasdorf spontan.

»Wir können nur hoffen«, sagte der Tibetaner, »dass alles klar geht. Die Chance ist minimal, aber es gibt sie. Sonst hätten wir Sherpas es nicht vorgeschlagen. Aber es wird alles auf euch ankommen, wenn ihr oben in Kat-ku angekommen seid. Es wird darauf ankommen, wie ihr die Maskerade als angehende Terroristen durchhaltet. Ergeben sich auch nur die geringsten Zweifel, ist euer Leben verwirkt. Die Führungsclique oben in Kat-ku macht kurzen Prozess. Wir führen seit gut zwei Jahren eine geheime Strichliste über die Anzahl der Terroristen, die wir nach oben bringen und wieder abholen.«

»Und das Ergebnis?«, fragte Lehn.

Der Tibetaner sagte, dass es negativ sei. Sie hätten in den vergangenen zwei Jahren einen Schwund von siebenundsechzig Personen gehabt. »Oben lebend können sie nicht geblieben sein. Also bleibt nur die Schlussfolgerung, dass sie in Kat-ku entsorgt worden sind, verunfallt sind oder sich selbst umgebracht haben.«

»Wie sollen wir uns auf den Marsch über den Gletscher vorbereiten?«, fragte Lehn, um das unerfreuliche Thema zu wechseln.

»Nehmt einen Rucksack mit euren persönlichen Dingen mit. Ein Hemd, eine Hose zum Wechseln. Allerdings solltet ihr nicht zu viel mitnehmen, denn ihr müsst ja vortäuschen, auf dem Weg zurück nach Kathmandu zu sein. Da braucht ihr nichts mitzunehmen, was es in Kathmandu sowieso gibt. Wichtig ist vorrangig, den Abt von Lao-san zu täuschen, dass ihr Richtung Tal geflohen seid und nicht nach Kat-ku.«

»Schon verstanden«, sagte Lehn.

»Good luck«, antwortete Padma. Dann sagte er, es sei Zeit, sich zu trennen. Sie hätten genug geredet. Sie würden sich am Abend des nächsten Tages noch einmal kurz treffen. Am übernächsten Tag um sechs Uhr in der Früh sei dann Abmarsch vor dem Eingangstor von Lao-san. Im Übrigen brauche er noch ihre Jacken.

»Unsere Jacken? Wofür?«, wollte Lehn entgeistert wissen.

Padma ließ sich nicht aus der Ruhe bringen. Gebetsmühlenhaft leierte er herunter, dass er die Jacken etwas unterhalb von Lao-san an einer Gletscherspalte deponieren wolle, um so den Anschein zu erwecken, die beiden seien bei ihrer Flucht ins Tal zu Tode gekommen. Man werde keine Leichen finden, aber wenigstens die Jacken. Das werde den Häschern von Lao-san mit Sicherheit genügen, um an einen Unfall zu glauben.

Lehn und Kasdorf trennten sich nur ungern von ihren Jacken. Die eine war von Lodenfrey und nicht billig gewesen, die andere von einem namenlosen Ausstatter, aber auch nicht umsonst gewesen. Aber gerade diese Trennung von ihren Jacken machte ihnen erst richtig klar, wie verzweifelt ihre Lage war.

Nicht gerade euphorisch gingen sie zum Kloster zurück.

Der letzte Tag in Lao-san verlief schnell. Viel zu schnell. Der LKW mit der Gruppe von acht angehenden Terroristen erreichte Lao-san am späten Nachmittag. Soweit Lehn erkennen konnte, waren auch zwei Frauen dabei. Es schauerte ihn bei dem Gedanken, dass zwei Mitglieder der Gruppe ins Gras beißen mussten, um ihm und Kasdorf die Flucht zu ermöglichen. Ein gewisser Trost war ihm, dass die jungen Leute sowieso mit dem Leben abgeschlossen hatten. Auch der Drill bei der Ausbildung in Kat-ku würde ihnen so erspart bleiben.

Nach dem gemeinsamen Essen brachen Lehn und Kasdorf noch einmal zu ihrem Treffpunkt mit Padma auf, um die letzten Vorbereitungen abzusprechen. Der Tibetaner wiederholte noch einmal, dass die Entscheidung über diese Flucht allein bei ihnen liege und damit auch das Risiko.

»Wir haben keine Alternative«, meinte Lehn.

»Es könnte ein Wunder geschehen«, sagte Padma. »Beispielsweise könnten nepalesische Truppen nach Lao-san kommen und euch retten ...«

»Wunder«, unterbrach ihn Lehn, »sind und bleiben Wunder. Man sollte sie nicht zu sehr bemühen.«

In der Nacht war an Schlaf kaum zu denken. Sie ließen einige Sachen in ihrem Zimmer zurück, die für die angebliche Flucht in Richtung Kathmandu entbehrlich waren. Das Tagebuch und die Geschichte der gelben Ziege nahmen sie mit.

Um vier Uhr nachts war es dann so weit. Ein leises Klopfen an der Zellentür sagte ihnen, dass Padma die Tür aufgeschlossen hatte. Schweigend folgten sie ihm durch die abgedunkelten Gänge des Klosters bis zum großen Treppenhaus.

Von den Mönchen war nichts zu sehen. Etwas fröstelnd traten Lehn und Kasdorf in die kalte Nacht hinaus.

Die acht angehenden Terroristen sahen erbarmungswürdig aus. Völlig unausgeschlafen bildeten sie einen Kreis um zwei Sherpas, die letzte Anweisungen für den Marsch über den Gletscher gaben und die Kleidung der einzelnen Gruppenmitglieder überprüften. Abschließend stellten sie sich als Tan-sing und Chong-tse vor.

Es war fünf Uhr, als sich der kleine Tross in Bewegung setzte. Sie gingen hintereinander. Tan-sing als Erster. Chong-tse als Letzter. Hinter ihm folgten noch drei Mulis vollbepackt mit Kisten. Gesprochen wurde nicht. Es war immer noch dunkel, sternenklar und eisig kalt. Lehn und Kasdorf waren froh, dass sie ihre Gesichter unter Mützen verbergen konnten, die nur die Augen freiließen.

Die Berge lagen majestätisch in der Dunkelheit, grenzten sich aber schon gegen den heller werdenden Himmel im Osten ab. Die Sterne waren zum Greifen nahe, und man hatte den Eindruck, dass selbst das Licht der Sterne genug Kraft hatte, damit man den Weg vor einem erkennen konnte.

Vor ihnen lag das Geröllfeld, von dem wahrscheinlich nur Lehn und Kasdorf wussten, dass sich darunter ein höchst gefährlicher Gletscher verbarg und jeder falsche Schritt mit Sicherheit den Tod bedeutete, aber selbst jeder richtige Schritt ein Risiko in sich barg, denn die Gletscherspalten änderten sich wegen der Temperaturunterschiede zwischen Tag und Nacht ständig.

Nach gut einer Stunde hatten sie den Rand des Gletschers erreicht. Sherpa Tan-sing hob den Arm, um der Gruppe einen Halt zu signalisieren. Er ließ sie sich im Halbkreis sammeln, schob seine Mütze etwas nach oben, damit er sprechen konnte und gab Anweisungen, wie sich die Gruppe auf dem Gletscher zu verhalten habe. Wichtig sei, dass die einzelnen Teilnehmer einen Abstand von mindestens zehn Metern hielten, denn es sei erwiesen, dass wenn einer in eine Spalte stürze, der Rand der Spalte oft mit abbreche, sodass auch der nachfolgende Mann den Halt verlieren und in die Tiefe gerissen werde.

Lehn wunderte sich, dass sich die einzelnen Gruppenmitglieder nicht anseilen mussten. Aber er konnte nicht weiter darüber nachdenken, denn die Gletscherüberquerung begann.

Die Zwischenräume zwischen den einzelnen Personen hatten sich schon bald stark vergrößert, weil einige das Tempo, das Tansing an der Spitze vorlegte, nicht mithalten konnten. Gut dreihundert Meter waren überwunden, als sich am Ende der Gruppe ein Zwischenfall ereignete. Zwei der Männer, die vor Chong-tse und den Mulis gingen, hatten wohl die Spur verlassen und waren in einer Spalte verschwunden. So stellte es sich jedenfalls von vorne aus dar, obwohl keiner der Vorausgehenden etwas mitbekommen hatte. Lediglich zwei oder drei Schreie waren zu hören gewesen.

Tan-sing hatte sofort angehalten und gerufen, keiner dürfe sich bewegen. Es sei zu gefährlich. Dann war er zum Ende der Gruppe gegangen, um mit Chong-tse zu sprechen.

Völlig verängstigt blickten die anderen Gruppenteilnehmer zurück. Es gab aber nichts zu sehen. Nur beim Abzählen habe man feststellen können, dass zwei fehlten.

»Der Tribut, den der Mensch an die Natur zahlen muss, wenn er ihr zu nahe kommt«, murmelte Kasdorf und zwinkerte Lehn mit einem Auge zu.

Tan-sing hatte sich derweil wieder an die Spitze gesetzt. Nach Atem ringend stapften sie weiter hinter ihm her, Schritt für Schritt einer ungewissen Zukunft entgegen.

Nach gut vier Stunden hatten sie den Gletscher überquert. Die Gletscherspalten hätten für sie alle zum Verhängnis werden können. So aber hatte es nur zwei erwischt. Keiner kannte ihre Namen, keiner weinte um sie. Zwei Terroristen, die sich dem Dschihad verschrieben hatten. Anstatt sich mittels eines Sprengstoffgürtels in die Luft zu sprengen, befanden sie sich jetzt auf dem Grund einer Spalte und kämpften vielleicht noch mit dem ewigen Eis. Vielleicht auch nicht.

Einer der Gruppe drehte sich am Rand des Gletschers, wo Tansing einen kurzen Halt eingelegt hatte, um. Er wolle noch ein paar Worte sagen. Er blickte zurück und rief seinen verunglückten Kameraden in einem miesen Englisch zu: »Euch war es nicht vergönnt, die Welt von den Feinden des Islams zu erlösen. Aber irgendwie werdet ihr uns alle überleben. Als zu Eis gewordene Terroristen werdet ihr den Menschen irgendeines kommenden Jahrzehnts ein Beweis sein, dass es am Anfang des 21. Jahrhunderts Idealisten gab, die für den Islam ihr Leben geopfert haben. Vielleicht wird euer Tod für unsere Sache wichtiger sein, als auf der Westbank mit einem Sprengstoffgürtel zu enden und zwei Israelis mit in den Tod genommen zu haben. Seid versichert, dass ihr die Jungfrauen früher trefft als wir.«

»Wenn sie denn je wieder auftauen«, murmelte Tan-sing. »Übrigens«, wandte er sich dann an Lehn und Kasdorf, »sollte euch jemand fragen: Ihr heißt ab sofort Mike und Dimitri. Aber es ist unwahrscheinlich, dass euch jemand fragt. Oben in Kat-ku haben Namen keine Bedeutung.«

Tan-sing mahnte zum Aufbruch. Im Gänsemarsch ging es weiter. Jeder Schritt war eine Kriegserklärung an die Lungen. Luis Trenker hätte vernünftigerweise längst aufgegeben. Aber die Gruppe der noch verbliebenen acht Terroristen hatte nur eines im Kopf: Ihr Weg war der Kampf! Gegen die Feinde des Islams. Aber selbst, wenn ihre Motivation durch die Ereignisse auf dem Gletscher Schaden genommen hätte, wäre ihnen nichts anderes übriggeblieben, als weiterzugehen. Es gab nur eine Richtung: die, die der Sherpa eingeschlagen hatte. Jeder, der auch nur bei einem Schritt seinen Individualismus heraushängen ließ, war verloren. Die Berge verziehen keinem auch nur einen falschen Schritt. Der Beweis waren die auf dem Gletscher verunfallten Gruppenteilnehmer. Aber den Beweis, dass sie wirklich vom richtigen Weg abgekommen waren oder ob etwas anderes im Spiel gewesen war, konnte nur Chong-tse erbringen. Dessen asiatische Gesichtszüge waren aber so ausdruckslos wie immer.

So stapften sie weiter durch den Schnee. Schritt für Schritt. Die Augen auf den Vordermann gerichtet. Der Pfad, wenn man es überhaupt als einen Pfad bezeichnen konnte, war so schmal, dass es erstaunlich war, dass die schwerbeladenen Mulis das Gleichgewicht behielten.

Lehn versuchte einige Male hinunter zum Kloster Lao-san zu blicken. Aber er musste immer wieder seinen Blick von der Tiefe abwenden, um nicht das Gleichgewicht zu verlieren. Irgendwelche Auffälligkeiten, dass ihre Flucht bemerkt worden war, waren nicht zu erkennen.

Inzwischen war die Sonne aufgegangen. Es musste elf Uhr vorbei sein. Lehn verspürte Hunger. Gerade zum richtigen Zeitpunkt, denn Tan-sing ließ halten. Sie hatten ein kleines Plateau erreicht, das gerade für zehn Menschen und drei Mulis Platz bot.

Lehn und Kasdorf setzten sich etwas abseits, um miteinander sprechen zu können. Sie waren erstaunlich fit. Die wenigen Tage, in denen sie sich akklimatisiert hatten, machten sich jetzt bezahlt.

Abschätzig äußerte sich Kasdorf über die Art, wie die Gruppe über den tödlichen Unfall ihrer Freunde hinweggekommen sei, außer dem einem, der die Ansprache gehalten hatte.

»Für die zählt nur der Kampf für den Islam«, sagte Lehn. »Für uns ist das gut, denn sie werden sich kaum mit uns beschäftigen.«

Sie brachen wieder auf. Der Pfad war weiterhin steil. Die angehenden Dschihadisten keuchten so, dass man hätte meinen können, jedem einzelnen komme bald die Lunge aus dem Hals heraus. Die beiden Sherpas nahmen alles gelassen. Die drei Mulis trotteten brav hinterher und schienen ihre Last kaum zu spüren.

»In meinem nächsten Leben«, rief Lehn Kasdorf zu, »möchte ich Muli sein. Da hat man mehr vom Leben.«

»Aber nur in den Bergen«, antwortete Kasdorf sarkastisch. »Wenn du in Köln als Muli in der Kneipe ›Früh‹ eine Stange bestellst, bekommst du garantiert kein Bier, sondern die holen den Tierschutz.«

»Recht hast du«, antwortete Lehn. »Also im nächsten Leben doch kein Muli, sondern lieber Mensch. Da bekommt man dann wenigstens eine Stange Bier bei ›Früh‹ in Köln.«

Gegen Mittag, die Sonne stand jetzt im Zenit, kam der Bergkamm näher. Irgendwie entwickelte sich bei Lehn und Kasdorf eine gewisse Spannung, denn von dem Kamm musste man auf das sagenhafte Hochtal mit seinem Kloster Kat-ku blicken können. Jenes Kloster, das in so vielen Köpfen herumspukte.

Aber es dauerte noch Stunden. Dann aber war es endlich so weit. Der Anblick war in der Tat umwerfend. Es war wie in der Sage oder wo auch immer es beschrieben worden war. Inmitten dieser feindlichen Umgebung war es wie der Blick ins Paradies.

Sherpa Tan-sing ließ anhalten.

Alle, inklusive Lehn und Kasdorf, waren beeindruckt. Die Hochebene, auf die sie herunterblickten, lag etwas unterhalb ihres Standorts und war von den sieben- bis achttausend Meter hohen Bergen eingerahmt. Über dem Boden lag eine dünne Dunstschicht, die aber nicht geschlossen war. Hier und da war Boden zu sehen. Wie kleine Inseln in dem Nebelmeer gab es kleine Erhöhungen, aber auch Bäume. Das Ganze erinnerte Lehn an eine Ikebana-Landschaft. Etwas zurück, in der Mitte des Berghangs, lag das Kloster Kat-ku auf einer Anhöhe. In der Sonne ähnelte es einem Gral.

Die Hochebene war nicht allzu groß. Eher überschaubar. Sie war grün, soweit der Dunstschleier Blicke auf den Boden zuließ. Linker Hand war ein breiter befestigter Weg zu erkennen, der an eine Landebahn für kleine Flugzeuge erinnerte.

»Es ist beeindruckend«, entfuhr es Kasdorf. »Ist das nun das Paradies?«

»Leider nicht«, antwortete Lehn ernüchternd. »Es ist nur deshalb so umwerfend, weil wir seit fast zwei Wochen nur Felsen, Geröll, Berge und Schnee gesehen haben. Wie mag es dann erst den Menschen früher gegangen sein, die Monate nur die Farben Grau und Weiß gesehen hatten. Ihnen muss es wirklich wie das Paradies erschienen sein. So sagt es ja auch die Sage. Aber dennoch sollten wir nicht vergessen, dass es nur eine Anomalie der Natur ist. Eine Grünfläche auf fünftausend Metern Höhe, die ihre Existenz einem vulkanischen Boden verdankt, der hier in dieser Höhe alle Regeln der Natur außer Kraft setzt.«

Sherpa Tan-sing kündigte ihren Aufbruch mit den Worten an, dass sie noch gut zwei Stunden Marsch vor sich hätten. Die Gruppe setzte sich in Bewegung und begann mit dem kleinen Abstieg, um den Höhenunterschied von rund hundert Metern zu bewältigen. Nachdem das geschafft war, ging es zwischen kleinen Feldern und Bachläufen weiter.

Die Sonne war längst hinter einem der Berggiganten verschwunden, aber das Kloster Kat-ku schien ihre Strahlen konserviert zu haben. Es leuchtete wie ein sakraler Bau.

Die Gruppe näherte sich jetzt einigen kleinen Gebäuden, die weit vor dem eigentlichen Kloster lagen. Kasdorf war erstaunt, wie weiträumig die Anlage war. Die einstöckigen Gebäude dienten offenbar als Unterkünfte. Davor waren einige Menschen in Drillich zu sehen, die aber von der ankommenden Gruppe keinerlei Kenntnis nahmen.

Schließlich ließ Tan-sing die Gruppe vor einem Gebäude halten, das wie ein Wohncontainer aussah. Zwei Uniformierte traten heraus. Offensichtlich hatte man auf die Tarnung als Mönch verzichtet.

Lehn blickte sich um. Soweit er sehen konnte, trugen alle diesen dunkelgrünen Drillich, wie es in den Armeen vieler Länder üblich war. Die Mützen der Männer erinnerten ihn an Fidel Castro. Der Líder Máximo hatte immer diese Art von unsäglichen Mützen getragen. Unkleidsam, aber eben passend für diese Arschlöcher.

»Wahrscheinlich alles second hand gekauft oder geklaut«, murmelte Lehn vor sich hin.

Einer der beiden Uniformierten trat vor die Gruppe und hielt eine kurze Ansprache in miserablem Englisch mit mediterranem Akzent. Er hatte vier goldene Sterne auf den Achselklappen.

Er machte einen durchtrainierten Eindruck. Seine Haare waren kurz geschnitten, sodass es von weitem wie eine Glatze aussah.

»Mein Name ist Kemal! Einige nennen mich G.G. le Caid! Ich bin hier der Chef! Ich heiße euch willkommen in der Ausbildungsstätte Kat-ku im Herzen des Himalajas. Ihr seid die glücklichen

Auserwählten, hier an diesem Ort zu Terroristen ausgebildet zu werden. Ein denkwürdiger Ort, an dem schon vor zweihundert Jahren Menschen gelebt haben, um den richtigen Weg zur Seligkeit zu finden. Aber sie sind untergegangen, weil sie dekadent waren und nur Buddha sahen, nicht aber Allah, die höchste Instanz, die wir haben. Nach Abschluss eurer Ausbildung werdet ihr zu der Elite der Dschihadisten gehören. Es ist eine Ehre, hier in Kat-ku unserem Glauben zu dienen. Aber auch ich als Leiter dieser Ausbildung bin stolz, euch ausbilden zu können. Was gibt es im Leben mehr an Erfüllung, als jungen Menschen den richtigen Weg im Leben zu zeigen. Jungen Menschen, die sich dann im Kampf mit den dekadenten Amerikanern und ihren Vasallen, vor allem den Israelis, im Kampf messen werden, um sie schließlich in die Knie zu zwingen. Die Ausbildung wird oft nicht leicht sein, und ihr müsst wissen, dass es kein Zurück gibt. Dschihad oder Tod heißt es jetzt für euch. Hier oben in Kat-ku gibt es nur den absoluten Gehorsam nach dem Gesetz der Sharia. Ich sage das so klar und deutlich, damit bei euch gar keine Zweifel aufkommen.«

Kemal machte eine kurze Pause, bevor er fortfuhr: »Ich übergebe euch jetzt eurem Ausbilder Murat. Er trägt für euch in den nächsten Tagen die Verantwortung und wird euch in Formalausbildung und Schießen unterrichten. Murat hat keinen leichten Job, denn wir haben seit eineinhalb Wochen hier ein großes Problem. Wir müssen unsere kleine Landebahn für Flugzeuge in Stand setzen und etwas verlängern. Und das bis Mitte Juni! Für euch heißt das, dass ihr nicht nur die Ausbildung durchlaufen, sondern auch bei dem Ausbau der Landebahn mit anpacken müsst. Und trotz dieser Doppelbelastung wird Murat euch ein guter Ausbilder sein. Am dritten Tag, nachdem ihr euch etwas mehr an die Höhe gewöhnt habt, beginnt dann die Kampfausbildung unter einem anderen Ausbilder.«

Mit diesen Worten drehte sich Kemal um und ging in das Haus zurück.

Lehn drehte sich zu Kasdorf um. »Die Rede hat der ja ziemlich heruntergeleiert. Überzeugt ist der nicht von seinem Job.«

»Begrüß du mal alle zwei bis drei Tage so eine Gruppe von Halbidioten, wie wir es sind. Die dazu noch völlig fertig sind und sowieso nicht zuhören, weil ihre Lungen zu sehr rasseln, um überhaupt hören zu können.«

»Recht hast du«, gab Lehn zu.

»Ich bin Murat«, stellte sich der verbleibende Uniformierte vor. Seine Schulterklappen zierten drei Sterne. »Ihr geht jetzt als erstes zur Kleiderkammer. In einer Stunde treffen wir uns wieder an diesem Ort, wo ihr dann eure Unterkünfte zugeteilt bekommt.«

Die Gruppenmitglieder taumelten mehr, als dass sie gingen. Der Aufstieg von Lao-san nach Kat-ku hatte sie völlig fertiggemacht. Lehn und Kasdorf ging es nur geringfügig besser, da sie etwas durchtrainierter waren.

Bei der Verteilung der Unterkünfte wurden Lehn und Kasdorf das Haus H zugewiesen. Es bestand aus acht Einheiten in der Größe von 40 Containern, die übereinandergestellt waren. Außen führte eine Holztreppe zu den oberen vier Einheiten. Die Seitenwände waren gemauert, das Dach war aus Wellblech. Innen gab es zwei mal drei übereinanderliegende Betten sowie Spinde, sechs Stühle und einen winzigen Tisch.

Lehn und Kasdorf waren zu müde, um sich um die anderen vier Zimmergenossen zu kümmern. In dieser ersten Nacht im Ausbildungslager Kat-ku schliefen sie sofort ein.

Am nächsten Morgen wurden sie um sieben Uhr geweckt, was Lehn und Kasdorf als moderat empfanden. Geduscht wurde in einem anderen Haus. Dann versammelten sich alle in einem zentralen Gebäude, das erheblich größer war, zum Frühstück. Ausbilder und Auszubildende saßen zusammen. Lehn schätzte die Zahl den Anwesenden auf sechzig. Inklusive der rund zwanzig Ausbilder, die an roten Armbinden zu erkennen waren.

Die Ausbildung begann um neun Uhr. Ihr Ausbilder Murat, der offensichtlich Türke war, erwähnte kurz, dass die Ausbildung erst so spät beginne, weil es vorher einfach zu kalt sei. Jetzt zeige das Thermometer fünf Grad Celsius, was für diese Höhe erstaunlich warm sei.

Auf dem Platz vor dem zentralen Gebäude begann dann eine Art Formalausbildung. Es galt den typischen Stakkatoschritt der Muslime einzuüben. Das Ganze war aber eine laue Nummer. Der erste Vormittag ging dann mit den ersten Schießübungen zu Ende. Die Gewehre waren modernste Kalaschnikows. Beim Schießen machten Lehn und Kasdorf eine gute Figur, denn sie trafen als einzige die Pappkameraden, während sich die anderen ziemlich unbeholfen anstellten. Was aber auch der Tatsache geschuldet war, dass sie wahrscheinlich nicht gedient hatten.

Nach einem kurzen Mittagessen in dem zentralen Gebäude stand das Werfen von Handgranaten auf dem Dienstplan. Dabei stellten sich die Auszubildenden teilweise so dämlich an, dass Lehn und Kasdorf einige Male eingreifen mussten, um Schlimmeres zu verhüten. Immerhin dankte Murat ihnen für ihre Hilfe, denn ihm stand der Angstschweiß auf der Stirn. Danach ging es dann noch zum Einsatz bei dem Ausbau der Landebahn. Die Arbeit bestand darin, Steine und Erde fest zu stampfen, um einen einigermaßen ebenen Untergrund zu schaffen.

Die nächsten beiden Tage verliefen nach dem gleichen Schema. Erst Formalausbildung, anschließend schießen, dann arbeiten an der Landebahn. Abends fielen sie todmüde in ihre Betten.

Erst am dritten Tag hatten sie sich soweit an die Höhe gewöhnt, dass sie nach Dienstschluss an etwas anderes als an ihr Bett dachten. Sie benutzten ihre Freizeit, um einen ersten Erkundungsgang zu machen. Niemand hinderte sie. Solange die Sonne schien, war es zauberhaft, in dem gartenartigen Gelände herumzugehen. Zu Fuß erreichten sie eine etwas höher gelegene Stelle. Von dort aus war das Hochtal teilweise zu überblicken. Das Ausbildungsgelände lag im vorderen Teil des Hochtals, wo sie angekommen waren. Um einen Platz gruppierten sich die Bausünden von Häusern, die eher Container glichen als einem nepalesischen Kloster. Hinzu kamen einige rechteckige Zelte, deren Seitenwände tagsüber hochgeklappt waren. Sie dienten als Unterrichts- oder wohl als Aufenthaltsräume. Etwas oberhalb des Camps lag ein Gebäude, das von einer hohen Mauer umgeben war.

Lehn und Kasdorf gingen zurück und betraten die Cafeteria, die jetzt am späten Nachmittag stark frequentiert war. Aber was sollte man auch anderes machen.

Abends wurden in einem der größeren beheizten Zelte Filme gezeigt. Hauptsächlich Produktionen aus Bombay. Aber laut einem Anschlag gab es auch amerikanische und französische Filme.

Am folgenden Tag wurde die Gruppe kurz vor Dienstschluss in eines der Zelte gerufen. Etwa dreißig Dschihadisten waren versammelt. Ein Mann betrat den Raum. Er trug wie alle Drillich. Aber seine Uniform zierten drei Sterne als Rangabzeichen. Er begrüßte sie in einem grauenhaften Englisch mit irgendeinem südosteuropäischen Akzent.

»Der kommt vom Balkan«, raunte Lehn seinem Freund zu.

»Da kommt das ganze Gesindel doch her«, antwortete Kasdorf leise.

Nach den ersten Worten der Begrüßung fuhr der Mann fort: »Morgen beginnt die Ausbildung im Nahkampf! Ihr seid auserwählt, in der Kaderschmiede unseres gerechten Kampfes ausgebildet zu werden. Zeigt euch dieser Auszeichnung würdig. Wenn ihr diese Ausbildung hinter euch habt, gehört ihr zum Führungskader unserer Weltrevolution! Habt ihr das verstanden?«

Alle schrien: »Ja!« Lehn und Kasdorf schlossen sich dem Schreien an, weniger überzeugt und deshalb nicht so laut.

»Damit ihr wisst, mit wem ihr es zu tun habt, stelle ich mich vor. Mein Name ist Mirko Solta. Gebürtiger Bosniake. Meine Ausbildung begann in Afghanistan, während kurzer Zeit war ich auch in Tschetschenien. Jetzt arbeite ich hier am Ende der Welt. Ich bin verantwortlich für eure Nahkampfausbildung. Ich weiß, dass ihr alle Idealisten seid. Ich bin es nicht. Ich bin nur Ausbilder, um aus euch Kämpfer für den Dschihad zu machen. Das heißt, ihr sollt die Grundvoraussetzungen eines Kämpfers lernen, nämlich Gehorsam, Disziplin und Ausdauer! Aber darauf komme ich noch. Wer von euch glaubt, hier eine ruhige Kugel schieben zu können, der irrt! Irrt gewaltig. Ihr werdet in den nächsten Tagen bedauern, dass ihr geboren seid. Ihr werdet Erde, Scheiße und Pisse schlucken, um des Zieles willen. Aber wenn ihr alles überstanden habt, werdet ihr etwas bessere Kämpfer sein. Keine Weicheier mehr, von denen es viel zu viele unter euch gibt. Wenn ihr diese Ausbildung nicht wollt, könnt ihr jetzt noch aussteigen. Später aber nicht mehr, denn ihr werdet auch in Geheimnisse eingeweiht, die nur für den Kader bestimmt sind. Ich will es klar und deutlich sagen: Späteres Aussteigen oder Versagen bedeutet den Tod. Also entscheidet euch. Ihr habt diese Nacht Zeit, darüber nachzudenken.«

Mirko Solta machte eine kleine Pause. Dann fuhr er fort: »Was habe ich mit Ausdauer gemeint? Was Gehorsam und Disziplin bedeuten, ist wohl selbst euch klar. Ausdauer kann man hier oben in Kat-ku besonders gut lernen. Denn jeder Schritt in dieser dünnen Luft von fünftausend Metern Höhe ist eine Anstrengung. Jeder zweite Schritt ist eine Überlegung wert, ob man ihn überhaupt machen will und vor allem wofür. Bei drei Schritten würde man am liebsten alles hinwerfen. Ihr aber werdet einhundert Schritte machen mit schwerem Gepäck und einem MG auf dem Ast. Ihr werdet durchhalten müssen, wegen des Ziels, das ihr euch auf die Fahnen geschrieben habt. Und es gibt kein Zurück. Wenn ihr mich verstanden habt, wisst ihr, was ich mit Ausdauer meine. Wenn ihr auch nur im Geringsten an euch zweifelt, gebt lieber gleich auf, denn ihr erschwert nur mir und den anderen Ausbildern die Arbeit. Und da sind wir nicht scharf drauf.«

Und dann fügte Mirko noch hinzu: »Hier oben sind die Lebensumstände so schwierig, dass es unmöglich sein wird, etwas geheim zu halten. Hier kommt alles heraus. Wenn einer von euch vom CIA ist, werden wir das herausbekommen. Schon nach einigen Tagen steht ihr nackt vor uns. Wir bekommen alles heraus.

Ihr seid nichts. Und wir Ausbilder sind alles, nicht, weil wir bessere Menschen sind, sondern weil wir Teil dieser Hölle hier oben sind.«

Kasdorf blickte sich um, um zu sehen, welche Reaktionen diese Rede bei den anderen der Gruppe hervorrief. Bis auf wenige Ausnahmen sah er nur stumpfe Gesichtsausdrücke. Die hatten alle sowieso mit der Welt abgeschlossen.

Dann war Dienstschluss. Geordnet verließen sie das Zelt. Lehn und Kasdorf verkrümelten sich in die Gärten, um allein zu sein.

»Was sagst du zu Mirko?«, fragte Kasdorf plötzlich, als sie sich unbeobachtet fühlten.

»Ein Harter«, antwortete Lehn nach kurzem Nachdenken und fügte hinzu: »Das ist keiner von diesen Glaubensfanatikern, die meinen, dem Islam zu dienen. Mit Sicherheit wird dieser Mirko gut bezahlt. Wenn der CIA mehr geben würde, wäre Mirko bei den Jungs auf der Gehaltsliste. Aber deshalb ist er für uns umso gefährlicher. Der kann sich keinen Fehler erlauben. Lieber lässt er einen mehr über den Jordan gehen, als irgendein Risiko einzugehen.«

Der Nachmittag neigte sich dem Ende zu. Die Sonne war im Begriff, sich hinter einem der Siebentausender zu verabschieden. Noch war das Licht eine Mischung aus Klarheit und gedämpften Gelbtönen. Lehn musste an die Bilder des Malers Segantini denken. Der Maler hätte dieses Licht gemocht. Aber wie weit war diese Welt entfernt? Lehn überlief eine Gänsehaut, als ihm das klar wurde.

Die Dämmerung war plötzlich da. Die Dunkelheit würde schnell folgen.

Am fünften Tag kam es dann zu einer neuen Situation. Alle in der Ausbildung befindlichen Terroristen wurden in das große Zelt gerufen.

Kemal erschien, kletterte auf einen Stuhl und begann eine Rede zu halten: »Durch gewisse glückliche Umstände kann al-Qaida einen entscheidenden Schlag gegen die Ungläubigen ausführen.

Das verlangt von uns einen außergewöhnlichen Einsatz. Deshalb ist aller Unterricht für die nächsten Tage abgesagt. Alle Dschihadisten und wir Ausbilder werden bei dem Ausbau der Landepiste eingesetzt. Wie ihr alle wisst, sind wir schon seit Tagen dabei, die Landebahn auszubauen. Jetzt hat sich aber herausgestellt, dass das Flugzeug, das wir erwarten, vielleicht schon am 14. oder 15. Juni kommt, also früher als ursprünglich angenommen. Deshalb diese Änderung des Dienstplans.«

Kemal blickte in die Runde und versuchte, den einen oder anderen mit seinem Blick zu fixieren. Was aber nur bedingt gelang, da fast alle stumpf vor sich hinblickten.

»Habt ihr verstanden?«, rief Kemal in seinem französischgefärbten Englisch.

Immerhin gab es jetzt beistimmendes Gemurmel.

Es kam wie angekündigt. Kein Unterricht, keine Nahkampfausbildung, nur Maloche an der Landebahn.

Dieser fünfte Tag war, was den körperlichen Einsatz betraf, der härteste. Unmengen von mit Wasser angerührter Zementpampe wurden auf der Landebahn verteilt, um der Oberfläche wenigstens eine gewisse Festigkeit zu geben.

Am nächsten Morgen wurden Lehn und Kasdorf von der Nachricht geschockt, dass der Chef sie sehen wolle.

Mit gemischten, um nicht zu sagen ängstlichen Gefühlen betraten sie die Kommandantur, in der Kemal residierte.

Ein Hiwi geleitete sie in einen relativ großen Raum. Ein moderner Schreibtisch beherrschte den Raum. Auf dem Schreibtisch standen zwei Laptops. An den Wänden hingen Karten von der umliegenden eisigen, unwirklichen Umgebung. Lehn blickte sich um. Was persönliche Dinge betraf, herrschte Fehlanzeige.

Kemal betrat den Raum, begrüßte die beiden mit Handschlag. Er schien aufgeräumt. Höflich bat er sie, ihre Lebensgeschichte kurz zu skizzieren, vor allem aber, was den Ausschlag bei ihnen gegeben habe, sich dem Dschihad anzuschließen.

Lehn und Kasdorf waren sich bewusst, dass es jetzt darauf ankam, kein falsches Wort zu sagen, denn das konnte die sofortige Liquidierung bedeuten. Dementsprechend spulten Lehn und Kasdorf engagiert ihre Geschichten herunter, die sie sich in weiser Voraussicht, dass es zu diesem Gespräch irgendwann kommen würde, sorgsam zurechtgelegt hatten. Ihre Geschichte handelte von zwei jungen Deutschen, die ursprünglich aufgebrochen waren, die Welt von allen Ungerechtigkeiten zu befreien, die dann aber gescheitert waren und sich so dem kämpferischen Arm des Islams zugewandt hatten. Das musste für Ausstehende einigermaßen glaubwürdig klingen. Nur sie wussten, dass es ein Schmarren war. Denn über eines waren sich Lehn und Kasdorf im Klaren: Eine Welt ohne Ungerechtigkeiten gab es nicht, denn die Menschen waren nicht gleich, auch wenn viele Weltverbesserer sich das wünschten. Aber selbst wenn es eine Chance auf eine bessere Welt gegeben hätte, hätten sie sich nie dem kämpferischen Arm des Islams angeschlossen. Lieber dann der Heilsarmee oder den Guttemplern.

Kemal hatte zuerst der Geschichte Lehns und dann der Kasdorfs interessiert zugehört. Schließlich unterbrach er aber Kasdorfs Redeschwall mit der Bemerkung, er habe vergessen, etwas anzubieten. Ob sie einen Tee, eine Apfelschorle oder eine Coca-Cola haben wollten. Auch Gin Tonic sei vorhanden. Man müsse als Moslem ja auch einmal ein Auge zudrücken, fügte er augenzwinkernd hinzu

Lehn und Kasdorf entschieden sich spontan für Gin Tonic.

Über eine Gegensprechanlage beorderte Kemal eine Ordonanz zu kommen.

Anstatt des Hiwis, den Lehn erwartet hatte, erschien eine Frau. In dieser fast abstrusen Situation auf fünftausend Metern Höhe in einem Ausbildungscamp von al-Qaida betrat sie den Raum wie eine Erscheinung aus einer anderen Welt. Sie war groß und schlank. Zugegebenermaßen war nicht viel von ihr zu sehen, da sie diese Burka trug. Der Kopf war mit einem Kopftuch teilweise bedeckt. Aber ihr Gesicht war zu sehen. Lehn fiel gleich die Schönheit ihres Gesichts auf. Sie war weder Pakistanerin noch Palästinenserin. Lehn tippte eher auf den Mittelmeerraum.

»Das ist Carla«, stellte Kemal sie vor. »Sie hilft mir und passt auf, dass ich nicht zu viel trinke.« Dann bestellte er drei Gin Tonic.

In perfektem Englisch fragte sie, wie viel Eis gewünscht sei. Kasdorf entschied sich für drei Würfel. Lehn sagte, es sei ihm egal. Er sagte es nur, um irgendetwas zu sagen und so ihre Gegenwart länger genießen zu können.

Mit einem Lächeln verließ sie den Raum.

Lehn blickte ihr nach. Sie war selbst in dieser frauenfeindlichen Verkleidung eine bemerkenswerte Erscheinung.

Lehn ertappte sich dabei, dass ihm der Gedanke wehtat, soeben die Bekanntschaft der Geliebten von Kemal gemacht zu haben. Aber so war es nun einmal. Die einen standen im Licht, die anderen im Schatten. Im Augenblick waren die Rollen klar verteilt. Kemal war der Sieger. Und er, Lehn, war der Verlierer.

Dann kam Carla mit den Getränken zurück. Zuerst stellte sie Kemal das Glas auf den Tisch. Dann Kasdorf. Bei Lehn stellte sie sich so ungeschickt an, dass das Glas umkippte und sich über seine Drillichhose ergoss. Untröstlich entschuldigte sie sich bei Lehn, während sie mit einem Tuch versuchte, den Fleck auf der Hose zu trocknen. Sie bat ihn, seine Weste auszuziehen, um besser den Fleck entfernen zu können. Dabei blickte sie ihn so intensiv an, als ob sie ihm etwas sagen wollte.

Dann verschwand sie. Kemal machte sich über ihre Ungeschicklichkeit lustig, was Lehn wiederum wunderte, denn es widersprach seiner ersten Annahme, dass die beiden ein Paar waren. Widersprüchlich war auch dieser Blick, mit dem sie ihn angeblickt hatte. Lehn verstand gar nichts mehr.

Dann kam sie mit einem neuen Gin Tonic zurück und gab ihn Lehn. Wieder dieser Blick, den Lehn nicht zu deuten vermochte.

Das Gespräch mit Kemal versandete danach in Belanglosigkeiten und wurde schließlich von ihm abrupt mit der Bemerkung beendet, er müsse sich jetzt um den Ausbau der Landebahn kümmern. Das Projekt habe zurzeit absolute Priorität. Mit diesen Worten verließ er den Raum.

Bevor der Hiwi sie zum Gehen aufforderte, verließen Lehn und Kasdorf die Kommandantur. Von der Schönheit war nichts mehr zu sehen.

Am Nachmittag fand Lehn einen Zettel in der Seitentasche seiner Weste. Hastig war darauf gekritzelt worden: *Heute Abend im Kino.*

Nach kurzer Überlegung war er sich sicher, dass dieser Zettel von der Frau stammen musste, die den Gin Tonic serviert und über seine Hose gekippt hatte. Nur sie konnte den Zettel in die Seitentasche seiner Weste gesteckt haben.

Lehn zeigte den Zettel Kasdorf. »Was denkst du? Eine Falle?«, fragte er ihn.

Kasdorf schüttelte den Kopf. Auch für Lehn gab der Gedanke an eine Falle keinen Sinn. So ging er mit gemischten Gefühlen abends in das Kinozelt.

Es gab zehn Reihen zu je zwölf Sitzen zur Auswahl. Vorne an der Stirnseite des Zeltes war eine Leinwand aus Betttüchern zusammengeheftet und über ein Gestell gespannt. Auf dem Programm stand ein Bollywood-Film: *Die Geliebte des Maharadschas von Benares.* Eine dieser unsäglichen indischen Liebesfilmproduktionen. Eigentlich unerträglich wegen des Schmalzes.

Lehn setzte sich in die hinterste Reihe. Er erinnerte sich an die letzten Kinobesuche in Hamburg. Wie lange war das her? Es erschien ihm wie eine Ewigkeit.

Draußen war es jetzt stockdunkel.

Der Film hatte schon begonnen, als sie kam. Er spürte sie mehr, als dass er sie sah, als sie sich neben ihn setzte. Er drehte sich zu ihr um. Er meinte, ihren Atem zu spüren.

Um etwas zu sagen, sagte er: »Es tut mir leid, dass es nichts Besseres gibt. Mögen Sie indische Filme?«

Sie lachte leise.

»Mir ist gar nicht zum Lachen zumute.« Dabei dachte Lehn an das Risiko, dass er eingegangen war, sich mit ihr zu treffen, denn immerhin sah er in ihr zumindest Kemals Assistentin wenn nicht mehr.

»Mir ist auch nicht zum Lachen«, antwortete sie leise. »Aber es ist schön, hier zu sitzen.«

Ihre Worte schienen ehrlich zu sein. Irgendwie fühlte er sich glücklich. Um etwas mehr Sicherheit zu haben, fragte er sie nach dem Grund, warum sie ihn hatte treffen wollen. Schließlich sei sie in der Hierarchie von Kat-ku ganz oben, während er nur ein kleiner Terrorist in der Ausbildung sei.

Carla antwortete, dass das Kino nicht der richtige Ort sei, um etwas zu erklären. Es sei alles zu verwirrend. Zu komplex. Sie werde aber später alles nachholen. Jetzt sei einfach keine Zeit dafür, da sie und er Gefahr liefen, überwacht zu werden.

Aber Lehn bestand auf der Beantwortung wenigstens einiger Fragen. Er wolle sicher sein, dass er ihr vertrauen konnte.

»Dann beginnen Sie schon.« Ihr Lächeln war nicht zu sehen, aber zu spüren.

»Welche Nationalität haben sie?«

»Italienerin«, antwortete sie. »Mein Vater ist Italiener, meine Mutter kommt aus Deutschland.«

Lehn wollte wissen, welche Umstände sie in das Camp verschlagen hatten.

»Nennen sie es fehlgeleitete Liebe. Zu einem Mann, der es eigentlich nicht wert war.«

»Kemal?«, fragte Lehn, wobei er beim Aussprechen dieses Namens so etwas wie Eifersucht empfand.

Dieses Mal lachte Carla laut auf. Als sich einige Kinobesucher umdrehten, erschrak sie, dann fuhr sie flüsternd fort, dass er sich Kemal abschminken könne. Der sei so schwul, dass er Spiegeleier in der Hand braten könne. »Aber ...«, sagte sie, ernster werdend, »... aber Kemal ist kein Widerling, kein perverses Schwein. Eigentlich ist er ganz in Ordnung!«

Lehn war fast erleichtert. Er blickte sie von der Seite an. Sie blickte zurück. In der von dem flimmernden Licht des Films zerhackten Dunkelheit trafen sich ihre Blicke. Sie sagten kein Wort.

Nach einer kleinen glücklichen Ewigkeit hatte Carla dann doch ihre Sprache wiedergefunden. »Nun bin ich mit Fragen an der Reihe: Warum bist du nach Kat-ku gekommen?«

Sie benutzte das vertrauliche Du. Lehn, der dem nicht zu viel Gewicht geben wollte, führte dies eher auf den modernen Sprachgebrauch im Englischen zurück.

Schließlich rang er sich dazu durch, die Wahrheit zu sagen. Es sei alles ein reiner Zufall, gestand er. Er und sein Freund Kasdorf seien ganz normale Touristen, die eigentlich zum heiligen Berg Kailash gewollt hätten, sich dann aber verirrt hätten und schließlich in Lao-san gelandet seien. Dort seien sie dann praktisch gefangen genommen worden.

»Schade!«, entgegnete Carla fast traurig. »Ich hatte so viel Hoffnung in euch beide gesetzt.«

»Wieso Hoffnung?«, fragte Lehn erstaunt.

»Weil ich als Assistentin von Kemal wusste, dass du und dein Freund nicht die seid, für die ihr euch ausgibt!«

Entsetzt fragte Lehn: »Kemal weiß, dass wir keine Islamisten sind, die hier zur Ausbildung sind?«

Ziemlich cool antwortete Carla, dass Kemal das schon seit Tagen wisse. »Warum sollte er sonst das Gespräch mit euch gesucht haben?«

»Und woher wusste er, dass wir keine Islamisten sind? Ich muss das wissen, denn es bedeutet vielleicht unser Todesurteil.«

»Noch bedeutet es gar nichts«, erwiderte sie und berichtete dann mit wenigen Worten, dass sie beide in Kat-ku als ein gewisser Dimitri und ein gewisser Mike angekündigt worden seien. Kemal habe, wie er es immer tue, ihre Profile abgeglichen mit denen, die er aus Islamabad bekommen habe. Demnach wäre dieser Dimitri ein wirrer Drogenabhängiger aus der Ukraine gewesen und Mike ein schwuler junger Mann aus England ohne Berufserfahrung geschweige denn Militärdienst. Kemal habe das mit den Profilen von Murat verglichen und festgestellt, dass alles so wenig zusammenpasse wie Feuer und Wasser.

»Scheiße«, sagte Lehn mit einer gewissen Verzweiflung in der Stimme.

Carla suchte in der Dunkelheit seine Hand. Beruhigend sagte sie: »Zurzeit besteht keine unmittelbare Gefahr. Kemal hat erst einmal das Profil von Dimitri und Mike zur Überprüfung nach Islamabad zurückgeschickt. Die Antwort braucht bestimmt zwei Wochen. Solange passiert hier gar nichts. Ihr seid eh Gefangene in diesem sogenannten Paradies. Ihr könnt nicht abhauen. Kemal hat somit keinerlei Eile, euch umzubringen. Außerdem bekomme ich als Kemals Assistentin als Erste die Antwort aus Islamabad. Ich kann das alles etwas verzögern. Also ihr habt noch eine Galgenfrist von gut zwei Wochen.«

»Toll, das zu wissen«, sagte Lehn.

Nach einigen Momenten sagte er leise: »Du schuldest mir eigentlich noch eine Antwort. Wieso erschienen wir dir als Hoffnung? Wie hätten wir dir helfen können?«

»Ich weiß es auch nicht. Aber ihr wart meine Hoffnung.«

»Wieso?«

»Das will ich dir sagen«, hauchte Carla mehr, als dass sie sprach. »Als Kemal den Verdacht aussprach, dass ihr nicht dieser Dimitri und dieser Mike seid, hatte ich die Hoffnung, dass ihr vielleicht eingeschleuste Agenten seid.«

»Von wem?«, fragte Lehn entgeistert.

»Na, vom CIA, vom Mossad oder von irgendeinem Geheimdienst, der mir helfen könnte.«

Lehn wollte wissen, ob sie nicht freiwillig in Kat-ku sei.

Carla antwortete, sie sei freiwillig hierhergekommen. Sie sei ja mit ihrem Freund Antonio nach Kat-ku gekommen, weil sie in Antonio verliebt gewesen sei. Antonio sei am Anfang so toll gewesen mit seinen Ideen zur Befreiung der Menschen vom Joch der Eliten.

»Wir wollten gegen alle kämpfen. Gegen alle Bösen auf dieser Welt. Gegen Bush, Berlusconi und die gesamte Mafia in Italien. Aber als wir hier waren, erkannten wir – oder besser gesagt: ich erkannte, dass ich mich geirrt hatte. Nicht Bush, nicht Berlusconi waren die Schweine. Das, was uns hier erwartete, war unendlich viel schlimmer als Berlusconi, Mussolini und die 'Ndrangheta zusammen. Wir sollten nur verheizt werden für diese sogenannten Islamisten, die mit dem wahren Islam eigentlich nichts zu tun haben.«

Carla hatte sich in Rage geredet. Ihre Stimme war immer lauter geworden. Lehn beruhigte sie, um im Kino nicht aufzufallen.

Flüsternd fragte er sie, was aus Antonio geworden sei.

Carla antwortete, sie wisse es nicht. Irgendwann sei er zu irgendeinem Einsatz abkommandiert worden. Sie habe nie wieder etwas von ihm gehört. Vielleicht sei er tot, verletzt oder betreibe jetzt ein Internetcafé in Nairobi. Sie wisse es nicht und wolle es auch nicht wissen. Antonio sei Vergangenheit. Unwiderrufliche Vergangenheit.

Ein weiterer Besucher betrat das Kino und setzte sich in die Reihe vor ihnen.

Carla, die noch immer Lehns Hand fest umschlossen hielt, verstärkte den Druck ihrer Hand und flüsterte: »Wir müssen hier verschwinden. Es wird zu gefährlich«!

»Wann und wo sehen wir uns wieder?«, fragte Lehn.

»Morgen nach Dienstschluss«, flüsterte sie leise.

»Und wo?«

»Am Ende dieser Zeltreihe gibt es ein kleineres Gebäude aus Stein ohne Fenster. In dem Haus sind die Generatoren, die den Strom für das ganze Camp erzeugen. Hinter dem Gebäude wird uns niemand vermuten, da es so laut ist, dass man sein eigenes Wort nur schwer versteht.«

Sie verschwand so geheimnisvoll, wie sie gekommen war. Ein Lufthauch, und ihre schlanke Gestalt war von der Dunkelheit verschluckt.

Um nicht aufzufallen, blieb Lehn noch im Kino sitzen. Erst jetzt wurde ihm bewusst, wie flach die Handlung des Films war. Soweit er es mitbekommen hatte, hatte die Geliebte des Maharadschas von Udaipur schlechte Karten, war dann aber dank ihrer Schönheit an den Hof von Jaipur übergelaufen und dort mit offenen Armen empfangen worden. Der Sohn des Maharadschas von Jaipur, ein Schönling mit Mandelaugen und gegelten schulterlangen schwarzen Haaren, war ihr dann verfallen. Sie heirateten in einem Konfettiregen unter dem Gejohle der Bevölkerung von Jaipur.

Nachdem das indische Epos dieses glückliche Ende gefunden hatte, ging Lehn nachdenklich zu seiner Behausung zurück. In seinem Kopf wirbelten seine Gedanken durcheinander. Einerseits Angst, andererseits Hoffnung, gepaart mit ein wenig Verliebtheit, und das alles in dieser sauerstoffarmen Atmosphäre. Das war eine explosive Mischung.

Auf dem Zimmer wartete Kasdorf schon auf ihn mit seinen Fragen.

Er sei eigentlich überzeugt, meinte Lehn, nachdem er sich auf einen der wenigen Stühle gesetzt hatte, dass sie auf ihrer Seite sei. »Unsere Zeit ist aber begrenzt, weil Kemal weiß, dass wir nicht die sind, als die wir uns ausgeben.«

»Scheiße«, kommentierte Kasdorf diese Nachricht und fügte hinzu: »Letztlich bedeutet das unseren Tod. Es sei denn, es gelingt uns zu fliehen. Kann sie uns nicht helfen?«, fügte er fragend hinzu.

»Vielleicht können auch wir ihr helfen!«, antwortete Lehn.

Einen Moment lang suchte Kasdorf den Blickkontakt mit Lehn. Als das gelungen war, meinte er scherzend: »So weit ist es schon mit euch beiden? Das ging ja schnell.«

Lehn stand auf und ging zur Tür. Er wollte nicht, dass sein Freund die leichte Röte bemerkte, die sein Gesicht überzogen hatte.

# Kapitel 12

Kemal alias G.G. le Caid alias Gerard Gassmann saß an diesem Mittwochabend allein in der Kommandantur und bediente sich aus einer Flasche Hennessy Cognac. Er dachte über sein Leben nach. Er wusste nicht, warum ihn gerade jetzt diese etwas düsteren Gedanken befielen. Aber der Augenblick war günstig. Er hatte sich schon öfters vorgenommen, über sein Leben nachzudenken, aber immer wieder diese Gedanken beiseitegeschoben, um ja zu verhindern, dass bei ihm Zweifel aufkamen, ob er wirklich glücklich war.

Als erstes fragte er sich, was der Auslöser dieser Gedanken war, dieses Fragens nach dem Glück.

Vielleicht waren es die beiden Typen, die er heute zu sich einbestellt hatte und von denen er überzeugt war, dass sie nicht diejenigen waren, als die sie sich ausgaben. Aber das würde sich ja bald herausstellen, wenn die Antwort aus Islamabad vorlag.

Irgendwie gefielen ihm diese beiden Typen, weil sie sich angenehm von dem Gesocks abhoben, mit denen er es tagtäglich zu tun hatte. Selbst wenn sie vielleicht vom Mossad, vom CIA oder vom MI6 waren, was er insgeheim vermutete.

In Gedanken ließ Kemal sein Leben passieren. Schon der Name Kemal war eigentlich scheiße. Irgendein Mullah in Algier hatte ihn belabert, dass der Weg zum Glück nicht über den Katholizismus, sondern nur über den Islam zu finden sei. So war er konvertiert und hatte den Namen Kemal angenommen. Als Pied-noir war er damals zerrissen gewesen zwischen seinen französischen Wurzeln und seinen neuen algerischen Freunden in Algier, die alle Islamisten waren.

Dabei hatte alles so gut für ihn begonnen. Auf den Namen Gerard Gassmann getauft, war er als Algerier mit achtzehn Jahren in Marseille in die Legion eingetreten, wie sein Vater, der inzwischen pensioniert war. Dank seiner Führungsqualitäten, seiner sportlichen Fähigkeiten und seiner Sprachgewandtheit war er schnell zum Korporal aufgestiegen. Überall, wo es brannte, war er mit seiner Kompanie dabei gewesen. Im Tschad, in Somalia und an der Côte d'Ivoire. Die Legion war seine Heimat, sein Elternhaus gewesen. Er war durch und durch Legionär. Ein Sohn Frankreichs, auf den der Leitspruch der Legion zugeschnitten war: »Il est devenu fils de la France, pas par le sang reçu mais par le sang versé.«

Dann hatte sich seine unglückliche Veranlagung durchgesetzt. Er hatte sich in einen Offizier verliebt und der Offizier sich in ihn. So war es gekommen, wie er es befürchtet hatte. Er hatte die Legion verlassen müssen. In dieser für ihn schwierigen Situation hatte er sich einer islamisch orientierten Bewegung angeschlossen und war zum Islam konvertiert.

Anfänglich war alles fabelhaft gewesen. Er war in der Untergrundbewegung für ein islamistisches Algerien aufgestiegen. Erst zum Gruppenführer, danach zum Kommandanten der Sektion Sidi-bel-Abbes, der Heimatstadt seiner Eltern. Ruhm, Anerkennung und Macht hatten ihn benebelt. Aber aus heutiger Sicht war der Ruhm zweifelhaft, denn die, die ihn verehrten, waren durchweg ziemliche Nonvaleurs. Auf die Anerkennung von diesen Typen hätte er verzichten können. Das einzig Positive war die Macht. Sie nannten ihn jetzt G.G. le Caid, was eine Auszeichnung war. Nach seiner Berufung und seinem Aufstieg in der Organisation von al-Qaida war seine Macht noch größer geworden. Er hatte verschiedene Stationen durchlaufen: Mogadischu, Nossi-bé und dann Pakistan. Und schließlich die Versetzung nach Kat-ku. Als sogenannter Abt von Kat-ku war er nur noch der al-Qaida-Führung in Pakistan verantwortlich.

# Kapitel 13

Freitag, 8. Juni
Polizeipräsidium Hamburg

Eigentlich ein Tag wie jeder andere. Die vier Kriminalhauptkommissare der Abteilung 71 versammelten sich wie üblich um neun Uhr im Konferenztraum, um die alltägliche Lagebesprechung über sich ergehen zu lassen. Einer von ihnen, Kriminalhauptkommissar Harry Lehn, fehlte schon seit drei Wochen. Er hatte sich einen längeren Urlaub genommen, um im Himalaja zu trekken. Er wurde von seinem Assistenten Kriminalkommissar Leopold Perner vertreten.

Oft waren diese Sitzungen jeden Morgen um neun Uhr Langeweile pur. Manchmal aber auch nicht. Polizeirat Stahmer, Leiter der Abteilung 71, kein Mann von Eloquenz, spulte die weiterhin ungeklärten Fälle herunter, wobei ihm anzumerken war, wie schwer er sich tat, sich zu artikulieren. Er bat die anwesenden Kommissare jeweils um eine Kurzfassung des aktuellen Standes der Ermittlungen. Sinn und Zweck des Ganzen war, dass auf diese Weise alle Kommissare grob über die anstehenden Fälle informiert waren, sodass jede neue Spur in einem der Fälle auch mit den anderen Fällen abgeglichen werden konnte, um frühzeitig eine deliktübergreifende Kriminalität erkennen zu können. Das hatte sich in der Abteilung LKA 71 als äußerst segensreich erwiesen.

An diesem Donnerstag verlief Stahmers Aufzählung der ungelösten Fälle wie am Tag zuvor. Der Mord an einer Frau aus dem Kiez-Milieu war immer noch nicht aufgeklärt. Kriminalhauptkommissar Brandauer versicherte aber, dass er unmittelbar vor der Aufklärung stehe, da die Oma der Ermordeten den Täter ziemlich gut beschrieben habe und es sich abzeichne, dass es sich um eine Beziehungstat handele und nicht wie ursprünglich angenommen um ein Verbrechen, das dem Zuhältermilieu zuzurechnen war. Dagegen war der Diebstahl von fünf Zwanzig-Fuß-Containern aus dem Containerport Waltershof noch immer ein völliges Rätsel. Gemäß den Bill of Ladings beinhalteten die Container aus Indonesien fertig zugeschnittene Fensterkanteln aus Meranti. Aber Hauptkommissar Selzner äußerte schon seit Tagen Zweifel, ob die Bill of Ladings richtig ausgestellt gewesen waren. Kein Mensch klaute Container mit Fensterkanteln. Der Wert war zu gering. Und wer sollte mit den Spezialabmessungen etwas anfangen? Es sei denn, er baute sich gerade eine Hütte, bei der diese Spezialabmessungen passten.

»Absurd, das Ganze«, grummelte Stahmer.

Es folgten dann noch einige unspektakuläre Fälle, wie sie sich immer in einer Zwei-Millionen-Stadt ereigneten: Ein Überfall auf eine HASPA-Filiale in Wilhelmsburg. Mehrere Brandanschläge auf PKWs, die den Linksalternativen zuzurechnen waren. Der Fund von Falschgeld.

Gegen Ende der Konferenz bat Brandauer noch einmal ums Wort und berichtete von einem Einbruch in einen Kostümverleih. Dass sei insoweit außergewöhnlich, als die Kostüme keinerlei Wert hätten.

»Und warum befasst sich unsere Abteilung damit?«, fragte Stahmer genervt. »Schließlich ist für diesen Sachverhalt die Abteilung Diebstahl zuständig.«

»Das war auch meine erste Reaktion«, gab Brandauer kleinlaut zu. »Aber die Kollegen vom Diebstahldezernat wundern sich über die Art der Klamotten, die geklaut wurden.«

»Und, welche Klamotten wurden gestohlen? Etwa Sadomaso-Outfits?«, fragte Stahmer verschmitzt grinsend.

Unter den versammelten Kommissaren kam Gelächter auf, denn diese gedankliche Volte von Stahmer war völlig unerwartet gekommen, zumal dem Chef der Ruf vorauseilte, außerordentlich prüde zu sein.

»Nein«, antwortete Brandauer, mühsam ernst bleibend, »nicht Sadomaso-Kostüme. Primär wurden Kostüme von einer

Opernaufführung der *Götterdämmerung* geklaut. Aber die Diebe haben auch vier Pilotenuniformen der Lufthansa in den Konfektionsgrößen 52 bis 58 mitgehen lassen. Und dem Diebstahl dieser Lufthansauniformen verdanken wir es, dass wir informiert wurden.«

»Wenn die Kollegen vom Diebstahldezernat unsere Abteilung informieren, wollen wir das auch ernst nehmen«, sagte Stahmer. Spontan sehe er zwar keinen Grund zur Beunruhigung, aber je mehr er darüber nachdenke, desto seltsamer komme es ihm vor, denn soweit er sich an die *Götterdämmerung* erinnere – ein Pilot der Lufthansa komme da nicht vor.

»Da kennen Sie das moderne Regietheater nicht«, unterbrach Perner. »Die Regisseure kennen doch heute keine Werkstreue mehr. Warum sollte die *Götterdämmerung* nicht in einer Maschine der Lufthansa spielen? Bayreuth ist heute doch für jeden Scheiß gut.«

Großes Gelächter. Stahmer stellte fest, man sei wohl etwas vom Thema abgekommen und bat dann den Kollegen Brandauer, er möge diesen Fall im Auge behalten. Das mit dem Diebstahl der Lufthansauniformen gefalle ihm auch nicht, aber er glaube noch nicht an einen kriminellen Hintergrund.

Stahmer erhob sich, wohl um die Wichtigkeit seiner weiteren Ausführungen zu unterstreichen. »Bevor wir zum Schluss unseres heutigen Meetings kommen«, sagte er, »möchte ich noch eine absolut vertrauliche Information an Sie weitergeben. Wie wir alle wissen, arbeiten unsere Nachrichtendienste sehr vertraulich mit dem NSA der Amerikaner zusammen, wobei wir neidlos anerkennen müssen, dass die Amerikaner aufgrund ihrer Abhörmöglichkeiten sehr viel besser informiert sind als wir. Aus dieser Quelle sind wir gestern informiert worden, dass in den letzten Tagen im islamistischen Untergrund in Hamburg die Post abgeht. Aus abgehörten Gesprächen geht hervor, dass außergewöhnliche Aktivitäten angesagt sind. Die Amis wissen zwar noch nicht, was das zu bedeuten hat, aber allein die Tatsache dieser Aktivitäten zeigt, dass etwas im Busch ist. Ich bitte Sie deshalb in den nächsten

Tagen und vielleicht Wochen, Ihr besonderes Augenmerk auf den islamistischen Untergrund und die üblichen Verdächtigen zu richten. Der Polizeipräsident überlegt sogar, die neuralgischen Punkte in unserer Stadt verstärkt überwachen zu lassen.« Stahmer setzte sich wieder. »Hat noch jemand Fragen?«

Kriminalhauptkommissar Lewandowsky wollte wissen, ob das denn diesem grünen Opa aus Kreuzberg auch recht sei, wenn sie so eng mit der NSA zusammenarbeiteten.

»Stellen Sie immer solche blöden Fragen?«, erkundigte sich Stahmer lächelnd.

»Ja«, antwortete Lewandowsky trocken. »Ich war mal aushilfsweise Taxifahrer. Da wollen die Leute unterhalten werden.«

# Kapitel 14

An diesem Samstag fieberte Lehn dem Treffen mit Carla entgegen. Nicht nur, dass er in ihr eine Chance zur Flucht sah. Es war viel mehr. Seit er sie gestern gesehen, seit er in ihre Augen geblickt hatte, sah die Welt für ihn schon sehr viel rosiger, vielleicht auch ein wenig gefährlicher aus. Etwas rosiger, weil er diese Italienerin bezaubernd fand. Gefährlicher, weil er wusste, dass das aufkeimende Glück nicht wirklich kompatibel war mit der aktuellen Situation.

Um 16 Uhr war Schluss mit den Arbeiten an der Landebahn. Alle, die dort arbeiteten, hatten in den letzten Tagen viel geschafft. Die Landebahn war um vielleicht fünfzig Meter verlängert und so gut es ging befestigt worden. Obwohl Lehn seine neuen Arbeitgeber hasste, konnte er einen gewissen Stolz auf die geleistete Arbeit nicht verhehlen.

Lehn lief zu seiner Baracke, befreite sich von der verstaubten Drillichkleidung, duschte und zog sich saubere Sachen an. Dann bewegte er sich möglichst unauffällig zu dem Platz, an dem er sich mit Carla verabredet hatte. Er fand das Gebäude, was auch nicht sonderlich schwer war. Denn je näher er kam, umso lauter war der Lärm der Generatoren zu hören.

Sah man von dem Lärm ab, war der Ort nicht schlecht gewählt. Bei dem Lärm, der herrschte, konnte ein Gespräch schwerlich belauscht werden. Da das Gebäude etwas oberhalb des Camps lag, konnte man frühzeitig sehen, ob man verfolgt wurde. Dazu war die Aussicht berauschend. Man blickte weit über den Gletscher. Tief unten musste Lao-san liegen. Aber man konnte das Kloster nicht sehen. Irgendwie war das auch gut so, denn dort hatte sein Leidensweg begonnen.

Carla kam. Trotz dieses Ganzkörperkondoms, das sich Burka nannte, war sie noch schöner als in seiner Erinnerung. Dabei lag das letzte Treffen keine 24 Stunden zurück.

Sie setzten sich auf einen Mauervorsprung. Schweigend blickten sie hinunter in das Tal von Lao-san.

»Schön, dass du gekommen bist«, hauchte sie und fügte hinzu: »Der Blick von hier oben in das Tal ist schön. Er entschädigt für vieles. Es ist alles so ein Irrsinn. Du und ich, wir sind hier in einem angeblichen Paradies, und doch ist es die Hölle.«

Sie weinte. Er legte seinen Arm um ihre Schultern. Irgendwie war er glücklich, denn sie hatte ihn wieder geduzt.

»Weine nicht«, flüsterte er. »Es ist noch immer alles gut gegangen!«

»Nichts wird gut«, schluchzte sie. »Es gab noch die Chance, dass du und dein Freund dem CIA oder dem Mossad angehört und ihr vielleicht einen Plan hattet, von hier zu fliehen. Aber das war ein Traum, eine Hoffnung, die sich nicht erfüllt hat. Ihr seid nur einfache Touristen und damit genauso todgeweiht wie ich. Touristen haben hier oben nämlich keine Zukunft!«

Lehn schwieg. Jedes Wort hätte es nur schlimmer gemacht. Auch er sah keine Möglichkeit zu fliehen.

Als sie sich wieder beruhigt hatte, fragte er behutsam, ob es in der letzten Zeit Fluchtversuche gegeben habe.

Sie nickte. »Nicht viele. Du musst zwischen den Terroristen unterscheiden, die hier ausgebildet werden. Die sind ja freiwillig hier und viele sogar stolz darauf, hier sein zu dürfen. Die wollen nicht fliehen. Einige sind auch tief enttäuscht. Offenbaren sie sich, werden sie liquidiert. Sonst laufen sie mit und kommen nach der Ausbildung wieder nach Kathmandu zurück. Anders verhält es sich mit den alten Mönchen, die praktisch Gefangene sind.«

»Und ist irgendeinem, sei es von den Mönchen oder sei es von den enttäuschten Terroristen, die Flucht gelungen?«

Traurig schüttelte sie ihren Kopf. »Soweit ich weiß, sind alle Fluchtversuche gescheitert. Einige von den jungen Männern haben versucht, in Richtung Lao-san den Gletscher zu überqueren. Aber ohne die Sherpas ist das ein Todesurteil. Zwei wurden schon vorher von den Wachen erschossen, bevor sie überhaupt den Gletscher erreicht hatten. Ich weiß das alles ziemlich genau, weil ich bei Kemal an die Protokolle herankomme. Er und seine Vorgänger führen eine Statistik über die Fluchtversuche. Es gab, glaube ich, nur drei Versuche ohne die Rückmeldung, dass die Flüchtenden den Tod gefunden hatten. Das waren alles Mönche.«

In Lehn keimte eine winzige Hoffnung auf, als er sie fragte, ob man wisse, auf welchem Weg die Mönche geflüchtet seien.

»Vielleicht in Richtung Westen. Man muss dann allerdings bis auf siebentausend Meter. Ohne Ausrüstung und ohne tibetischen Bergführer ist die Chance gleich null.«

Lehn zögerte noch, sie zu fragen, ob nicht die Sherpas als Fluchthelfer in Frage kommen könnten. Obwohl er innerlich nicht an Carlas Gesinnung zweifelte, war er sich doch nicht zu hundert Prozent sicher. Wenn er ihr verriet, dass die Sherpas Dimitri und Mike auf dem Gewissen hatten und sie dieses Wissen wohlmöglich an Kemal weitergab, war das auch das Todesurteil für die Sherpas.

Vorsichtig fragte er in einem Nebensatz, ob die Sherpas nicht bei einer Flucht helfen konnten.

»Die Sherpas sind schon in Ordnung«, antwortete sie überzeugt. »Sie gehören bestimmt nicht zu den Terroristen. Sie lieben ihr Land und hassen alle Besetzer. An erster Stelle die Chinesen, aber auch unseren Ableger hier von al-Qaida. Aber ihre Möglichkeiten sind limitiert, zumal sie unter dem Zwang stehen, alles ihrer Vision eines befreiten Tibets unterzuordnen.«

Lehn ging nicht weiter auf das Thema Sherpa ein. Er blickte sie an. Er meinte, noch immer Tränen in ihren Augen zu sehen. Aber in ihrem Blick lag noch mehr, was ihn sehr glücklich machte.

Fast etwas verstört wandte sie ihr Gesicht ab und erhob sich. »Ich muss jetzt gehen«, sagte sie. »Es fällt sonst auf, wenn ich zu lange weg bin.«

»Wann und wo sehen wir uns wieder?«, fragte Lehn.

»Morgen«, hauchte sie.

»Und wo?«

Mit ihrem rechten Arm deutete sie auf die sich unter ihnen erstreckende Hochebene. Lehns Blicke folgten ihrer Armbewegung. In einiger Entfernung war die Landebahn zu sehen, an der jetzt die zweite Schicht arbeitete.

»Die Erweiterung der Landebahn«, sagte sie, seinen Blick verfolgend, jetzt immerhin mit einem kleinen Lächeln. »Der Grund des aktuellen Chaos, das über Kat-ku wie ein Tsunami hereingebrochen ist.«

Lehn fragte sie, warum eigentlich die Landebahn verlängert werde.

Carla führte zwei ihrer Finger an seinen Mund. »Psst!«, hauchte sie. »Das ist ganz geheim!«

Er küsste ihre Finger. Sie zog sie zurück. Aber ihr Blick sprach eine andere Sprache.

Nach wenigen Augenblicken der Irritation, erzählte sie, dass sie von Kemal nur wisse, dass ein Flugzeug in Kat-ku erwartet werde.

»Will der Nachfolger von bin Laden hier persönlich mit seiner Maschine landen und Kat-ku inspizieren?«, scherzte er.

Sie lachte. Es war schön, sie lachen zu sehen. »Nein«, gluckste sie. »Das Flugzeug bringt nur irgendeine besonders wertvolle Fracht. So wertvoll, dass man dafür sogar gewisse Vorsichtsmaßnahmen gekippt hat.«

»Und woraus besteht die Fracht?«

»Weiß ich auch nicht«, antwortete sie noch immer grinsend. Selbst Kemal sei vielleicht bisher nicht eingeweiht worden. Aber es müsse schon etwas Wichtiges und Wertvolles sein, denn Kemal habe von Kathmandu schweres Gerät angefordert. »Und das will was heißen, wenn man selbst einen kleinen Bulldozer in seine Einzelteile zerlegt und auf die Mulis verlädt, um die Maschine nach Kat-ku zu bekommen.«

»Nur um die Landebahn zu erweitern?«, unterbrach sie Lehn.

»Und alles unter Hochdruck«, fuhr Carla fort. Die ganze Aktion habe höchste Priorität. Angeblich solle das Flugzeug schon Mitte Juni in Kat-ku landen.

»Doch zurück zu der Frage, wo wir uns morgen treffen. Siehst du rechts von der Landebahn das Pagodenfeld? Es sind die Gräber der Mönche, die im Kloster lebten, bevor dieses Gesindel von Terroristen kam.«

In dem leichten Nebel, der immer den Boden zu bedecken schien, erkannte Lehn die kegelförmigen Kuppeln der kleinen Stupas.

»Und wer pflegt die Gräber?«, fragte er etwas zerstreut.

»Es gibt noch immer vielleicht zehn Mönche, die in dem alten Kloster leben. Heute sind sie Gefangene der al-Qaida.«

»Morgen gegen 16 Uhr zwischen den Pagoden«, sagte Lehn, erwartungsvoll das Thema wechselnd.

»Ich freue mich auf dich«, entgegnete sie zärtlich, kam dann aber schnell wieder zur Realität zurück. »Dort zwischen den Pagoden ist ein guter Treffpunkt, denn es gibt hier das Gerücht, dass dort Menschen verschwunden sind. Das ist zwar reiner Blödsinn. Aber wir können uns diesen Aberglauben zunutze machen, denn dort gehen die Wachen nur ungern hin.«

»Wieso verschwunden?«, fragte Lehn

Carla antwortete, dass sie auch nichts Näheres wisse und sie die Information nur aus den Unterlagen von Kemal habe.

Dann verabschiedeten sie sich. Mit seiner Hand berührte er ihre Wange. Sie blickte ihn glücklich an und verschwand hinter der Ecke des Generatorengebäudes.

So weit, wie es ihm möglich war, blickte er ihr nach. Ihre Bewegungen, wie sie den Weg zum Camp hinunterlief, waren wunderbar.

# Kapitel 15

Samstag, 9. Juni, 12.30 Uhr
Frankfurt, Bundesbank, Konferenzsaal, 12. Etage

»Wir brauchen noch einmal frischen Kaffee«, brüllte Dr. Felix Achlehner in die hausinterne Rufanlage.

Und das war eher untertrieben. Was die zehn Konferenzteilnehmer in dieser Sondersitzung an einem Samstag wirklich gebraucht hätten, wäre Koks oder Speed gewesen. Die bisher behandelten Themen waren derart trocken gewesen, dass jetzt, kurz vor Mittag, jedem von den Teilnehmern die große Müdigkeit im Nacken saß und alle nur noch ins verdiente Wochenende starten wollten.

Zugegeben, die Themen waren auch Schwergewichte gewesen: Wie sollte man die leidigen Griechenland-Anleihen behandeln? Wie sah man die Entwicklung des Libors unter dem Aspekt der Dollarschwäche? Und dann war da noch die Niedrigzinspolitik der FED und die Frage, welche Politik die Nachfolgerin von Bernanke einschlagen würde. Um halb eins war die Tagesordnung abgearbeitet, bis auf den letzten Punkt: Diverses.

Die Sekretärin, Frau Millowitsch, hatte zwischenzeitlich den Kaffee aufgefüllt und Gebäck nachgereicht.

Dr. Achlehner räusperte sich. Offensichtlich hatte auch seine Stimme in den letzten dreieinhalb Stunden gelitten. »Unter dem Punkt ›Diverses‹ müssen wir nur über ein Projekt sprechen«, begann er.

Ein Raunen der Erleichterung ging durch den Konferenzraum.

»Wie Sie sicherlich alle wissen und wie ich es Ihnen bei der letzten Sitzung schon angedeutet habe«, holte Dr. Achlehner aus, »hat der Gesetzgeber beschlossen, uns als Bundesbank zu zwingen, eine Inventur unserer Goldbestände durchzuführen. Da ein nicht unbeträchtlicher Teil unserer Goldreserven im Ausland liegt, ist dieser Wunsch des Gesetzgebers für uns mit einigen Schwierigkeiten und vor allem Kosten verbunden. Da wir bei der FED in New York keine Inventur durchführen können, müssen wir einen repräsentativen Teil unserer Goldreserven nach Deutschland zurückführen, um zu zählen, wie es die Gebrüder Grimm mit den Erbsen beschrieben haben. Das ist zwar Wahnsinn, aber was die Herren Abgeordneten nun einmal wollen, das wollen sie eben. Koste es, was es wolle.«

»Und wie machen wir das?«, fragte Dr. Weidenmüller etwas genervt.

»Wir haben ein Flugzeug gechartert und holen gut dreißig Tonnen zurück. Machen hier in Frankfurt eine Inventur und überlegen uns dann, ob wir die Goldbarren hier behalten oder wieder nach New York fliegen«, antwortete Dr. Achlehner.

»Das ist ja ein goldiger Tourismus«, kommentierte Professor Wagenknecht.

Die Bemerkung heiterte die ermüdete Runde etwas auf.

»Warum haben wir das Gold eigentlich in den USA geparkt?«, wollte Dr. Kuhn wissen.

Dr. Achlehner schilderte kurz die Historie. Das sei der Nachkriegsangst vor den Russen geschuldet. Diese habe die Bank Deutscher Länder schon 1951 bewogen, einen großen Teil der Goldreserven »westlich des Rheins« zu parken. So bei der FED, bei der Banque de France und bei der Bank of England. Man müsse das heute auch verstehen, denn immerhin hätten damals die Russen an der innerdeutschen Grenze gestanden, wenige Panzerstunden von Frankfurt entfernt.

»Und wie viele Barren sind das, die wir zurückholen?«, wollte Dr. Merkle wissen.

Dr. Achlehner suchte das entsprechende Papier in seinen Unterlagen, fand es aber nicht. »Wollen Sie die genauen Zahlen wissen?«, fragte er in Richtung von Dr. Merkle. »Ich müsste meine Sekretärin rufen.«

»Gott bewahre«, antwortete dieser. »Lassen Sie die arme Frau bloß in Ruhe, die ist mit dieser Sitzung am Samstagmorgen noch mehr geschlagen als wir. Diese Frauen haben ja noch einen Haushalt zu versorgen. Wir sind ja nur alte Männer und haben nichts zu tun.«

»Fühlen uns aber noch recht jung!«, protestierte lächelnd Dr. Scheunemann.

»Wenn ich mich recht erinnere«, sagte Dr. Achlehner, »dann bekommen wir ungefähr dreißig Tonnen Gold. Das wären zweitausendvierhundert Barren à 12.4 Kilogramm in London-Good-Delivery-Standard.«

»Und was hat das für einen Wert?«, fragte Dr. Merkle.

Dr. Achlehner dachte kurz nach. Es sah aus, als versuche er im Kopf den Wert auszurechnen. Schließlich überschlug er: »Ungefähr 1.1 Milliarden US-Dollar, je nach Tagespreis.«

Professor Wagenknecht meinte laut, dass man sich für den Betrag ja schon einiges kaufen könne.

»Da haben Sie Recht«, nahm Dr. Achlehner den Einwurf von Professor Wagenknecht auf. »Nicht nur Sie denken in diese Richtung, sondern andere auch. Ich habe mit unserem Polizeipräsidenten Daschner gesprochen. Er macht sich schon ernste Sorgen und hat eine ziemliche Angst davor, dass dieser Transport bekannt wird. Er hat nur ganz wenige Leute im Flughafen eingeweiht und sie zum absoluten Stillschweigen verdonnert. Was natürlich auch für Sie gilt, meine Herren!«

»Ist das der Daschner, dem gewisse linke Kreise so übel mitgespielt haben, damals nach der Entführung des kleinen Jungen, dem Sohn von unserem Kollegen?«

Dr. Achlehner bejahte die Frage und fügte dann erklärend hinzu, dass die Gerechtigkeit jetzt, wenn auch sehr spät, gesiegt habe. Man habe ihn wieder eingestellt, und er sei jetzt der Polizeipräsident.

»Das war auch eine verdammte Sauerei damals, wie man mit dem Daschner umgegangen ist«, meinte Dr. Weidenmüller.

»Und was ist eigentlich aus diesem perversen Schwein, diesem Entführer geworden?«, wollte Dr. Merkle wissen.

»Der sitzt im Knast«, rief Dr. Weidenmüller.

»Na hoffentlich verfault er dort bei lebendigem Leib«, meinte Dr. Weidenmüller.

»Wir kommen vom Thema ab«, unterbrach Dr. Achlehner. »Also nochmals! Kein Wort über den Goldtransport! Ich informiere Sie, wenn das Gold in unserem Keller ist. Denken Sie daran, dass es viele zwielichtige Kreise gibt, die durchaus Interesse an diesem Gold haben.«

»Wen haben Sie da im Blickfeld?«, wollte Professor Wagenknecht wissen.

»Die Mafia, den Frankfurter Klüngel. Es gibt unendlich viele Personen in unserer Republik, die die Hoffnung in sich tragen, ohne redliche Arbeit reich zu werden.«

»Hört, hört!«, rief Dr. Weidenmüller.

Dr. Achlehner entließ die Konferenzteilnehmer um 13.20 Uhr in das vermeintlich verdiente Wochenende.

Frau Millowitsch räumte in Windeseile die schmutzigen Kaffeetassen ab und ärgerte sich über Professor Wagenknecht. Der hatte mit den Keksen derart gekrümelt, dass sie extra ein Kehrblech mit Handfeger aus der Küche holen musste.

# Kapitel 16

Sonntag, 10. Juni, 7.30 Uhr morgens
Frankfurter Flughafen, East Wing, Terminal 2, Ebene 4
Büro von CARGO AND MORE

»Es ist so weit«, begrüßte Klaus Niebuhr die sechs Männer, die in seinem nicht allzu großen Büro Platz genommen hatten, etwas säuerlich lächelnd.

Außer ihm waren anwesend: Felix Habermann, Chef des Frachtterminals, Eugen Holtkötter, verantwortlich für Einlagerung der Luftfracht, Dieter Wollweber, verantwortlich für die Entladung der Frachtmaschinen, Peter Schäferkordt, Pilot, Hans Neubauer, Pilot, sowie Polizeirat Brinkmann.

»Wir haben grünes Licht vom Vorstand der Bundesbank bekommen, das Gold in die Heimat zurückzuholen«, fuhr Niebuhr fort.

»Na endlich«, murmelte Habermann, dem die ständige Anwesenheit von Polizeirat Brinkmann langsam auf die Nerven ging.

»Und wann erwarten wir die Maschine?«, fragte Brinkmann.

»Unsere hier anwesenden Piloten ...«, Niebuhr nickte den beiden Piloten freundlich zu, »... starten heute in Richtung JFK in New York. Nach Einhaltung der vorgeschriebenen Ruhepausen werden sie dann am Donnerstag noch in der Nacht in Deutschland zurücksein.«

»In Frankfurt?«, unterbrach Wollweber aufgeregt, fing sich dann aber wieder und fügte hinzu: »Sie wissen, dass die Maschinen erst nach sechs Uhr hier landen dürfen, wegen des Nachtflugverbots.«

Einen Moment lang wunderte sich Niebuhr etwas über die Bemerkung seines Vorarbeiters Wollweber, denn seit Monaten drehte sich alles um dieses Nachtflugverbot, das Linke und Grüne trotz des immensen wirtschaftlichen Schadens festschreiben wollten. Es war allen klar, dass die Maschine nicht die Landeerlaubnis vor sechs Uhr erhalten würde.

Warum also dieser Hinweis seines Vorarbeiters? Aber Niebuhr hatte den Kopf derart voll von Problemen, dass er seine Irritation beiseite schob. Dennoch zögerte er fortzufahren, da er plötzlich Bedenken hatte, in dieser vergrößerten Runde die volle Wahrheit zu sagen. Er blickte in Richtung Brinkmann. Der nickte. So ließ Niebuhr die Hosen runter.

»Wir lassen den Airbus in Hamburg zwischenlanden. Dort bekommen wir eine Sondergenehmigung, vor sechs Uhr zu landen. Dann werden unsere Piloten, die Herren Schäferkordt und Neubauer ...«, gönnerhaft bedachte er seine beiden Piloten abermals mit einem freundlichen Blick, »... verdient in der Hansestadt vor Anker gehen dürfen, aber hoffentlich nicht auf St. Pauli.« Es sollte ein Scherz sein, aber da keiner lachte, fuhr er fort: »Die Maschine wird in Fuhlsbüttel von zwei unserer Ersatzpiloten übernommen und nach Frankfurt geflogen. Wir erwarten die Maschine hier in Frankfurt am Donnerstag gegen elf Uhr.«

»Wir haben hier alle Sicherheitsvorkehrungen getroffen«, sagte Brinkmann. »Die Entladung der Maschine koordiniert Kollege Wollweber in Zusammenarbeit mit Kollege Holtkötter, der die Einlagerung vornimmt. Das Gold wird dann am nächsten Tag zur Bundesbank geschafft.«

»Warum erst am nächsten Tag?«, wollte Niebuhr wissen.

Polizeirat Brinkmann erhob sich, um sich besser Gehör zu verschaffen, was in dem kleinen Büro nicht nötig gewesen wäre. »Der Schwachpunkt dieser ganzen Aktion ist, wie Sie sich denken können, der Transport des Goldes vom Flughafen bis zur Bundesbank. Wir brauchen deshalb Zeit, Straßen abzusperren und Einsatzkräfte vorzuhalten. Nehmen wir nur einmal an, dass sich die Ankunft des Flugzeugs verspätet, dann sind alle unsere Planungen obsolet. Also es ist einfach besser, diesen schwierigen und wohl gefährlichsten Teil der Transaktion am nächsten Tag in aller Ruhe durchzuführen!«

»Sie sind der Fachmann«, sagte Niebuhr. »Also bekommt die Bundesbank ihr Gold erst einen Tag später. Es gibt Schlimmeres. Die Herren Direktoren werden es überleben.«

»Wir wollen hoffen, dass alles gut geht«, unkte Brinkmann und fügte etwas fatalistisch hinzu, er wünschte, es wäre schon Freitag und das Gold wäre in den Kellern der Bundesbank.

»Was befürchten Sie denn?«, fragte Niebuhr etwas verwundert.

»Ich rechne«, erwiderte Brinkmann darauf betont ernst, »mit dem ganzen Regenbogen des Verbrechens. Eine solche Gelegenheit, auf einmal an so viel Geld zu kommen, bietet sich für das organisierte Verbrechen und für viele Verbrecherkarrieren im Leben nur einmal. Wir sollten also wachsam sein. Wichtig ist vor allem«, fuhr er fort, »dass möglichst wenige Personen eingeweiht sind.«

»Was unsere Firma angeht, sind nur wir sechs, die wir hier in diesem Raum sitzen, informiert. Hinzu kommen natürlich die Herren von der Bundesbank.«

»Und die Mitarbeiter in Hamburg?«, fragte Brinkmann.

»Niemand weiß in Hamburg etwas von dem Gold. Und das ist auch gut so, denn je mehr davon wissen, umso eher kann etwas durchsickern! Ich habe gestern dem Leiter unseres Hamburger Büros, Herrn Strössner, lediglich eine Air-Way-Order gemailt. Aus dieser Order gehen nur die Ankunft der Maschine aus New York und der Weiterflug nach Frankfurt hervor. Über die Ladung steht in der Order nichts. Überhaupt kein Hinweis. Auf Grund dieser Order wird Kollege Strössner eine Sondergenehmigung zur Landung vor sechs Uhr erwirken. So weit, so gut.

Morgen beordern wir zwei unserer Piloten nach Hamburg, die dann die Maschine für den Flug Hamburg–Frankfurt übernehmen. Für die wenigen Stunden zwischen der Landung um circa fünf Uhr morgens und der Übernahme durch die neuen Piloten gegen acht Uhr bleibt die Maschine auf dem Hamburger Vorfeld stehen. Dort kann nach menschlichem Ermessen nichts passieren, da das Vorfeld durch die Bundespolizei überwacht wird, allein schon wegen der Terrorgefahr.«

Niebuhr räusperte sich. Am frühen Morgen war seine Stimme noch nicht so geschmeidig. Etwas krächzend fügte er hinzu: »Wie ich schon sagte, nach menschlichem Ermessen sollte die Operation reibungslos verlaufen.«

Als er diese Worte aussprach, konnte er nicht wissen, was ihm noch bevorstand. Sein Vorarbeiter Wollweber hatte, kaum dass er im Frachtterminal zurück war, die Kaffeepause benutzt, um angeblich die Toilette aufzusuchen. Was aber nur ein Vorwand war. In Wirklichkeit war er zu der Telefonzelle am Eingang des Frachtterminals gegangen und hatte eine Nummer gewählt, die er sich auswendig gemerkt hatte. Als er sicher war, dass die Person am anderen Ende der Leitung sein Führungsoffizier war, hatte er alle Einzelheiten der Besprechung weitergegeben.

Einen Moment herrschte Schweigen, sodass Wollweber schon befürchtete, die Verbindung sei unterbrochen. Dann jedoch sagte die schneidende Stimme, vor der sich Wollweber insgeheim fürchtete: »Ali, das hast du gut gemacht. Wir Dschihadisten können stolz auf dich sein. Du hast unserer Sache einen Dienst erwiesen. Aber wir brauchen von dir noch eine weitere Information, die nur du beschaffen kannst.«

»Welche Information denn noch?«, wollte Wollweber etwas verdattert wissen.

»Wir brauchen die Antwort auf zwei Fragen: Wie heißen die beiden Ersatzpiloten für den Flug Hamburg–Frankfurt, und in welchem Hotel steigen sie in Hamburg ab?«

Wollweber hatte etwas zu stottern begonnen, weil er nicht wusste, wie er an diese Informationen herankommen sollte.

Aber sein Führungsoffizier wusste Rat. »Du könntest dir eine technische Frage ausdenken, die du mit einem der beiden Piloten, die die Maschine von Hamburg nach Frankfurt fliegen, besprechen willst. Beispielsweise die beste Parkposition auf der Apron-Ramp. Dann rufst du deinen Chef an und lässt dir die Handynumer eines der Piloten geben. Hast du den Piloten erst einmal persönlich am Telefon, horchst du ihn aus.«

Wollweber versprach, auf diese Weise vorzugehen.

»Aber es muss echt klingen!«, ermahnte ihn sein Führungsoffizier. »Riecht dein Chef den Braten, ist alles verloren. Dann wird er die Operation abbrechen.«

Wollweber versicherte, sich Mühe geben zu wollen.

»Das weiß ich«, antwortete sein Führungsoffizier fürsorglich. »Du bist ein guter Mann. Wir vertrauen auf dich!«

# Kapitel 17

Am nächsten Tag bat Lehn seinen Freund Kasdorf, ihn aus Gründen der Tarnung erst einmal zu begleiten. Sie gingen in Richtung des Pagodenfeldes. Es war zauberhaft. Kleine Bäche mäanderten durch die Felder. Weder Lehn noch Kasdorf wussten, was an diesem Ort angebaut wurde. Vielleicht war es Roggen, Raps oder Hirse. Kasdorf hielt seine Hand in einen kleinen Bach, der der Bewässerung diente. Das Wasser war lauwarm.

»Heiße Quellen«, sagte Lehn. »Das ist auch der Grund, warum hier immer diese dünne Nebelschicht über dem Boden liegt.«

Kurz vor dem Pagodenfeld drehte Kasdorf mit den Worten »Ich will nicht stören« um.

Lehn protestierte lauthals, versuchte aber seinen Freund dann doch nicht aufzuhalten.

Das Pagodenfeld bestand aus vielleicht sechzig Stupas, die drei bis fünf Meter hoch waren. Alles machte einen ziemlich verfallenen Eindruck. Die Türme der Stupas waren teilweise abgebrochen, einige waren ganz eingestürzt. Berauschend war das Bimmeln der vielen hundert Glöckchen, die oben auf kleinen eisernen Gerüsten auf den Stupas den Verfall überlebt hatten. Dazwischen wehten unendlich viele rote, gelbe und grüne Fähnchen, die teilweise zerrissen und fast alle vom Wind ausgeblichen waren.

Lehn setzte sich auf einen Sockel. Die klare Luft, der Blick auf die verfallenen Stupas, das Läuten der Glöckchen – alle Eindrücke zusammen waren wie ein Narkotikum, das ihm vorgaukelte, in einer anderen Welt zu sein. Er konnte sich gut in die Mönche hineinfühlen, die sich an einem Platz wie diesem dem Paradies näher fühlten.

Dann kam Carla. Sie trug ein knöchellanges graues Kleid, aber ohne Kopftuch. Lachend sagte sie, sie habe dieses Kopftuch nicht mehr ertragen können. So habe sie es eben einfach vergessen.
 Lehn war verzaubert. Unter ihren dunklen Haaren hatte sie ein noch schöneres Gesicht. Sie war überhaupt schön. Bezaubernd schön.
 Sie setzte sich zu ihm auf den Sockel der kleinen Pagode. »Ich wollte«, sagte sie, »dass du mich einmal siehst, wie ich wirklich bin. Nicht in dieser muslemischen Gefangenenkleidung. Sondern frei wie früher in Rom, als ich mit meinen Freundinnen auf den Plätzen einen Kaffee trank. Hier bin ich: Carla Petrillo. Das hässliche Kleid musst du dir noch wegdenken. Ich habe kein anderes. Aber selbst wenn ich ein italienisches Kleid hätte, könnte ich es hier in Kat-ku nicht anziehen. Es wäre zu kalt, und ich würde auffallen, wie Kemal im Frack auffallen würde.«
 Sie lachten über die Vorstellung, wie Kemal wohl im Frack aussehen würde. Für Augenblicke waren sie frei. Oder besser gesagt: Sie erträumten sich einen Hauch dieser Freiheit.
 Wieder ernst werdend erwähnte Carla eine Neuigkeit. Sie habe von Kemal gehört, dass das Flugzeug mit der wertvollen Fracht irgendwo in Europa entführt werden solle. Die Operation laufe unter dem Decknamen »L'Orient rouge«.
 »Klingt irgendwie aufregend«, meinte Lehn »Aber bei der Beschaffenheit der Landebahn von Kat-ku kann es sich ja wohl nur um eine kleinere Maschine und damit nur um eine eher lokale Operation handeln.«
 Sie schüttelte den Kopf. »Das siehst du falsch« sagte sie. »Die große Maschine, die sie entführen wollen, wird irgendwo in Pakistan oder Afghanistan landen, und die Fracht wird dann in eine kleinere Maschine umgeladen.«
 »Das gibt schon eher einen Sinn. Al-Qaida entführt irgendwo

auf der Welt einen größeren Jet, fliegt einen ihrer getarnten Stützpunkte im pakistanisch-afghanischen Grenzgebiet an und lädt diese mysteriöse Fracht in eine kleine Maschine um, die hier in Kat-ku mit Ach und Krach gerade noch landen kann. Möglicherweise sind auch noch Passagiere betroffen. Wie können wir nur die Entführung verhindern?«, fragte Lehn, wohlwissend, dass es eine rhetorische Frage war.

»Gar nicht!« Carla schrie fast. »Wir kommen doch hier nicht weg, geschweige denn können wir Interpol oder den CIA informieren, um die Entführung der großen Maschine in den USA oder wo auch immer zu verhindern.«

»Ich würde zu gerne wissen, woraus diese Fracht besteht«, sagte Lehn. Dabei legte er seinen Arm um ihre Schultern, um sie zu beruhigen

»Ich bin so verzweifelt«, sagte sie traurig. »Ich hatte mir einen Augenblick lang vorgestellt, wie schön es wäre, mit dir durch Rom zu schlendern, einen Cappuccino an der Spanischen Treppe zu trinken und einfach glücklich zu sein. Aber wie es aussieht, ist uns das nicht vergönnt.«

Sie schmiegte wieder ihren Kopf an seine Schulter.

In Lehns Kopf überschlugen sich die Überlegungen, was man machen konnte, um lebend aus diesem Ort hinauszukommen und gleichzeitig den CIA über die anstehende Flugzeugentführung zu informieren. Alleine, ohne die Sherpas, war es aussichtslos. Aber selbst wenn man eine Nachricht absetzen konnte, wäre diese für den CIA wenig wert, da der Ort der Entführung nicht bekannt war. Dazu gab es zu viele Flüge auf der Welt, die potentiell entführt werden konnten.

»Woran denkst du?«, fragte Carla.

»In Gedanken spiele ich unsere Fluchtmöglichkeiten durch. Leider mit wenig Erfolg. Es sei denn, die Sherpas helfen uns.«

»Vergiss es«, antwortete sie. »Kemal wird jeden Fluchtversuch verhindern!«

»Dann können wir alle Hoffnung auf eine Zukunft fahren lassen. Kein gemeinsamer Spaziergang durch Rom, kein Café an der Spanischen Treppe. Das Wenige, was uns bleibt, sind diese Augenblicke.«

»Die kann uns niemand nehmen«, sagte sie und umarmte ihn. Sie küssten sich leidenschaftlich.

Danach schwiegen sie. Einerseits erfüllt von den letzten Minuten, andererseits belastet von den Ausblicken in die Zukunft.

Plötzlich sagte Carla ganz leise: »Ich will hier nicht verrecken. Ich will leben. Ich will eine Zukunft. Ich möchte mit dir Münzen in die Fontana di Trevi werfen. Zugegeben, es gibt auf der Welt noch schlimmere Ecken, um zu verrecken, wie Somalia oder Oltre Giuba. Aber ich will leben! Ich will hier weg!«

Ich auch, dachte Lehn. Er ließ seinen Blick über das sogenannte kleine Paradies schweifen. Rechts erfassten seine Augen das alte Lamakloster von Kat-ku, das voll von der Abendsonne beleuchtet wie eine Trutzburg am Abhang unterhalb der Siebentausender lag, die es zu schützen schienen. Dann ließ er seinen Blick über das Camp gleiten, das Gebäude der Cafeteria, das Kino, in dem er mit Carla den Bollywood-Film gesehen hatte. Irgendwie erschien ihm der scheußliche Bau mit einem Mal ganz passabel. Dann der Exerzierplatz, der jetzt um diese Zeit verlassen in der Abendsonne lag. Dann erfassten seine Augen den kleinen Felsrücken, der das Hochtal von dem Gletscher abschirmte. Dieser Felsrücken, den man überqueren musste, um nach Lao-san hinunter zu kommen. Der einzige Ausgang aus der Hölle, die ein Paradies gewesen war, bis die Terroristen es unter ihrer Herrschaft usurpiert hatten. Sein Blick verlor sich dann in den kleinen Feldern, die unmittelbar hinter den Pagoden begannen. Die kleinen Glöckchen bimmelten, und die Gebetsfahnen wehten in dem leichten Abendwind, der vom Himalaja herunterstrich.

Carla hatte ihren Kopf in seinen Schoß gelegt. Sie schien eingeschlafen zu sein. Harry Lehn war trotz der äußeren Umstände glücklich.

Etwas schläfrig fiel sein Blick auf eine etwas abseits stehende

Pagode, keine hundert Meter entfernt. In der vollen Beleuchtung der Abendsonne erschien ihre Kuppel, als sei sie gelb angemalt.

Er merkte, wie sich sein Herzschlag beschleunigte. War nicht auf diesem Zettel, der in Crosbys Tagebuch gelegen hatte, von einer Stupa mit gelber Kuppel die Rede gewesen? Hatte nicht auch der tödlich verletzte Engländer eine gelbe Stupa in der Nähe von Lao-san erwähnt, war aber nicht weiter darauf eingegangen, weil sie durch irgendetwas vom Thema abgekommen waren? Lehn versuchte sich an die Geschichte zu erinnern, die Kasdorf ihm vorgelesen hatte. Langsam kam die Erinnerung wieder. Es hatte sich um einen Mönch gehandelt, der in ein tiefes Loch gefallen war, das sich wohl seitlich des Gletschers gebildet hatte. Man hatte ihn für tot gehalten, bis er auf seltsame Weise wieder aufgetaucht war. Um den Hintergründen seiner wundersamen Rückkehr auf den Grund zu gehen, hatte der damalige Abt eine Ziege gelb angemalt, sie in das Loch abgeseilt und abgewartet, was passieren würde. Tatsächlich war die gelbe Ziege nach einigen Tagen unten im Tal bei Lao-san wieder aufgetaucht, was der Beweis war, dass es eine Verbindung unter dem Gletscher zwischen Kat-ku und Lao-san gab. Der Mönch konnte somit den Sturz in das Loch überlebt und sich durch eine unterirdische Verbindung nach Lao-san gerettet haben.

Lehn war wie gelähmt. Minutenlang starrte er wie hypnotisiert auf die Pagode mit der gelben Kuppel. Zärtlich weckte er Carla und erhob sich.

»Was machst du?«, fragte sie erstaunt.

Aber Lehn war schon einige Schritte in Richtung der gelben Pagode gegangen. Er drehte sich zu Carla um, lächelte und rief ihr zu, er komme sofort wieder. Er habe möglicherweise eine interessante Entdeckung gemacht. Sie möge bleiben, wo sie sei.

Fast zwanghaft näherte er sich der gelbangestrichenen Pagode.

Carla blickte ihm für Augenblicke nach. Dann erhob sie sich und folgte ihm zögernd. Sie konnte sich auf sein Verhalten keinen Reim machen.

Seine Schritte wurden immer schneller. Er fing an zu laufen.

Carla rief, er solle warten. Aber er schien sie nicht zu hören. Sie sah von weitem, wie er vor einer Stupa verharrte und diese dann offenbar umrundete – ohne aber auf der anderen Seite wieder aufzutauchen.

Es war Neugier, aber auch eine kleine Portion Angst, die sie veranlasste, Lehn zu verfolgen. Vorsichtig, fast ängstlich näherte sie sich dem kleinen Bauwerk. Sie umrundete die kleine Stupa einige Male. Von Lehn war nichts zu sehen.

Wie bei Stupas üblich, gab es einen kleinen Eingang, der in einem Hohlraum mündete, um es den Angehörigen zu ermöglichen, kleine Opfergaben abzulegen. In diesem Hohlraum konnte ein Mensch gerade gebückt stehen. Carla schaute in den Hohlraum und erschrak. Unter ihr gähnte eine Öffnung. Sie hielt sich fest und blickte in das gähnende Loch. Sie rief seinen Namen.

Seine Antwort kam irgendwo aus der Tiefe. »Ich komme nach oben«, rief er. »Geh von dem Eingang weg, damit dich niemand sieht.«

Für Carla dauerte es Ewigkeiten, bis er wieder an die Oberfläche kam. Dabei waren nicht mehr als vielleicht zehn Minuten vergangen. Seine Kleidung war völlig verdreckt von den Fäkalien irgendwelche Vögel. Spinngewebe hingen ihm von den Schultern.

Sie blickte ihn fassungslos an. Er grinste, wollte sie umarmen. Hielt dann aber inne, als er ihren angeekelten Blick sah.

»So schlimm?« Er lachte.

Sie schüttelte sich.

»Kannst du schweigen?«, fragte er sie.

Sie nickte.

»Wir wollen doch zusammen durch Rom schlendern. Vielleicht habe ich dort unten ...«, er deutete auf den Eingang der Pagode, »... eine Möglichkeit gefunden, doch noch unseren Traum, frei zu sein, wahr werden zu lassen. Aber bevor ich von meiner Entdeckung erzähle, sollten wir von hier verschwinden. Niemand darf wissen, dass wir die gelbe Pagode gefunden haben.«

Sie war verwirrt. Lehn merkte es ihr an. Aber sie sagte nichts. Langsam bewegten sie sich in Richtung des Camps.

»Du hast mir vorhin erzählt, dass hier in der Nähe des Pagodenfeldes irgendwelche Menschen verschwunden sind?«

Sie nickte.

Lehn bat sie, sich an Einzelheiten zu erinnern. Es sei unendlich wichtig für ihre Zukunft, aber auch für den Kampf gegen den Terrorismus, wenn sie aus dieser Hölle lebend herauskommen würden. Dann würden sie einen der westlichen Geheimdienste vor der Flugzeugentführung warnen und überhaupt berichten können, was in Kat-ku in Wahrheit geschah.

Sie setzten sich an den Rand eines kleinen Feldes, auf dem Bohnen gezogen wurden.

Es war ihr anzusehen, dass sie sich zu erinnern versuchte. Lehn ließ ihr Zeit. Schließlich sagte sie, dass sie sich an drei Fluchtversuche erinnern könne, bei denen man keine Leichen gefunden habe. »Jedes Mal herrschte große Aufregung.«

»Und was waren das für Leute?«

»Bei diesen drei ungeklärten Fällen handelte es sich immer um die alten Mönche, die hier lebten, bevor al-Qaida die Herrschaft von Kat-ku übernahm. Inzwischen sind sie teilweise uralte Männer. Heute leben die noch verbliebenen Mönche in dem alten Lamakloster.« Dabei zeigte sie auf das Gebäude, das keine fünfhundert Meter entfernt in der Abendsonne lag.

Lehn fragte, wie viele von den echten Mönchen es noch gebe.

Carla zuckte mit den Schultern. »Das wird immer als Geheimnis gehandelt. Vielleicht zwanzig, vielleicht ein paar mehr.«

»Und wie ist herausgekommen, dass die drei verschwunden sind?«

»Ihre Anwesenheit wird einmal in der Woche überprüft.«

»Und was passierte, als man feststellte, dass einer fehlte?«, wollte Lehn wissen.

»Dann heulte die Sirene, die Wachen rückten aus und riegelten den Weg über den Gletscher nach Lao-san ab. Alles war natürlich nur Show zur Abschreckung. Alle wissen, dass man von hier nicht wegkommt.«

»Und dann?«, wollte Lehn wissen.

Carla blickte ihn groß an. »Dann war nichts. Außer Spesen nichts gewesen. Als die Mönche nicht wieder auftauchten, wurde jedes Mal verbreitet, dass die Mönche tot seien. Durch Unfall oder durch Selbstmord.«

»Erinnerst du dich an Einzelheiten?«

»An welche Einzelheiten denkst du?«

»Wo zum Beispiel waren sie zuletzt gesehen worden?«

Carla dachte nach. Schließlich sagte sie, sie könne sich nur an die letzte Flucht vor circa vier Monaten erinnern. Einer der Wachen habe zu Protokoll gegeben, dass der Mönch zuletzt auf dem Weg zu den Pagoden beobachtet worden sei. »Dort wo wir eben waren«, fügte Carla hinzu. »Plötzlich sei er wie vom Erdboden verschluckt gewesen.«

»Und wie hat Kemal reagiert?«

»Er hat vor Wut geschäumt, weil er unterstellt hat, dass die Wachen aus Angst vor dem Fluch des Pagodenfeldes dem Mönch nicht gefolgt waren.«

Plötzlich umarmte Lehn Carla. »Ich glaube«, sagte er zärtlich, »wir haben wirklich einen Fluchtweg gefunden.«

Sie verstand nichts, lächelte aber glücklich und erwiderte seine Küsse.

# Kapitel 18

Sonntag, 10. Juni
Weg 43, Turn- und Sportverein von 1923

Wieder saßen sie zu fünft zusammen. Die Getreuen der Getreuen. Omar Chalid bestimmte die Tagesordnung. Überhaupt war Omar Chalid in den letzten Tagen mit seinen Aufgaben gewachsen. Offensichtlich genoss er die Verantwortung, die ihm übertragen worden war, und die damit verbundene Macht.

Mit von der Partie an diesem Abend waren Peter Radmann, Ibrahim al Makki, Ahmed und Manuel Alonso.

Wie immer schlürften sie grünen Tee aus bunt bemalten Tässchen aus hauchdünnem Porzellan.

Omar Chalid umriss in seinen Begrüßungsworten kurz den Stand der Dinge. Es sei ihrem IT-Spezialisten noch nicht gelungen, den Sicherungscode von CARGO AND MORE zu knacken. Damit hätten sie noch keinen Überblick über die Dienstpläne der Piloten, die für den Anschlussflug Hamburg–Frankfurt an dem entscheidenden Tag eingeteilt würden. Und die dann vor dem Abflug liquidiert und durch Dschihadisten ersetzt werden müssten. Zurzeit arbeite dieser IT-Spezialist daran, in das Programm des Flughafens hineinzukommen, was noch schwieriger sei. Immerhin müsse man ja wissen, wer und wo an dem Tag X Dienst habe.

»Außerdem«, fuhr Omar Chalid fort, »ist es unserem Freund Ahmed gelungen, bei einem Diebstahl in einem Kostümverleih vier Lufthansauniformen zu klauen, um die von al-Qaida geschickten Ersatzpiloten angemessen einzukleiden.«

Beistimmendes Gemurmel war zu vernehmen.

Dann erteilte Omar Chalid das Wort an Peter Radmann, dem als Assistant Ramp Agent wichtige Aufgaben oblagen.

Peter Radmann alias Mehmet beruhigte die Runde mit der Bemerkung, dass alles im grünen Bereich sei. Sein Vorgesetzter habe volles Vertrauen in ihn. Er erwarte deshalb keine größeren Schwierigkeiten auf dem Flughafenvorfeld. Er werde dafür sorgen, dass die Maschine bei ihrer Ankunft aus New York auf Apron 1 geparkt werde, sodass sie später ohne Zuhilfenahme eines Pushback-Flugzeugschleppers starten könne. Selbst im Fall, dass der Tower den Start der Maschine untersage, werde er die Bremsklötze abräumen und so den Start frei machen. Bis der Tower auf einen nicht genehmigten Start reagieren könne, sei die Maschine längst über Niedersachsen.

»Wie könnte der Tower denn einen Start verhindern?«, fragte Ahmed.

»Die Apron-Controller, also die Vorfeldfluglotsen, könnten mit Fahrzeugen die Rollbahn blockieren. Am leichtesten wäre das mit der Flughafenfeuerwehr. Denn die Jungs sind ja ständig vor Ort.«

»Na Prost Mahlzeit«, meinte Ahmed.

»Na, ja«, meinte Peter Radmann, »es wird schon alles gut gehen. Aber kriegt die Maschine keine Starterlaubnis, muss es ruckzuck gehen. Dann zählt jede Sekunde.«

»Wie auch immer«, meinte Omar Chalid gedehnt. »Wir sind zum Erfolg verdammt! Unsere Sektion in Hamburg darf sich keine Blamage leisten. Wir müssen die Operation L'Orient rouge erfolgreich durchziehen. Begehen wir auch nur den kleinsten Fehler, eine Nachlässigkeit oder irgendetwas, was die Operation gefährdet, dann können wir uns gehackt legen. In so einem Fall haben wir Allah verraten. Und es gibt nichts Schlimmeres. Ich erwarte deshalb von jedem von euch, dass er sein Bestes gibt!«

»Woher kommt dieser dusselige Name für die Operation, L'Orient rouge?«, wollte Ahmed wissen.

»Von höchster Stelle«, antwortete Omar Chalid eisig, denn es entsprach nicht seinem Weltbild, wenn Untergebene Befehle kritisierten. Um des lieben Friedens willen fügte er dann aber etwas versöhnlicher hinzu, dass so eine Namensfindung gar nicht einfach sei. Der Name müsse treffend sein, vor allem aber eine gewisse Aufbruchstimmung vermitteln, die alle mitreiße.

Was an dem Namen »L'Orient rouge« denn eine Aufbruchstimmung verbreite, insistierte Ahmed.

Omar Chalid blickte Ahmed an. »Was soll das werden? Hausfrauenquiz?« Er blickte ihn lange durchdringend, ja fast mitleidig an. Dann sagte er aus tiefem Herzen: »Es ist Scheiße, dass deine Bildung derart zu kurz gekommen ist. Wenn du in der Schule einen Grundkurs in Französisch belegt hättest, anstatt ständig vor der Moschee herumzulungern, würdest du wissen, dass L'Orient rouge übersetzt heißt: Der Osten ist Rot! Und das ist Programm. Sagen wir: wie ein Fanal! Das ist, wofür wir kämpfen. Wir kämpfen nämlich nicht dafür, dass bei McDonald's oder bei Lidl die Preise heruntergehen oder für einen flächendeckenden Mindestlohn, sondern wir kämpfen für etwa Höheres. Nämlich gegen den kapitalistisch-faschistoiden Westen! Aber ich sehe ein, dass das alles für dich zu hoch ist. Du bist eben, wie so viele von euch, einfach nur ein Bestandteil des Prekariats.«

Ahmed wollte etwas erwidern, aber Omar Chalid wollte nichts mehr hören. Er befahl Ahmed zu schweigen, da er weitere Bemerkungen von ihm nicht ertragen könne und kotzen müsste.

Dann wandte sich Omar Chalid an Alonso mit der Frage, ob er sich schon Gedanken gemacht habe, wie die beiden Lufthansapiloten, die für den Anschlussflug Hamburg–Frankfurt von CARGO AND MORE eingeteilt würden, liquidiert werden könnten.

»Theoretisch ja«, antwortete Alonso. »Aber eben nur theoretisch. Denn wir wissen ja noch nicht, welche Piloten von der Frachtfirma eingeteilt werden – und vor allem: Wir wissen nicht, wann sie eingeteilt werden.«

»Und die Theorie sagt was?«, fragte Omar Chalid.

»Im schlimmsten Fall, wenn uns die Namen der Piloten nicht bekannt sind, bleibt uns nur, die beiden Piloten im letzten Augenblick zu liquidieren. Das bedeutet, wenn alles schiefläuft: zwischen der Eingangspforte des Frachtbereiches, also beim Betreten des sensiblen Sicherheitsbereiches, und dem Cockpit.«

»Und wenn nichts schiefläuft?«

Ein Lächeln glitt über das Gesicht von Alonso. »Dann ist alles sehr viel einfacher. Wenn wir die Namen der Piloten wissen, die für den Flug eingeteilt sind, liquidieren wir sie am besten noch in ihrem Hotel oder auf ihrer Fahrt zum Flughafen oder vielleicht schon vorher.«

»Und du siehst dabei keine Probleme?«, fragte Omar Chalid.

»Absolut keine«, sagte Alonso. Und die Art, wie er die Wort aussprach, zeigte Omar Chalid, dass Alonso der richtige Mann für diese Aufgabe war.

Omar Chalid blickte in die Runde und fragte, ob noch jemand Fragen habe.

Alonso wollte wissen, wann mit der Nachricht, an welchem Tag die Frachtmaschine erwartet werde, zu rechnen sei.

»Ich erwarte die Nachricht in der nächsten Stunde oder in einigen Tagen«, meinte Omar Chalid. »Wir müssen jedoch ab sofort vorbereitet sein.«

Ibrahim al Makki fragte, wie die Ersatzpiloten von al-Qaida auf das Flughafengelände gelangen würden.

»Das ist wohl eine der leichteren Übungen«, antwortete Omar Chalid. »Wir rüsten die beiden mit den geklauten Lufthansauniformen und gefälschten Passierscheinen aus. Dann fahren wir sie zum Flughafen, und einer von uns, der auf dem Flughafen arbeitet, bringt die beiden dann zu der Maschine.«

# Kapitel 19

Gerard Gassmann alias Kemal saß am nächsten Morgen in der Kommandantur und betrachtete die beiden Fotos, die er soeben mit dem Postsack aus Lao-san bekommen hatte. Auf den Fotos waren zwei junge Männer in Jeans und Polohemden zu sehen. Offenbar in Pakistan aufgenommen, denn im Hintergrund war eine Straßenszene zu erkennen, wie sie für Pakistan typisch war.

Anliegend war ein Begleitschreiben von dem örtlichen Talibankommandanten, dass diese beiden Terroristen mit den Namen Mike und Dimitri zur Ausbildung nach Kat-ku überstellt würden.

Das Problem war nur, dass beide junge Männer nicht im Entferntesten eine Ähnlichkeit mit den beiden Deutschen hatten, die mit den Namen Mike und Dimitri angekommen waren.

Murat hatte also mit seinem Verdacht Recht behalten.

»Verdammt«, sagte Kemal laut, knallte die Fotos auf den Tisch und rief nach Carla.

Sie betrat den Container. Obwohl ihn eigentlich Frauen kalt ließen, fiel ihm zum ersten Mal auf, wie gut sie aussah.

»Mirko Solta soll zu mir kommen«, befahl er und fügte hinzu: »Wir haben jetzt die Bestätigung, dass wir zwei Agenten vom CIA oder irgendeinem anderen Geheimdienst hier im Camp haben.«

Carla fragte, an welche Personen er denke.

»Die beiden Deutschen.«

Geistesgegenwärtig konterte Carla, dass die beiden ja glücklicherweise keinen Schaden würden anrichten können, da sie nicht fliehen konnten.

»Hoffen wir es«, antwortete Kemal.

Carla beeilte sich, die Kommandantur zu verlassen.

Kemal hielt sie mit den Worten zurück: »Warum gehst du?«

»Ich rufe den Bosniaken.«

»Ach so«, grummelte er. In der Aufregung hatte er seine eigene Anordnung vergessen.

Nach einigen Minuten erschien Solta. Kemal hatte sich soweit beruhigt, dass er emotionslos den Sachverhalt schilderte.

Solta fühlte sich bestätigt. »Wie ich es Ihnen schon sagte, Chef. Die beiden sind von einem ganz anderen Kaliber als der Pöbel, den wir hier ausbilden müssen.«

»Was machen wir mit den beiden?«, unterbrach ihn Kemal.

»Liquidieren«, antwortete Mirko Solta lakonisch. »Die Frage ist, ob die beiden Deutschen etwas von der Operation L'Orient rouge mitbekommen haben oder nicht. Wenn ja, sollten wir sie sofort töten, wenn nein, können wir uns Zeit lassen.«

»Das sehe ich genauso«, entgegnete Kemal. »Aber wir sollten nicht voreilig handeln, denn wir sollten vor ihrem Tod noch versuchen, einige Fragen mit den beiden zu klären.«

»Und die wären?«

»Beispielsweise wie es diesen beiden Deutschen gelungen ist, nach Kat-ku zu kommen. Ohne fremde Hilfe halte ich das für ausgeschlossen. Und wir sollten in Erfahrung bringen, ob sie wirklich nichts von der Operation L'Orient rouge mitbekommen haben.«

Mirko gab seinem Chef Recht.

»Sag allen Unterführern, sie sollen heute Abend zu mir kommen. Dann beschließen wir, wie wir weiter vorgehen.«

Seine letzten Worte gingen in dem Lärm unter, den das altersschwache Faxgerät bei einkommenden Meldungen machte. Ein Fax quälte sich gerade aus der Auswurföffnung. Kemal warf einen Blick auf den Absender. Es war eine jener verschlüsselten Meldungen, die aus der al-Qaida-Zentrale in Lahore kamen. Er rief nach Ibrahim, einem Saudi, der für den gesamten IT-Bereich in Kat-ku verantwortlich war.

Ibrahim erschien schneller als erwartet. Kemal gab ihm das Fax zum Entschlüsseln.

Schon nach gut einer halben Stunde erschien Ibrahim wieder.

»Na?«, fragte Kemal. »Was wollen unsere Chefs in Lahore?«

»Es geht um das Flugzeug, das hier landen soll. Die Entführung der Frachtmaschine soll am Donnerstagmorgen, am 14. Juni in

Hamburg, erfolgen. Dann braucht die Maschine einen halben Tag bis Afghanistan und wird dort umgeladen, sodass die kleinere Maschine wahrscheinlich am 16. Juni in Kat-ku landen wird.«

»Wenn das mal gut geht«, murmelte Kemal und fügte leise hinzu: »Da wird Allah sich anstrengen müssen.«

# Kapitel 20

Lehn, der hinter einer der Pagoden wartete, sah schon von weitem, dass irgendetwas nicht stimmte. Carlas Schritte waren gehetzt.

Als sie da war, nahm er sie in seine Arme.

Sie musste erst einmal ihre Lungen in Ordnung bringen. Dann sprudelte es aus ihr heraus: »Sie wissen jetzt alles. Kemal hat die Fotos von Mike und Dimitri bekommen.«

»Und nun wollen sie uns liquidieren?«

Carla nickte nur. Ihre Stimme versagte den Dienst.

»Und wann?«

Carla berichtete, dass das heute Abend besprochen werden solle. »Es gibt ein Meeting mit allen Souschefs.«

»Nicht mehr viel Zeit«, meinte Lehn. Er blickte auf seine Uhr. Es war kurz vor vier Uhr nachmittags.

»Vor allem dürfen sie nicht bemerken, dass wir uns treffen«, sagte sie. »Denn ich weiß von der Operation L'Orient rouge. Wenn man uns zusammen sieht, wird man sofort annehmen, dass ich etwas verraten habe.«

»L'Orient rouge ist der Deckname diese Operation?«, versuchte sich Lehn zu vergewissern.

Sie nickte. Dann erzählte sie: »Soweit ich mitbekommen habe, soll die Entführung des Flugzeugs irgendwie von Amburgo aus erfolgen. Da kommst du doch her?«

Lehn war wie versteinert. »In Hamburg soll die Entführung ablaufen?«, wiederholte er fassungslos. Es fiel ihm schwer, das zu begreifen. Um nachzudenken, verfiel er in ein minutenlanges Schweigen.

»Woran denkst du?«, wollte sie schließlich wissen.

»Wie ich meine Kollegen warnen kann. Mit Sicherheit sind Menschenleben in Gefahr. Wir wissen ja gar nicht, ob es sich um eine Passagiermaschine oder eine Frachtmaschine handelt. Es ist bitter …«, meinte er resignierend, »… wenn man fühlt und weiß, was man tun muss, aber nichts unternehmen kann.«

»Denk lieber darüber nach, wie wir hier wegkommen. Möglicherweise werden Kemal und die anderen schon heute Abend eure Exekution beschließen. Mirko Solta hat immer schnell seinen Finger am Abzug. Von Murat ganz zu schweigen.«

Sie fing wieder an zu weinen.

»Wir schaffen es«, meinte er zärtlich.

»Haben wir denn wirklich eine Chance?«

»Eine Chance hat man immer. Es fragt sich nur, wie groß die Chance ist …« Die Gedanken überschlugen sich in seinem Kopf. Denk nach!, sagte seine innere Stimme. Verdammt noch einmal, beruhige dich und denk nach!

Wenn seine Vermutung richtig war, gab es eine unterirdische Verbindung zwischen der Pagode mit der gelben Kuppel in Kat-ku und der gleich angemalten Pagode in der Nähe von Lao-san. Das jedenfalls behauptete die Geschichte mit dem Titel »Das Geheimnis der gelben Ziege«, die sie in Major Crosbys Tagebuch gelesen hatten. Den Eingang in Kat-ku glaubte Lehn gefunden zu haben. Es stellte sich nur die Frage, ob dieser Gang überhaupt noch begehbar war, denn immerhin galt es, den Gletscher zu unterqueren. Für die Theorie sprach, dass wahrscheinlich drei Mönche in der letzten Zeit diesen Weg zur Flucht benutzt hatten. Denn ihre Leichen waren nicht gefunden worden. Ob sie aber ihr Ziel erreicht hatten, stand in den Sternen. Aber es war eine Chance, und Lehn war ehrlich genug, sich einzugestehen, dass es ihre einzige und letzte Chance war, dem Horror von Kat-ku zu entkommen.

Die Würfel waren gefallen. Lehn hatte sich zur Flucht entschlossen. Sein Gehirn funktionierte auch wieder. In Windeseile überlegte er, was sie brauchten. Vor allem Taschenlampen, Kleidung, Seile, Proviant, Eishaken, Steigeisen … Ihm wurde ganz schwindelig, denn es war ihm klar, dass sie nur das Notwendigste mitnehmen konnten, denn dieser Gang unter dem Gletscher war bestimmt nur eng und schmal. Er fragte Carla, ob sie einen Schlüssel zum Depot habe.

Sie gab ihm ihren Generalschlüssel. »Das Depot ist hinter der Kleiderkammer im Haus K. Wo treffen wir uns?«

»Kurz vor 18 Uhr vor der Kleiderkammer«, sagte er. »Ich komme mit Kasdorf.«

# Kapitel 21

Montag, 11. Juni
Polizeipräsidium Hamburg

Die Hauptkommissare Brandauer, Selzner und Lewandowsky sowie Kommissar Perner hatten sich schon kurz vor neun Uhr im Konferenzraum versammelt. Während sie auf ihren Chef warteten, schwelgten sie in ihren Wochenenderlebnissen. Übertrieben vieles und verschwiegen sicherlich auch einiges. Hamburg hatte ein schönes Wochenende gehabt. Jedenfalls was das Wetter betraf.

Kurz nach neun Uhr betrat Kriminalrat Stahmer den Raum. Wie immer mit einem Gesichtsausdruck, als habe er zu viele saure Spreewaldgurken gegessen.

Ungewöhnlich war, dass er nicht die einzelnen Kommissare um ihren Bericht zum aktuellen Ermittlungsstand bat. Stattdessen begann er fast nachdenklich: »Meine Herren. Ich erwähnte es schon bei einer unserer letzten Sitzungen, dass sich etwas in der Hamburger Islamistenszene tut. Heute sind wir offiziell vom Bundesnachrichtendienst unterrichtet worden, dass es sich bestätigt habe, dass irgendwelche Aktivitäten von islamistischer Seite geplant seien. Man weiß noch nichts Genaues, aber die NSA, der amerikanische Geheimdienst, befürchtet, dass es sich um eine größere Aktion handelt. Aber wie gesagt, man weiß noch nichts Genaues. Das für uns Entscheidende ist, dass der Schwerpunkt dieser Aktion in Hamburg zu liegen scheint. Hier bei uns nämlich laufen die Mobiltelefone der Islamisten heiß.«

Stahmer machte eine Pause. Offensichtlich wollte er sehen, wie seine Rede auf seine Mitarbeiter gewirkt hatte.

»Was können wir machen?«, fragte Lewandowsky.

»Zurzeit können wir nur wachsam sein!«, war Stahmers ernüchternde Antwort. »Wir wissen ja nicht einmal, wo und was geplant ist. Eigentlich wissen wir gar nichts. Wir sind ganz und gar auf die Amerikaner angewiesen, weil unsere Nachrichtendienste nicht so fit sind wie die NSA.«

»Aber dadurch haben wir auch keine Probleme wie die mit ihrem Snowden«, rief Selzner dazwischen.

»Das Schwein sollte man bei nächster Gelegenheit liquidieren«, meinte Perner.

Brandauer gab zu bedenken, dass das nicht so leicht sei, denn immerhin habe Snowden sich nach Russland abgesetzt und der astreine Demokrat Putin habe es nicht so gerne, wenn man in seinem Reich Liquidationen durchführe.

Man müsste doch einen Tschetschenen finden, der die Aufgabe geräuschlos erledigen könnte, war Lewandowskys Kommentar.

»Meine Herren«, fuhr Stahmer dazwischen. »Als Hamburger Polizei obliegt es uns nicht, über das Schicksal von Herrn Snowden zu befinden, dafür gibt es andere Vollidioten in Berlin, wie diesen alten Grünen in Kreuzberg. Aber es obliegt uns sehr wohl, unsere Hansestadt vor einem Anschlag zu bewahren.«

»Hört, hört«, murmelte Brandauer, was ihm einen strengen Blick von Stahmer einbrachte.

»Ich fordere Sie auf, meine Herren, sich in den nächsten Tagen nur um den islamistischen Untergrund zu kümmern! Wir müssen alles tun, um ein Attentat zu verhindern! Haben wir uns verstanden?«

Die Kommissare nickten, als Zeichen, dass sie den Ernst der Lage begriffen hatten, vielleicht aber auch, um möglichst schnell dieser lahmen Veranstaltung zu entkommen. Sie erhoben sich, um den Raum zu verlassen.

»Ich bin noch nicht fertig«, hielt Stahmer sie auf. »Denn ich möchte gerne von Ihnen wissen, wie Sie mit dieser Aufgabe umgehen. In welche Richtungen wollen Sie tätig werden?«

Erst einmal war die Reaktion: Schweigen. Das große Schweigen, denn keiner hatte ad hoc einen Plan bereit.

Dann wagte sich Lewandowsky als erster mit seiner Meinung ins Rampenlicht. »Ich würde erst einmal unsere Verbindungsleute, die wir im Milieu haben, kontaktieren. Vielleicht haben die etwas läuten hören. Wie wir alle wissen, brodelt auf dem Kiez ein gewaltiges Gewaltpotenzial, das in Gruppen aufgeteilt ist. Jede Gruppe kämpft eigentlich gegen die andere. Die Wiener Mafia gegen die Kosovo-Albaner, die Maghreb-Leute gegen die aus Thailand. Aber eines mögen sie alle nicht. Und das ist Stress mit der Polizei. Vor allem, wenn es um höher aufgehängte Probleme geht, die sie eigentlich nichts angehen. Das stört ihre Geschäfte, und das mag niemand. Um diesen Stress abzubauen, lässt sich dann schon der eine oder anderer bewegen, einen Hinweis abzulassen.«

Polizeirat Stahmer nickte zufrieden. Nach einigem Nachdenken meinte er: »Schade, dass Kollege Lehn nicht vor Ort ist. Er hat immer wirklich gute Kontakte zum Kiez. Haben wir eigentlich in der letzten Zeit etwas von ihm gehört?«

Sie blickten sich an.

»Nein«, sagte Perner, der Lehn am besten kannte.

»Das letzte war die Postkarte aus einem Ort namens Lumimbi oder so ähnlich. Dort haben sie den Geburtsort von Buddha besucht.«

»Und seitdem nichts?«, fragte Stahmer

Perner und die anderen schüttelten ratlos ihre Köpfe.

»Wenn ich mich recht erinnere, geht doch sein Urlaub in diesen Tagen zu Ende? Oder ist er sogar schon abgelaufen?«

Da keiner der Kollegen von Lehn eine Erklärung hatte und niemand ihn in die Pfanne hauen wollte, schwiegen sie lieber. Denn in der Personalakte bei der Polizei machte es sich nicht gut, wenn man seinen Urlaub unangekündigt überzog.

Dann war die Besprechung zu Ende. Sie verließen den Konferenzraum.

»Eigentlich sieht das Harry nicht ähnlich!«, sagte Perner zu Brandauer, als sie den Raum verließen.

»Vielleicht ist er gerade in einer weißen Eishöhle und küsst einen Yeti«, alberte Brandauer.

»Du bist ein Ferkel«, entgegnete Perner. »So etwas würde Harry nie tun.«

Er konnte nicht wissen, wie nahe Brandauer mit seiner Bemerkung der Realität kam. Nur dass das mit dem Yeti nicht ganz zutraf.

# Kapitel 22

Die Führungsmannschaft um Kemal hatte sich an diesem Nachmittag in der Kommandantur versammelt. Sie waren sechs Männer: Erkan al Fayal, Murat, Mahmud, Mirko Solta und weitere zwei mit unaussprechlichen arabischen Namen. In ihren Gesichtern war die Spannung darüber abzulesen, was Kemal bewogen hatte, diese Sondersitzung einzuberufen. Sondersitzungen waren selten. Meistens war etwas vorgefallen. Meistens Unangenehmes.

Kemal begann emotionslos. Er berichtete, dass es sich erwiesen habe, dass die beiden Deutschen nicht die waren, als die sie sich ausgegeben hatten. Möglicherweise seien sie Agenten eines ausländischen Geheimdienstes. Das alles sei kein Problem, denn Kathmandu sei für die beiden unerreichbar. Aber durch die Operation L'Orient rouge sei eine andere Situation entstanden. Um sich auf das Wesentliche zu konzentrieren, könne man keinerlei Unruhe brauchen. Er schloss mit der Frage: »Was sollen wir tun? Was ist eure Meinung?«

»Erschießen«, rief einer der Soushefs.

»Jetzt gleich? Oder morgen? Mit voller Musik? Oder heimlich still und leise?«, fragte Kemal etwas gereizt.

»Kopf ab, nach dem Gesetz der Scharia«, forderte ein anderer und fügte hinzu: »Als Abschreckung für alle Verräter an unserer Sache!«

Kemal ließ sich nicht aus der Ruhe bringen und sagte, dass auch dann die Frage noch im Raum stehenbliebe, wann, wie und wo die Enthauptung stattfinden solle. Außerdem könne man die Leichen dann nicht mehr befragen, ob sie irgendetwas von der Operation L'Orient rouge gewusst und verraten hätten.

»Dann lass sie zappeln. Von hier können sie sowieso nicht abhauen«, meinte einer dazwischen.

Kemal, der immer noch irgendwie dem Ehrenkodex der Legion anhing, ging das gegen den Strich. »Dann erschießen wir sie sofort«, sagte er. »Wir spielen nicht mit ihnen!«

»Erschießen macht Lärm und verursacht Unruhe«, unterbrach einer.

Mirko schlug vor, ihnen am Abend K.O.-Tropfen ins Essen zu geben und sie dann in der Nacht mit Schalldämpfern zu liquidieren. »Das hört niemand. Und wir können sie dann im Gletscher entsorgen.«

»Das ist ein Job, für den du wie geschaffen bist«, meinte Kemal.

Mirko Solta nickte nur, während ein hässliches Grinsen sein Gesicht überzog.

Kemal rief nach Carla.

Sie betrat den Raum.

»Stell fest, wo die beiden Deutschen heute Abend beim Abendessen sitzen. Wir müssen ein Medikament in ihr Getränk schütten, damit sie tief schlafen, wenn Mirko sie liquidiert.«

Carla war wie gelähmt.

Kemal machte eine ärgerliche Geste, sie solle verschwinden.

Das rüttelte sie wach. Betont ruhig fragte sie, wie der Plan sei, die beiden zu töten und was man dann mit ihnen machen wolle.

»Erst erschießen und dann in den Gletscher«, sagte Mirko und fügte hinzu: »Als warnendes Beispiel für die Lebenden, dass Verrat mit dem Tod bestraft wird, und als Beweis für zukünftige Generationen, dass derjenige mit dem Tod bestraft wird, der unberechtigterweise nach Kat-ku kommt.«

»Das hast du aber schön gesagt«, meinte Erkan al Fayal. »Wirklich schön. Man sollte dich zum Imam vorschlagen und dich küssen. So kreativ bist du in deiner Ausdrucksweise!«

# Kapitel 23

Die Dunkelheit kam wie immer im Himalaja ohne Vorwarnung. Keine Dämmerung. Plötzlich war es dunkel. Lehn und Kasdorf näherten sich dem Haus K, in dem sich laut Carla das Depot befand. Unentdeckt erreichten sie den Eingang. Der Generalschlüssel passte. Erst als sie im Haus waren, knipste Lehn seine Taschenlampe an. Sie befanden sich in einem einfachen Lagerraum. Regale an allen vier Seiten. Alle gut gefüllt mit Utensilien, die im Hochgebirge lebensnotwendig waren. Am liebsten hätten sie alles mitgenommen. Aber Lehn und Kasdorf wussten, dass sie nur mitnehmen konnten, was sie tragen konnten. Und selbst das war wahrscheinlich schon zu viel.

Sie entschieden sich für Thermohosen, Funktionsunterwäsche, Anoraks für drei Personen. Seile, Haken, kleine Pickel und Hämmer. Vor allem aber Taschenlampen mit den nötigen Batterien.

Die ganze Aktion dauerte nur eine gute halbe Stunde. Dann verließen sie vollbepackt das Depot und warteten auf Carla.

Schließlich kam sie. Sie war verhetzt. Völlig außer sich berichtete sie von den Exekutionsplänen. »Vor allem«, sagte sie atemlos. »Ihr dürft nichts trinken heute Abend. Sie wollen euch ein Schlafmittel in euer Getränk schütten. Dann soll Mirko Solta euch im Schlaf mit Schalldämpfer erschießen, damit die Sache geräuschlos erledigt wird.«

»Danke«, sagte Lehn. »Diese Information hat unser Leben gerettet!«

Carla wollte wissen, wie es weitergehe.

»Wir gehen jetzt zum Essen, ohne etwas zu trinken«, sagte Lehn cool. »Dann treffen wir uns in zwei Stunden vor der gelben Pagode. Und dann adieu Hölle!«

Zum Abschied küssten sie sich.

Bei der Einnahme der Mahlzeit hatten Lehn und Kasdorf darauf geachtet, nichts aus den mit Apfelsaft gefüllten Gläsern zu trinken, die vor ihnen standen. Lehn und Kasdorf tauschten die Gläser mit denen ihrer Tischnachbarn aus, was unbemerkt blieb. Nach dem Essen verdrückten sie sich in der Dunkelheit, rafften ihre vorher versteckte Ausrüstung zusammen und liefen in Richtung gelbe Pagode.

Carla war schon da. Sie zogen sich die Wintersachen über. Um ihre Spur zu verwischen, versteckten sie die Uniformen bei einer anderen Pagode, die ziemlich weit von der gelben Pagode entfernt war. Da es stockdunkel war und sie vermeiden wollten, ihre Taschenlampen zu benutzen, war die ganze Aktion Stress pur.

An der gelben Pagode angekommen, öffneten Lehn die Abdeckung zu dem Einstieg. Nacheinander ließen sie sich an einem Seil hinunter. Erst auf dem Boden angekommen, wagten sie, die Taschenlampen anzumachen. Sie befanden sich in einer kleinen Höhle, deren Wände von einer Eisschicht überzogen waren. Von dort folgten sie einem Gang, von dem man nicht sagen konnte, ob er durch Menschenhand oder natürlich entstanden war.

Sie sprachen kaum miteinander, denn die Luft war abgestanden. Außerdem überlagerte ein immer lauter werdendes Rauschen jedes Wort. Lehn ging gebückt voraus, dann folgte Carla. Den Schluss machte Sepp Kasdorf. Meter für Meter kamen sie voran. Das Rauschen wurde immer lauter. Nach gut zwei Stunden bekamen sie die Erklärung für das Rauschen. Ein gewaltiger Wasserfall von warmem Wasser stürzte in eine Höhle. Das Wasser dampfte, sodass das Klima in der Höhle einer Sauna gleichkam. Sie rissen sich die Anoraks vom Leib. Lehn strich mit der Hand über die Wände. Es war blankes Eis, das durch die Ablagerungen wie Fels aussah. Wahrscheinlich befanden sie sich schon unter dem Gletscher.

Erschöpft ließen sie sich auf einer einigermaßen trockenen Stelle fallen und überlegten, wie es weitergehen sollte. Offensichtlich wurde das Wasser eines kleinen Baches von dem vulkanischen Gestein erwärmt. Das warme Wasser hatte in den vergangenen Jahrhunderten das Eis entlang des Baches geschmolzen und so einen Gang unterhalb des Gletschers geschaffen.

Kasdorf gab den anderen mit seiner Bemerkung Mut, dass das Wasser des Baches ablaufe und sich nicht staue, sodass man mit Recht annehmen könne, dass es irgendwo einen Ausgang gebe.

Da es für die drei sowieso kein Zurück gab, entschlossen sie sich, dem Bach zu folgen. Koste es, was es wolle.

Zuerst konnten sie relativ bequem, wenn auch gebückt dem Wasserlauf folgen. Es ging leicht abwärts. Dann wurde es schwieriger. Bedingt durch große Felsbrocken, die der Gletscher in den letzten Jahrhunderten mit sich geschleppt hatte, war der Gang versperrt, sodass sie mehrere Male durch tauchen die Hindernisse überwinden mussten. Da das Wasser nicht kalt war, war das möglich. Schließlich landeten sie in einer Höhle, die voll von Stalaktiten war.

Sie waren so müde, dass sie sich entschlossen, eine Pause einzulegen. Lehn legte seinen Arm um Carla. Sie merkte es schon nicht mehr. Sie war eingeschlafen.

Als er sicher war, dass sie schlief, holte er die Schreibmaschinenseiten aus Major Crosbys Tagebuch heraus, auf denen »Das Geheimnis der gelben Ziege« beschrieben war. Aber er war zu müde, die Geschichte noch einmal zu lesen. Kurz vor Mitternacht schlief auch er ein.

# Kapitel 24

Gegen 22.30 Uhr ging im Camp die Sirene los. Das Jaulen durchschnitt die eisige Kälte, die in der Nacht von den Bergen heruntergekommen war. Irgendwie schien die Kälte das Jaulen noch zu verstärken.

Schlaftrunken streifte sich Gerard Gassmann alias Kemal den Drillich über. Es war ungewöhnlich, dass Alarm ausgelöst wurde, denn eigentlich waren sie gegen Angriffe von außen sicher. Es konnte sich nur um ein internes Problem oder schlicht um einen Fehlalarm handeln.

Gassmann rannte in Richtung des Platzes vor Haus C, den Platz, auf dem die Apelle abgehalten wurden und der als Sammelplatz bei Alarm ausgewiesen war.

Der Platz war einigermaßen beleuchtet. Mehr konnte man nicht erwarten, da die Generatoren nachts schon am Limit ihrer Kapazität arbeiteten, denn die Heizung verbrauchte riesige Mengen von Strom.

Gassmann sah Mirko Solta diskutierend in einer Gruppe von Leuten stehen. Als Mirko seinen Chef kommen sah, kam er ihm im Laufschritt entgegen.

»Hast du den Alarm ausgelöst?«, rief Kemal.

Mirko bejahte das und lieferte gleich als Begründung hinterher, dass die beiden Deutschen weg seien.

»Einfach weg?«, fragte Gassmann entgeistert.

Mirko zuckte mit den Schultern. »Ich wollte sie wie abgesprochen liquidieren. In ihren Zimmern sind sie nicht. Ihre Sachen sind, soweit ich es beurteilen kann, noch dort, aber sie sind weg.«

Gassmann, den das Jaulen der Sirene tierisch nervte, befahl, das Ding abzustellen. Dann gab er den Befehl, dass alle Unterführer in die Kommandantur kommen sollten. Auf dem Platz sei es einfach zu kalt.

Nach gut zehn Minuten trudelten sie alle ein. Mirko, Murat und noch weitere drei Unterführer. Derweil hatte die Sirene aufgehört zu jaulen. Der Sammelplatz hatte sich wieder in die kalte Dunkelheit verabschiedet.

Im Raum der Kommandantur war es erstaunlich hell, was wiederum daran lag, dass die Generatoren nach Abschaltung der Außenbeleuchtung ihre Kraft auf die Innenräume fokussieren konnten.

Gassmann erteilte Mirko das Wort.

»Ich wollte wie abgesprochen diese beiden deutschen Verräter liquidieren. Aber die Vögel sind ausgeflogen. Ich habe dann vorsichtshalber in der Cafeteria nachgeschaut. Aber auch dort Fehlanzeige.«

Einer der Anwesenden sagte nur: »Scheiße.«

Treffender konnte man die Situation eigentlich auch nicht umreißen, und so trat unter den Anwesenden ein ziemlich langes Schweigen ein, das in Wirklichkeit nur Minuten dauerte, gefühlt aber Jahre. Gespannt blickten sie auf ihren Chef voller Erwartung, was dem wohl in dieser Situation einfallen würde.

Krampfhaft dachte Gasmann nach. Ihm fiel nichts ein. Um Zeit zu gewinnen, schlug er vor: »Wir müssen alles absuchen. Dazu müssen wir aber die Helligkeit abwarten.« Dann kam ihm eine Idee. »Wenn die so bekloppt sind, sich als Bergsteiger zu betätigen, dann müssen sie sich eine Ausrüstung und vor allem Atemgeräte verschafft haben ...«

»Das können wir schnell feststellen«, unterbrach Mirko. »Wir schauen eben im Depot nach, was von der Winterausrüstung fehlt.«

»Überprüf das!«, befahl ihm Gassmann.

Unterschwellig wunderte sich Gassmann, dass seine Assistentin Carla nicht erschienen war. Sie musste die Sirene auch gehört haben. Sie gehörte zwar nicht zum Kreis der Souschefs, aber als Assistentin war sie eigentlich immer dabei oder wartete für ihn erreichbar im Vorraum.

Weiter kam er in seinen Gedanken nicht, denn Murat sprach etwas an, ein Problem, das ihn auch schon seit Minuten quälte.

»Angenommen, wir finden die Leichen der beiden Deutschen nicht. Was bedeutet das für die Operation L'Orient rouge?«

Gassmann antwortete nicht sofort. Als er dann etwas sagte, klang seine Stimme leise, fast so, als spräche er mit sich selber. Er sagte, man könne davon ausgehen, dass eine Flucht aus Kat-ku unmöglich sei. Ohne die Hilfe der Sherpas sei das ausgeschlossen. Und bei Nacht würden selbst die Sherpas den Gletscher meiden wie die Pest. Über die Berge sei eine Flucht ein reines Todesurteil. Also könne man zu neunundneunzig Prozent davon ausgehen, dass die Flucht der Deutschen auf die Operation L'Orient rouge keine Auswirkungen habe. Dennoch bleibe natürlich ein Rest von Unbehagen.

»Warum dieser Rest von Unbehagen?«, wollte Murat wissen.

»Diese Deutschen sind keine Spinner, keine Idioten, wie viele von den anderen. Die sind sich mit Sicherheit im Klaren darüber, welche Chancen eine Flucht hat.«

»Und wenn sie informiert waren, dass sie liquidiert werden sollten?«, insistierte Murat und fuhr fort: »Dann sind ein Prozent Chance immerhin besser als der sichere Tod.«

Murat wurde von Mirko, der hereinplatzte, unterbrochen. »Sie sind über die Berge«, rief er außer Atem. »Im Depot fehlen drei Winterausrüstungen einschließlich Pickel, Haken und Seile. Seltsamerweise aber sind alle Atemgeräte da.«

»Drei Ausrüstungen?«, fragte Murat und wiederholte noch einmal laut, sodass es alle hören konnten: »Sagtest du drei? Dann frage ich mich: Wer ist der dritte Mann?«

Mehmet, der sich bisher im Hintergrund gehalten hatte, schlug vor einen Apell abzuhalten. Dann wisse man, wer der dritte Mann sei.

Gassmann zögerte, den Befehl zum Apell zu geben.

»Warum zögerst du, Bruder?«, fragte Murat, der sich immer mehr in die Rolle des Scharfmachers hineinsteigerte.

»Ich denke an L'Orient rouge. Wenn unsere Führung davon Wind bekommt, dass hier drei Leute den Schuh gemacht haben, dann muss die Operation vielleicht abgesagt werden. Und wir sind die Schuldigen. Eine Absage wäre aber falsch, weil nach menschlichem Ermessen nichts verraten wurde und nichts verraten werden kann. Denn ohne Atemgeräte haben die keine Chance.«

»Und wenn einer der Sherpas dahintersteckt?«

Gassmann befahl Mehmet, zu Carla zu gehen und sie zu wecken. Er solle sie fragen, welche Sherpas sich zum jetzigen Zeitpunkt in Kat-ku aufhielten. Sie führe ja eine Anwesenheitsliste der Sherpas.

Mechmet kam schneller zurück als erwartet. Seinem Gesicht war anzusehen, dass er schlechte Nachrichten überbrachte. »Carla ist weg«, sagte er und ließ sich auf seinen Stuhl fallen.

»Wir suchen also keinen dritten Mann, sondern zwei Männer und eine Frau!«, stellte Murat eisig fest.

Gerard Gassmann war für Minuten wie gelähmt. Carla geflüchtet? Warum gerade Carla? Sie würde elendig im Eis verrecken. Erst jetzt merkte er, wie gerne er sie als Mensch hatte. Vielleicht war alles ein Irrtum, und sie tauchte wieder auf.

So entschied er sich, doch einen Apell abzuhalten. Vielleicht auch nur, um irgendetwas zu unternehmen und den Gedanken an ihre Flucht zu verdrängen.

Die Sirene begann wieder mit dem infernalischen Jaulen. In der Kommandantur wurde es dunkler. Dafür erhellten die Scheinwerfer den Sammelplatz. Langsam, schlaftrunken taumelten die Bewohner von Kat-ku nach draußen in die Kälte.

Kemal ließ durchzählen.

Es waren alle anwesend. Keiner fehlte. Nun gab es keinen Zweifel mehr: Der dritte Mann war Carla Petrillo. Seine Assistentin.

Aber warum?

Gassmann ließ wegtreten. Dann zog er sich mit einigen seiner Unterführer in die Kommandantur zurück. Außer ihm waren es Mirko Solta, Murat, Mehmet und Ali Sabri.

»Der Apell hat gezeigt, dass die beiden Deutschen wahrscheinlich in Begleitung von meiner Assistentin geflohen sind. Das ist zwar Wahnsinn, wahrscheinlich Selbstmord, aber wir können die Tatsache nicht wegdiskutieren. Diese Flucht der drei kommt in diesem Moment ziemlich unpassend, da wir in der Operation L'Orient rouge involviert sind. Solange wir die drei Leichen nicht gefunden haben, müssen wir in Erwägung ziehen, dass Einzelheiten der Operation verraten werden könnten, denn Carla wusste als meine Assistentin über L'Orient rouge Bescheid.«

»Auch über Einzelheiten? Und das, obwohl diese Operation top secret war?«, fragte Murat bohrend.

Gerard Gassmann musste das zugeben, schränkte aber ein, dass er keine Möglichkeiten von Verrat sehen könne, da zu neunundneunzig Prozent niemand die Hochebene von Kat-ku verlassen könne.

»Aber es verbleibt das eine Prozent, dieses lächerliche eine Prozent, dass die Flucht doch gelingen und L'Orient rouge verraten werden könnte. Dieses eine Prozent kannst du nicht wegdiskutieren«, stellte Murat schneidend fest.

Murat erinnerte Gassmann jetzt an ein Mitglied der Inquisition. Um ihn in seinem Eifer zu bremsen, schlug Gassmann vor, noch einmal gedanklich die Fluchtmöglichkeiten durchzugehen, um die drei eventuell abzufangen.

»Sie haben sich mit Winterkleidung versorgt«, rekapitulierte Gassmann. »Aber ohne Atemschutzgeräte. Was können wir daraus folgern?«

»Da bleibt nur der Weg über den Gletscher«, sagte Murat.

»Also schickt alle Wachen zum Gletscher!«, befahl Kemal den anderen.

Gassmann und Murat blieben allein zurück.

»Was überlegst du?«, fragte Murat, dem aufgefallen war, dass Gassmann in den letzten Minuten immer schweigsamer geworden war.

Gassmann antwortete nicht sofort, denn er spürte instinktiv, dass von Murat eine immer größer werdende Gefahr ausging, wollte das aber nicht wahrhaben. Stattdessen versuchte er Murat in eine gemeinsame Abwehrstrategie einzubinden. Auf Murats Frage eingehend, antwortete Kemal, dass für ihn alles nicht zusammenpasse.

»Wir haben diese beiden Deutschen, die eventuell beim Geheimdienst sind. Das sind also keine Spinner. Dazu Carla, die die Gefahren des Himalajas nur allzu gut kennt. Obwohl diese drei Personen von diesen Gefahren wissen, sind sie geflüchtet. Wenn Menschen das tun, wohlwissend, keine Chance zu haben, dann müssten sie eben doch eine Chance sehen, eben jenes eine Prozent Hoffnung zu realisieren.«

»Eben jenes eine Prozent«, wiederholte Murat erbarmungslos.

»Du hast Recht«, sagte Gassmann etwas abwesend. In den letzten Augenblicken hatte er sich der Mönche erinnert, die in der letzten Zeit verschwunden waren, ohne dass man ihre Leichen gefunden hatte. Sollte es doch eine Fluchtmöglichkeit geben? Es widerstrebte ihm, mit Murat darüber zu sprechen.

Aber dieser schien seine Gedanken erraten zu haben. Etwas lauernd stellte Murat fest: »Vielleicht gibt es doch eine Möglichkeit, unbemerkt von hier zu verschwinden?«

Gassmann, dem Murat immer unheimlicher wurde, schlug vor, erst einmal zu schlafen. Jetzt, in der Nacht, könne man sowieso nichts mehr unternehmen. Und morgen sei auch noch ein Tag, und man sei ausgeschlafen und schlauer.

Aber Murat schien keineswegs die Absicht zu haben, zu Bett zu gehen. Stattdessen stellte er die Frage, die Gassmann insgeheim gefürchtet hatte: die Frage nach Gassmanns Verantwortung als Abt von Kat-ku.

»Hast du eigentlich diese Carla überprüft, bevor du sie zu deiner Assistentin gemacht hast? Vielleicht ist sie auch vom CIA?«

Insgeheim gestand sich Gassmann ein, dass er das versäumt hatte. Er hatte Carla vor mehr als einem Jahr von diesem Italiener übernommen, der dann zu einem Einsatz abkommandiert worden und nicht zurückgekommen war.

Widerwillig gab er zu, Carla nicht überprüft zu haben. Er habe einerseits angenommen, dass sein Vorgänger eine Überprüfung gemacht habe. Andererseits sei eine Flucht von Kat-ku unmöglich, sodass eine neuerliche Überprüfung sinnlos gewesen wäre.

»Was aber ein Irrtum ist«, triumphierte Murat. »Denn jetzt ist sie weg, mit zwei Agenten von irgendeinem westlichen Geheimdienst.«

Gassmann versuchte Murat zu beschwichtigen, indem er ihn zu überzeugen versuchte, dass es keineswegs bewiesen sei, dass die beiden Deutschen einem westlichen Geheimdienst angehörten.

Aber Murat war in seinem Furor nicht mehr zu bremsen. Aufbrausend sagte er: »Du hast unsere Sache des Heiligen Dschihads gefährdet, indem du diese Schlampe eingeweiht hast.«

»Sie war meine Assistentin. Nicht mehr und nicht weniger!«

»Du hast versagt!«, brüllte Murat. »Du hast unsere Sache und damit Allah verraten!«

Gerard Gassmann spürte, dass die Diskussion mit Murat aus dem Ruder lief. Blitzschnell versuchte er abzurufen, was seine Ausbilder ihm in der Legion beigebracht hatten, wie man in derartigen Situationen reagierte. Da gab es den Ausbilder Korporal Müller, einen alten NVA-Hauptfeldwebel, der immer gepredigt hatte: Vor allem Ruhe bewahren! Glücklicherweise gelang es Gassmann, diesen Rat umzusetzen. Scheinbar gelassen beobachtete er Murat, wie dieser sich zur Tür wendete, um den Raum zu verlassen. Dann aber sah er Murats Griff zur Waffe.

Gassmann zögerte noch. Er war sich noch nicht sicher, ob Murat zum Äußersten bereit war. Aber Murat drehte sich blitzschnell um. In seiner Hand lag seine Pistole, deren Lauf auf Gassmann gerichtet war.

»G.G. le Caid«, sagte er aufbrausend. »Ich nehme dich fest, weil du unsere Sache verraten hast. Gib mir deine Pistole, sonst bist du ein toter Mann!«

Gassmann sah ein, dass er in dieser Situation keine Chance hatte. Mit spitzen Fingern nestelte er seine Pistole aus dem Futteral, ließ sie auf den Fußboden fallen und kickte sie dann mit dem Fuß in Richtung von Murat. Auf alle Fälle musste er vermeiden, Murat einen Grund zum Abdrücken zu geben.

Ein hässliches Grinsen überzog Murats Gesichtszüge. Zu früh, wie sich in den nächsten Sekunden herausstellen sollte. Denn was jetzt geschah, hatte Murat nicht ahnen können.

Gassmanns Ausbilder, jener gewisse Korporal Müller von der NVA, hatte als Spezialität ein Wurfmesser gehabt, das er immer in seinem Stiefelschaft bei sich geführt hatte. Gassmann hatte diese Angewohnheit von Müller übernommen.

Als Murat sich in Richtung Pistole bückte, bemerkte er nicht, wie Gassmann sein Wurfmesser aus seinem Stiefelschaft zog und es mit aller Wucht in Richtung Murat schleuderte. In dem Wurf lag so viel Power, dass Murat wahrscheinlich gar nichts bemerkte, als die Klinge in seinen Kopf eindrang.

Das Wurfmesser war über Murats Nasenwurzel in seinen Kopf eingedrungen. Es war ein schneller Tod, der ihn zu den Jungfrauen in seinem islamischen Jenseits brachte. Lautlos brach er zusammen und rutschte mit den Füssen voran unter Gassmanns Schreibtisch.

Gassmann erhob sich, ging um seinen Schreibtisch herum und zog die Murats Leiche ganz unter den Schreibtisch, sodass man sie nicht sofort sah, wenn man den Raum betrat. Da die Wunde über Murats Nasenwurzel erstaunlich wenig blutete, zog er das Messer heraus und wischte das Blut an seiner Uniform ab. Man kann nie wissen, dachte er. Vielleicht werde ich das Messer noch einmal brauchen.

Als das getan war, ließ er sich wieder auf seinen Schreibtischstuhl fallen. Nach einiger Zeit wurde ihm klar, dass er ein Problem hatte. Und zwar ein größeres Problem. Er musste nachdenken. Erst einmal einen klaren Kopf bekommen. Murat war tot. Er hatte ihn umgebracht. Es war nur eine Frage der Zeit, dass die anderen die Leiche von Murat fanden. Spätestens morgen früh, wenn er nicht zum Apell erscheinen würde. Er würde dann Murats Tod erklären müssen.

Gassmanns Gedanken wirbelten durch seinen Kopf. Immer wieder fokussierten sie sich auf die Frage: Gibt es vielleicht doch eine Fluchtmöglichkeit? Denn inzwischen war ihm klar geworden, dass sein Verbleiben in Kat-ku nur seinen Tod bedeuten konnte.

Er musste fliehen. Aber dieses Hochtal von Kat-ku war an drei Seiten umrahmt von hohen Bergen. Auf der vierten Seite wälzte sich der Gletscher in das Hochtal von Lao-san. Überquerte man den Gletscher, war eine Flucht theoretisch möglich. Aber in der Dunkelheit war es Selbstmord, und bei Helligkeit brauchte man die Hilfe der Sherpas. Andererseits konnte er die Helligkeit des nächsten Tages nicht abwarten, denn man würde vorher die Leiche von Murat finden.

Ohne dass er es verhindern konnte, spukten in seinem Hinterkopf immer die Schicksale der drei Mönche herum, die in der letzten Zeit verschwunden waren und deren Leichen man nie gefunden hatte. Ein Zufall? Oder kannten die alten Mönche von Kat-ku einen Fluchtweg, der den Terroristen von al-Qaida verborgen geblieben war?

Eines war sicher: Auch er musste fliehen! Und so gab es nur eine Chance. So gering sie auch war. Diese Chance waren die alten Mönche, die noch in dem Lamakloster lebten! Nur sie konnten einen Fluchtweg kennen, den sie vor den Terroristen bisher geheim gehalten hatten.

Fast wie in Trance erhob er sich aus seinem Schreibtischstuhl, verließ die Kommandantur und tauchte in die Nacht ein.

Zielstrebig ging er in die Richtung des alten Lamaklosters von Kat-ku. Er, Kemal, näherte sich jetzt dem Kloster nicht als Kommandant der al-Qaida, sondern als Gerard Gassmann. Wie ein Bittsteller. Fast wie ein um Hilfe bettelnder Sünder.

Gerard Gassmann brauchte bis zu dem alten Lamakloster eine gute Stunde. Die Luft war so dünn, dass das Mondlicht in Verbindung mit dem Licht der Sterne eine erstaunliche Helligkeit entfaltete, sodass fast jede Unebenheit auf dem Boden zu erkennen war. So kam er gut voran. Aber es war schließlich zwei Uhr nachts, als er an das Tor des alten Lamaklosters klopfte.

Er musste mehrmals gegen die Tür hämmern, bis sich im Innern etwas bewegte. Gassmann, dem die Zeit unter den Nägeln brannte, erschien das Warten als kleine Ewigkeit. Schließlich öffnete sich das schwere Holztor, und ein Mönch erschien in der Türöffnung.

Er erschrak sichtlich, als er Kemal erkannte. Devot trat er zurück und ließ Kemal alias Gerard Gassmann in die Halle, die von drei Kerzenleuchtern kaum erleuchtet wurde.

»Was können wir für Sie tun, Monsieur Kemal?«

Immerhin musste Gassmann über diese seltsame Anrede lächeln.

Etwas entspannter antwortete er: »Ich möchte den Ehrwürdigen Lama sprechen!«

Der Mönch verschwand. Gassmann blickte sich um, konnte aber nur wenig erkennen, da die Lichtverhältnisse es nicht zuließen.

Nach kurzer Zeit kam der Mönch wieder und bat Gassmann, ihm zu folgen. Sie gingen die Treppe hinauf. Auf der ersten Etage gab es offensichtlich eine Vielzahl von Räumen, die nur matt beleuchtet waren. Es herrschte eine merkwürdige, aber keinesfalls unheimliche Atmosphäre; ein wenig wie von einer anderen Welt. Der Mönch öffnete eine große Tür, zog sich dann aber sofort zurück. Gassmann trat ein. Der Raum war noch dunkler als das Treppenhaus.

Als sich seine Augen an das schummerige Licht gewöhnt hatten, erblickte er die kleine Gestalt, die hinter einem einfachen Schreibtisch saß.

Gassmann musste sich setzen. Er war benommen. Das schummerige Licht, die von Räucherkerzen geschwängerte Luft und nicht zuletzt die Aufregungen des Abends zeigten ihre Wirkung.

Die Augen des alten Mannes erfassten ihn. »Monsieur Gassmann, Sie möchten mit mir sprechen«, begann der Lama in einem ausgezeichneten Französisch, was Gassmann zusätzlich irritierte, denn er beherrschte nur das Französisch der Pieds-noirs oder bestenfalls das der Legion.

»Ehrwürdiger Lama«, begann Gassmann in seiner Muttersprache Französisch und nicht in Englisch, der üblichen Umgangssprache in Kat-ku. »Ich komme heute Nacht als Privatmann und entschuldige mich für diesen nächtlichen Besuch.«

»Für einen Lama ist die Nacht der Tag, wie der Tag die Nacht ist! Was bedeutet schon die Dunkelheit der Nacht oder die Helligkeit des Tages? Zugegeben, für euch ist es wichtig, weil ihr nachts schlaft, um am Tag bei Carrefour einzukaufen. Aber wir können hier in Kat-ku nichts einkaufen. Wollen das auch nicht. Seit Jahrzehnten leben wir hier in dem Bewusstsein, Buddha nah zu sein. Am Tag so wie in der Nacht. An jedem Morgen wie an jedem Abend. Für uns ist es allein wichtig, die Aura von Buddha zu erkennen und in sie einzutauchen. So wie ein Fisch ins Wasser taucht, um eins zu sein mit seinem Element. Wir Mönche im Dienste Buddhas haben uns von der irdischen Zeit gelöst. So brauchst du, mein Sohn, dich für deinen nächtlichen Besuch nicht zu entschuldigen.«

Der alte Lama lächelte. Es war ein gütiges Lächeln. Dann fragte er nach dem Grund des Besuches.

»Ehrwürdiger Lama«, fuhr Gassmann fort, »ich suche Sie heute als Gerard Gassmann auf und nicht als Kemal, Kommandant von Kat-ku, denn ich habe persönliche Probleme, die ich mit Ihnen besprechen möchte.«

Gassmann schilderte dann die Flucht der beiden Deutschen mit Carla. Und er gestand den Mord an Murat.

Den alten Lama schien diese Neuigkeit nicht sehr zu tangieren. Fast eine Spur lächelnd meinte er: »Es gibt Menschenleben, die, wenn sie uns verlassen, eine Leere hinterlassen. Es gibt aber auch Menschenleben, die nichts hinterlassen außer einem Aufatmen ihrer Umwelt. Ich befürchte, Murat gehört zur zweiten Gruppe.« Ohne weitere Überleitung fragte er: »Wie kann ich helfen?«

Gassmann hatte zu dem alten Lama Vertrauen gefasst. Fast gelöst fragte er: »Mir sagen, ob es einen Fluchtweg aus Kat-ku gibt, den wir Terroristen nicht kennen. Natürlich ist mir klar«, fügte er hinzu, »dass Sie keinen Grund haben, mir dieses Geheimnis zu verraten – wenn es dieses Geheimnis überhaupt gibt.«

»Und wer sagt mir, lieber Monsieur Gassmann, dass Sie mir keine Falle stellen und Ihre persönlichen Probleme nur vorschieben, um Ihre Flüchtlinge, diese beiden Deutschen und Ihre Assistentin, durch Ihre Schergen verfolgen zu lassen? Vielleicht ist sogar etwas wie Eifersucht im Spiel?« Die Augen des alten Lamas flackerten jetzt mit einem fast schelmischen Ausdruck.

Gassmann erhob sich. Er machte einige Schritte in Richtung Tür. Dann drehte er sich um und blieb vor dem Schreibtisch stehen. »Ich kann es Ihnen nicht verübeln, wenn Sie auf meine Frage schweigen. Wir Terroristen haben Ihnen und Ihren Mönchen schon so viel Unrecht angetan. Aber Sie waren meine einzige Hoffnung. Wenn es keine Fluchtmöglichkeit gibt, bin ich verloren.«

»Ich bin ein alter Mann«, entgegnete der Abt leise. »Sie haben die Macht, mich zu foltern und so die Wahrheit zu erfahren. Sie sind hier der Chef, nicht ich. Der Unterschied zwischen uns ist alleine, dass es für mich unbedeutend ist, ob ich lebe oder unter Ihrer Folter sterbe. Sie aber, Monsieur Gassmann, haben etwas zu verlieren. Ich schätze Sie auf Mitte vierzig, was bedeutet, dass Sie noch viele Jahre vor sich haben, die Sie vielleicht genießen können. Wir Mönche leben hier seit Jahrhunderten in Kat-ku und legen unser Leben in die Hände Buddhas. Ihr Terroristen seid gerade einmal ein paar Jahre hier, und ihr habt nichts! Keine Perspektive für euer Leben, im Gegenteil: Ihr hetzt die jungen Dschihadisten in den Tod, für eine Sache, für die es nicht wert ist zu sterben. Der Islam wird nie die Weltherrschaft erringen, weil es ein verschlafener Verein ist. Ihr habt die Aufklärung verpasst, und ihr werdet diesen entscheidenden Schritt der Menschheit nie wieder aufholen können.«

Gassmann, dem die Zeit davonlief, unterbrach den alten Abt: »Gibt es einen Fluchtmöglichkeit aus Kat-ku?

»Wenn ich Ja sage, foltert ihr mich solange, bis ich euch den Weg verrate.«

»Nein«, versicherte Gassmann entschieden. »Ich lasse Sie nicht foltern. Darauf gebe ich Ihnen mein Wort als ehemaliger Korporal der Fremdenlegion! Außerdem bin ich überzeugt, dass Sie selbst unter der schlimmsten Folter nichts verraten würden. Ihr Mönche seid von einer anderen Welt, viel weiser, viel nachdenklicher. Eben von einer anderen Welt.«

»Ich bin genauso aus Fleisch und Blut wie Sie. Zugegeben, unser Fleisch und Blut ist unendlich viel älter. Wenn ihr es quält, tut es nicht mehr ganz so weh. Unsere Schmerznerven sind eben auch in die Jahre gekommen. Sie transportieren die Schmerzimpulse nur noch langsam. Aber in einem Punkt haben Sie Recht: Das Problem der Welt ist, dass intelligente und weise Menschen voller Zweifel sind und Dumme voller Selbstvertrauen!«

In diesen Momenten akuter Gefahr war Gassmann unfähig, die Weisheiten des alten Lamas aufzunehmen. Ungeduldig unterbrach er ihn: »Gibt es einen Fluchtweg aus dieser Hölle?«

Der Lama lächelte. »Mein Sohn«, sagte er betont langsam und blickte Gassmann seltsam an. »Ja!«, gab er zu. »Es gibt zwar keinen richtigen Fluchtweg, aber dennoch gibt es eine Möglichkeit, Kat-Ku ungesehen zu verlassen. Und nun bringt mich zu euren Mullahs, damit die Folter beginnen kann, um den Weg zu erfahren.«

Gerard Gassmann blickte den alten Lama an. Obwohl ihm die Zeit unter den Nägeln brannte, sagte er betont langsam: »Hoher Lama. Ein Legionär der Fremdenlegion bricht sein Wort nie!«

Er drehte sich um, um den Raum zu verlassen.

Er hatte die Tür fast erreicht, als der Abt ihn mit der Frage zurückhielt: »Wie schnell musst du, mein Sohn, Kat-ku verlassen?«

»Bis zum Morgengrauen«, antwortete Gassmann.

»Dann sehen wir uns in zwei Stunden hier wieder. Du brauchst Winterkleidung, ein Seil, eine starke Taschenlampe und genügend Batterien. Nahrung für ein bis zwei Tage, aber kein Sauerstoffgerät. Einer unserer Mönche wird dich begleiten, denn der Weg ist schwierig zu finden. Es hat in der letzten Zeit Veränderungen durch Gletscherbewegungen gegeben. Geh jetzt! Aber bedenke: Wenn du das Hochtal von Lao-san erreicht hast, liegen erst drei Viertel des Weges hinter dir. Du weißt besser als ich, wie die neuen Herren von Lao-san den Weg in die Freiheit kontrollieren.«

Gassmann wollte den alten Lama aus Dank umarmen. Der aber winkte ab, erhob sich und geleitete Gassmann zur Tür. Auf dem Weg dorthin meinte er: »Solltest du Kathmandu je erreichen, so sage allen, die du triffst, dass wir, die alten Mönche von Kat-ku, hier die Stellung halten, solange die Terroristen uns am

Leben lassen, zur ewigen Ehre von Buddha, dem wir unser Leben geweiht haben.«

Gerard Gassmann versprach es dem alten Lama. Dann trat er durch die Tür in die Dunkelheit. Draußen umfing ihn ein grandioser Sternenhimmel.

»Wenn ich je aus Kat-ku lebend herauskomme«, murmelte Gassmann leise vor sich hin, »werde ich diesen Sternenhimmel vermissen.«

# Kapitel 25

Gerard Gassmann alias Kemal schlich sich in dieser Nacht zurück zum Camp, um sich mit den Dingen zu versorgen, die der Abt vorgeschlagen hatte. Das Licht der Sterne und des Mondes waren noch immer hell genug, sodass er schnell vorankam.

Da er sich somit nicht auf den Weg konzentrieren musste, hatte er Gelegenheit, sich über den Fluchtweg Gedanken zu machen. Der Abt hatte Gletscherbewegungen erwähnt. Also musste die Flucht über den Gletscher oder unterhalb des Gletschers erfolgen. Für diese Version sprach auch, dass er kein Atemschutzgerät mitnehmen sollte. Womit der Weg über die Berge ausgeschlossen war.

Schneller als gedacht hatte er die Kommandantur erreicht. Etwas mulmig machte er die Tür auf. Murat lag immer noch in der relativ kleinen Blutlache, die sich unter seinem Kopf gebildet hatte.

Gassmann stand jetzt vor der Frage, was er mitnehmen sollte. Kam er durch, brauchte er Papiere, um seine Vergangenheit zu dokumentieren. Einen Moment lang war er entsetzt, wie wenig er hatte. Aus den wenigen Fotos, die er in einem Karton gesammelt hatte, wählte er ein Foto, das ihn als kleinen Jungen bei der Einschulung in Sidi-bel-Abbes zeigte. Außerdem nahm er ein Bild von seinem Vater mit. Sein Vater als Korporal vor der Verteidigungsstellung Mirabelle auf der Höhe 57 in Dien Bien Phu. Er war immer stolz auf dieses Foto gewesen. Dagegen ließ er die Fotos von ein paar verflossenen Freunden zurück. Als letztes packte er das Sparbuch von der UBS ein, jenes Konto, auf dem er all sein Einkommen angespart hatte. Es musste in den Jahren ein ganz ansehnlicher Betrag zusammengekommen sein. Aber er ertappte sich bei dem Gedanken, dass es ihm eigentlich nicht wichtig war, was auch dadurch dokumentiert wurde, dass er nirgendwo aufgeschrieben hatte, wem das Geld gehören sollte, wenn es ihn erwischte.

Aber es war jetzt nicht die Zeit, sich darüber Gedanken zu machen. Die Zeit drängte. Er versenkte die wenigen Dokumente, die sein Leben dokumentierten, in den verschiedenen Taschen seiner Drillichuniform, überprüfte seine Pistole und verabschiedete sich von seinem Zimmer. Es fiel ihm nicht schwer.

In der Kleiderkammer versorgte er sich mit allem Nötigen, was der Abt ihm gesagt hatte.

Bedingt durch die schweren Winterklamotten brauchte er bis zum Lamakloster länger als beim ersten Mal.

Er klopfte. Die Tür öffnete sich sofort. In der großen Halle herrschte reges Treiben. Im Hintergrund erkannte Gassmann den Lama, der die Arbeiten zum Aufbruch dirigierte. Als er Gassmann sah, winkte er ihn zu sich.

»Ich habe mich entschieden, dir meinen besten Bergführer, Rimpoche, mitzugeben. Er ist ein guter Mann und soll mich, wenn es Buddha dereinst gefallen sollte, mich abzuberufen, einmal ersetzen. Sei gut zu ihm. Immerhin setzt er auch sein Leben aufs Spiel, wenn er dir hilft.«

Gassmann versprach es.

Nach einigen Minuten des Nachdenkens fügte der Abt hinzu: »Habt ihr das Tal von Lao-san erreicht, wird Rimpoche dich verlassen. Versuche nicht, ihn von seiner Rückkehr nach Kat-ku abzuhalten. Selbst wenn es deiner Meinung glatter Selbstmord ist. Rimpoches Bestimmung als Mönch liegt, wie bei uns allen, in Buddhas Hand. Aber sei dir bewusst: Hast du das Tal von Lao-san erreicht, bist du auf dich allein gestellt.«

Der Abt erhob sich.

Rimpoche kam auf Gassmann zu und begrüßte ihn. Er sprach englisch. Gassmann erinnerte sich, das Gesicht schon einmal gesehen zu haben, was nicht verwunderlich war, denn zwischen den Terroristen und den alten Mönchen hatte es in den vergangenen Jahren durchaus Berührungen gegeben, allein schon dann, wenn organisatorische Fragen zu besprechen gewesen waren.

Es kam zum Abschied. Spontan umarmte Gassmann den alten Abt.

»Geh!«, murmelte dieser. »Dein Gott möge dich beschützen!«

Gassmann und Rimpoche verließen das Kloster. Die Nacht war noch immer relativ hell. Rimpoche schlug den Weg zu den Pagodenfeldern ein. Gassmann folgte ihm. Gassmann bewunderte nicht nur die Kondition des Mönches, sondern auch seine Fähigkeit, sich nur im Schatten zu bewegen. Gassmann, obwohl durchtrainiert, hatte Schwierigkeiten, ihm zu folgen.

Schließlich hatten sie eine etwas abseits stehende Pagode erreicht. Geschickt öffnete Rimpoche eine Abdeckplatte zu einem Loch, das in der Unterwelt verschwand. Ein Seil war zu erkennen, an dem man sich hinunterhangeln musste. Rimpoche bedeutete Gassmann, ihm zu folgen. Gassmann zögerte.

»Was ist?«, fragte Rimpoche.

»Wer einmal von einer Schlange gebissen wurde, fasst ein Seil nur ungern an!«

Rimpoche lachte.

Unten am Boden des Loches angekommen, hatte Gassmann Schwierigkeiten, Rimpoche zu folgen. Mit einem Höllentempo kroch dieser auf allen Vieren einen Gang entlang, den er mit einer Taschenlampe ausleuchtete, die er zwischen den Zähnen hielt.

Schließlich machte Rimpoche die von Gassmann ersehnte Pause.

»Wo sind wir hier?«, fragte Gassmann außer Atem.

Rimpoche ließ sich mit seiner Antwort Zeit, um erst einmal Gassmann die Möglichkeit zu geben, seine Lungen unter Kontrolle zu bringen.

»Unter dem Gletscher«, antwortete er schließlich. »Wir verdanken diesen Weg einer Anomalie der Natur. Der Berg bildet hier einen kleinen Grat. Der Gletscher hat sich in den vergangenen Jahrtausenden über diesen Grat wälzen müssen, um ins Tal zu kommen. Aber es gab und gibt bis heute unterhalb des Grats einen kleinen Bach. Diesen Bach hätte der Gletscher natürlich völlig vereist, wenn nicht die Anomalie wäre, dass der Bach aus einer Quelle mit warmem vulkanischem Wasser gespeist wird. So besiegte das warme Wasser den eisigen Gletscher, und es entstanden Hohlräume entlang des Bachlaufes. So ist dieser Weg unter dem Gletscher entstanden, der bis zu dem Ausgang des Baches ins Tal von Lao-san führt.«

»Und wer weiß außer euch Mönchen von diesem Weg?«

Rimpoche stutzte, bevor er antwortete. »Eigentlich niemand. Aber warum fragst du?«

»Weil drei Personen aus unserem Camp geflohen sind. Es wird ja kaum einen zweiten derartigen Fluchtweg von Kat-ku geben?«

»Das ist interessant, was du da sagst«, meinte Rimpoche ziemlich cool. »Eigentlich kann niemand außer uns Mönchen von diesem Weg etwas wissen. Tatsache ist aber andererseits, dass irgendwelche Personen diesen Weg vor kurzer Zeit beschritten haben.«

»Bist du sicher?«, fragte Gassmann erregt.

Rimpoche antwortete, dass er sich absolut sicher sei. Es gebe überall frische Spuren im Eis, die nur von Eispickeln stammen könnten.

»Wir werden die Gruppe in Kürze einholen«, meinte er.

»Wie viele sind es?«, fragte Gassmann.

»Drei«, antwortete Rimpoche und wiederholte: »Nach den Spuren im Eis zu urteilen sind es drei. Nur drei!«

# Kapitel 26

Dienstag, 12. Juni, 9 Uhr morgens
Frankfurter Flughafen, East Wing, Terminal 2, Ebene 4
Büro von CARGO AND MORE

Klaus Niebuhr, der Chef von CARGO AND MORE, ließ sich etwas nachdenklich in seinen Schreibtischstuhl fallen. Grund dafür war ein Telefongespräch, das er soeben beendet hatte. Angerufen hatte sein Vorarbeiter Wollweber, der in Frankfurt das Entladen der Frachtflugzeuge koordinierte. Er hatte nach dem Namen und der Telefonnummer eines der beiden Piloten gefragt, die das Flugzeug mit dem Gold von Hamburg nach Frankfurt fliegen sollten. Er hatte besprechen wollen, welche Position für die Entladung am besten war. Hintergrund der Frage sei, so hatte er angegeben, dass auf dem Vorfeld des Frachtterminals die ankommenden Frachtflugzeuge keine vorgeschriebenen Plätze ansteuern müssten.

Es lag in der Hand des Ramp Agent, den Flugzeugen eine Position zuzuweisen, die für die Entladung am besten war. Da manchmal der Ramp Agent woanders im Einsatz war, kam es auch mal vor, dass die Piloten selber entschieden, wo sie ihre Maschinen parkten. So hatte Wollweber vorgeschlagen, in diesem etwas schwierigeren Fall schon vorher mit dem Piloten abzusprechen, welche Halteposition anzusteuern sei. Möglichst etwas abseits liegend, um wenig Aufmerksamkeit zu erregen. Denn immerhin brauche man ja Stapler, um die Paletten mit dem Gold aus der Maschine zu bekommen. Die ganze Aktion werde sich ohnehin von den normalen Entladungen unterscheiden. So hatte es Wollweber gegenüber Niebuhr ausgedrückt.

Als erste Reaktion hatte Niebuhr die Handynummer des CARGO-AND-MORE-Piloten Volker Ströbele herausgesucht und Wollweber gegeben, nicht aber ohne ihn darauf hinzuweisen, dass sowohl Ströbele als auch sein zweiter Pilot sich noch gar nicht in Deutschland aufhielten. Zurzeit seien sie auf dem Rückflug von Hongkong nach Hamburg, wo sie am nächsten Morgen früh gegen acht Uhr erwartet würden. Nach einem Ruhetag in Hamburg würden die beiden dann die gewisse Maschine von Frankfurt nach Hamburg überführen. Er, Wollweber, könne Ströbele also telefonisch erst am Mittwoch erreichen.

So war das Gespräch abgelaufen.

Jetzt, nach Beendigung des Gespräches, kam Niebuhr das Telefonat mit Wollweber merkwürdig vor. Es war das erste Mal, dass sich ein Vorarbeiter nach der Telefonnummer eines Piloten erkundigte. Hinzu kam, dass Wollweber bei der Besprechung am Morgen so erregt gewesen war, als es um das Nachtflugverbot ging, das normalerweise bei allen Beteiligten nur ein müdes Lächeln hervorrief.

Niebuhr überlegte, wo eine eventuelle Gefahr lauern konnte. Wollweber wusste von dem Gold. Die beiden Piloten wussten das noch nicht. Aber selbst wenn Wollweber sie einweihen würde, wäre das noch kein Beinbruch.

Obwohl er relativ beruhigt war, griff er noch einmal zum Telefon und rief Wollweber zurück. Er vergatterte diesen, kein Wort über das Gold zu sagen. Außerdem solle er den Piloten Ströbele erst abends im Hotel anrufen, wenn es denn unbedingt nötig sei.

In welchem Hotel denn Ströbele und der andere in Hamburg abstiegen, fragte Wollweber.

»Wie üblich im Fuhlsbüttler Hof, dort wo wir das Firmenkontingent haben«, antwortete Niebuhr darauf.

Nachdem Niebuhr den Hörer aufgelegt hatte, war ihm etwas wohler, denn es war besser, wenn Ströbele und sein Co-Pilot noch nichts von dem Gold wussten. Aber dennoch blieb bei Niebuhr ein unterschwelliges Unbehagen. Er wusste nicht warum. Er konnte dieses Unbehagen nicht benennen. Insgeheim beschloss er, noch einmal mit Polizeirat Brinkmann über diesen Anruf seines Vorarbeiters zu sprechen. Schaden konnte es nicht. Und falls etwas schiefging, würde ihm das etwas den Rücken freihalten.

# Kapitel 27

Unter dem Gletscher, acht Uhr morgens

Als Lehn aufwachte blickte er auf seine Armbanduhr. Er musste einige Stunden geschlafen haben. Er wusste nicht, wo er war. Ihm war kalt. Es war absolut unheimlich. Er hob etwas seinen Kopf, um die Umwelt nach etwas Bekanntem abzutasten, konnte aber nichts erkennen, was ihn an sein bisheriges Leben erinnerte. Um ihn herum war absolute Dunkelheit. Nur ein Rauschen war zu hören. Es erinnerte ihn an seine Toilette, die auch immer rauschte, wenn die Spülung sich aufgehängt hatte.

Langsam begannen seine grauen Zellen wieder zu arbeiten. Er tastete nach seiner Taschenlampe und richtete den Lichtstrahl nach oben. Was er sah, war eine Höhle. Teilweise war alles, die Decke, die Wände, blankes Eis. Dann fühlte er Carla, die in seinem Arm schlief. Ein Glücksgefühl durchfuhr seinen Körper. Es gab ihm Kraft, sich weiter der Realität zu nähern. Er blickte noch einmal nach rechts und links. Wenige Meter entfernt schlief sein Freund Sepp Kasdorf.

Noch einmal ließ er den Strahl der Taschenlampe seine Umgebung abtasten. Bei näherem Hinsehen war das Eis teilweise vermischt mit Geröll.

Der Gletscher, dachte Lehn. Wir sind hier am Boden des Gletschers. Und das Rauschen kommt von dem Bach. Dieser Bach, der unser Überleben sichert, weil die Wassertemperatur durch eine Anomalie der Natur über Null ist und er somit dem Gletscher das entscheidende Eis abtrotzt, sodass wir einen Gang haben, um uns zu bewegen.

Gleichzeitig überfielen ihn Zweifel. Was war, wenn die Geschichte mit dem »Geheimnis der gelben Ziege« ein Schmarren war? Dann waren sie an der Sohle des Gletschers zum Tode verdammt. Tod durch Erfrieren, nur dass es so niemals auf einem Totenschein stehen würde. Andererseits glaubte er an die Geschichte der gelben Ziege. Immerhin hatte irgendein Mensch dem Engländer dieses Tagebuch zugesteckt, in dem auch dieser Zettel mit dieser Geschichte der gelben Ziege war. Und hatte nicht auch Carla von Mönchen gesprochen, die aus Kat-ku verschwunden waren, ohne dass man ihre Leichen gefunden hatte?

Lehn beschloss die Hoffnung nicht fahren zu lassen. Liebevoll weckte er Carla. Kasdorf bekam einen leichten Tritt in den Hintern.

»Wir müssen weiter«, sagte er.

»Glaubst du, dass sie uns verfolgen?«, fragte Carla ängstlich.

»Unwahrscheinlich. Aber ausschließen kann ich es auch nicht.«

»Was ist, wenn wir uns verlaufen?«, fragte Kasdorf plötzlich.

»Keine Angst«, meinte Lehn. »Ein Sprichwort sagt: Wenn man den Weg verliert, lernt man ihn kennen. Außerdem haben wir als Orientierungshilfe den Bach, der mit seinem Gefälle nur in Richtung Tal fließen kann. Wenn wir uns an diesen Bach halten, müssten wir irgendwann die Stelle erreichen, wo der Bach im Tal von Lao-san ins Freie tritt.«

So stolperten oder krochen sie weiter in dem Bewusstsein, dass sie gar keine andere Wahl hatten, als dem Bach zu folgen. Entweder die Flucht gelang, oder sie verschwanden im ewigen Eis.

Im Augenblick kamen sie gut voran. Links und rechts des Baches hatte sich eine circa ein Meter breite Röhre gebildet, in der man sich kriechend fortbewegen konnte.

Diverse Male mussten sie den einigermaßen trockenen Seitenstreifen verlassen, um durch den Bach watend irgendwelche Felsbrocken zu umrunden, die den Weg versperrten.

Lehn wechselte sich des Öfteren mit Kasdorf ab, um die Gruppe zu führen. Nach einer weiteren Stunde erreichten sie eine Höhle, die Kasdorf an eine Tropfsteinhöhle erinnerte, die er einmal vor Jahren auf der Alp besucht hatte.

Im Scheinwerferstrahl der starken Taschenlampen schimmerten die Stalaktiten in den abenteuerlichsten Farben. Die Luft in dieser Höhle schien besser zu sein, denn es gelang ihnen wieder richtig durchzuatmen.

Lehn machte Kasdorf auf die sauerstoffreiche Luft aufmerksam. Sie leuchteten die Decke der Höhle ab. Dabei fand der Lichtstrahl eine Spalte, die wohl eine Verbindung mit der Gletscheroberfläche hatte. Aber so sehr sie sich bemühten – der Himmel war nicht zu sehen.

Kasdorf blickte auf seine Armbanduhr. Es war kurz vor zehn Uhr morgens. Das heißt, sie waren seit zwölf Stunden auf der Flucht.

Kasdorf fragte Lehn, wann er damit rechne, den Gletscher unterquert zu haben.

Aber Lehn hatte keine Ahnung. Er gab zu bedenken, dass sie fast einen Tag gebraucht hatten, den Gletscher zu überqueren, wobei sie den Mulis gefolgt seien. Jetzt müssten sie teilweise auf allen Vieren kriechen, was ganz einfach Zeit brauche.

Nach weiteren Stunden kamen sie an eine Stelle, wo sich der Bach zu einem See gestaut hatte. Der Weg seitlich des Baches war überschwemmt. Der Grund war leicht auszumachen: Ein Eisbruch versperrte dem Bach den Weg. Aber das galt auch für sie.

Verzweifelt ließen sie sich auf einem einigermaßen trockenen Stück felsigen Untergrunds fallen.

»Es muss einen Ausweg geben«, meinte Lehn. »Denn sonst würde der Bach überlaufen.«

Mit ihren Taschenlampen tasteten sie die Umgebung ab. Der Strahl erfasste ein Loch rechter Hand. Es schien, als erkenne man Spuren von Werkzeugen.

»Hier ist vor nicht langer Zeit gearbeitet worden«, sagte Lehn erregt.

Aber Carla und Sepp waren zu müde, ihm zu folgen. Als Lehn sich zu ihnen umdrehte, waren sie schon eingeschlafen. Vielleicht lag es auch an der dampfigen Luft.

Im Traum erschien es Lehn, als hörte er Stimmen, verbunden mit Geräuschen, die entstanden, wenn irgendwelche Metallgegenstände an Wänden entlangschepperten. Elektrisiert schreckte er hoch. Er blickte sich um. Kasdorf und Carla schienen fest zu schlafen.

Die Situation, bevor er eingeschlafen war, wurde ihm sofort wieder gegenwärtig. Ihre weitere Flucht war durch einen Eisbruch unmöglich gemacht. Sie konnten nicht weiter. Es war das Ende. Sie konnten nur umdrehen, sich ergeben oder im ewigen Eis unter einem Gletscher elendig verrecken.

Plötzlich hörte er es wieder. Dieses Geräusch. Dieses Scheppern, wenn irgendetwas aus Metall gegen eine Wand stieß.

Sollten das schon die Häscher von Kat-ku sein, die sie verfolgten? Sollten Mirko und die anderen ihre Spur gefunden haben? Trotz der Kälte lief Lehn der Angstschweiß über den Rücken.

Erst einmal musste er Kasdorf und Carla wecken. Das war gar nicht so einfach. Vor allem Carla war offensichtlich in einen komatösen Schlaf verfallen. Schließlich wachte sie erschrocken auf. Sie wollte etwas sagen. Lehn musste ihr mit der Hand den Mund verschließen, damit sie keinen Laut von sich gab.

Aus großen Augen blickte sie ihn an. Er gab ihr einen Kuss, um sie zu beruhigen.

»Keinen Laut!«, flüsterte er.

Carla und Kasdorf richteten sich auf. Mit kurzen Worten informierte Lehn die beiden über die Geräusche, die er gehört hatte.

Das wäre nicht nötig gewesen, denn das Scheppern war inzwischen nicht mehr zu überhören. Es konnte sich nur noch um kurze Zeit handeln, bis die Verfolger in dem Gang auftauchten.

Flüsternd sagte Lehn: »Wir müssen uns verstecken, damit sie uns nicht finden.«

Der Kommentar von Kasdorf war resignierend: »Lass sie uns doch finden, wir haben sowieso keine Chance.«

Dennoch gelang es Lehn, Kasdorf und Carla zu veranlassen, sich oberhalb des Sees hinter Geröll zu verstecken. Insgeheim hatte er die Idee, die Verfolger gegebenenfalls zu überwältigen und zu töten.

»Wenn es nur zwei sind, könnte ich es schaffen«, sagte er leise.

»Woher willst du wissen, dass es nur zwei sind?«, wollte Kasdorf wissen. »Vielleicht ist es auch nur einer.«

Lehn wiegelte ab. »Ich glaube, Stimmen gehört zu haben. Einer würde sich nicht mit sich selbst unterhalten.«

Plötzlich war der Schein einer Fackel auf dem blanken Eis zu sehen. Erst schwach, dann immer heller. Ihre Verfolger näherten sich unerbittlich.

Lehn hielt sich hinter einem großen Felsbrocken versteckt, während Kasdorf mit Carla im Hintergrund der Höhle Schutz gesucht hatte.

Im Schein der Fackel waren jetzt deutlich zwei Personen zu erkennen. Lehns Nerven waren bis zum Zerreißen gespannt. Er überlegte, wie und ob er den vorderen Mann überwältigen konnte.

Der Abstand betrug jetzt nur noch wenige Meter.

Plötzlich stoppte der Fackelträger. Er hielt die Fackel hoch, so, als wollte er die Höhle ausleuchten.

Lehn mochte sich täuschen, denn das flackernde Licht der Fackel ließ ein genaues Erkennen nicht zu. Trotzdem war er sich sicher, dass der erste Mann die Gesichtszüge eines Einheimischen hatte. Der hintere Mann war nicht zu erkennen. Eine gewisse Erleichterung stieg in Lehn auf.

Der Einheimische hielt noch immer die Fackel hoch, als suche er etwas. Dann rief er plötzlich laut in fließendem Englisch: »Wir kommen als Freunde! Ich weiß, dass ihr drei hier in der Höhle des blauen Sees gefangen seid, weil ein Eisbruch euren weiteren Weg versperrt. Macht eure Taschenlampen an, damit wir Licht haben, uns zu begrüßen! Ich bin der Lamamönch Choje Rimpoche. Ich komme als Freund!«

Erleichtert über diese Worte knipste Lehn seine Taschenlampe an. Bereute es aber sofort, denn in dem starken Lichtstrahl war hinter dem Lamamönch stehend Kemal zu erkennen. Lehn erschrak.

Choje Rimpoche schien die plötzlich entstandene Spannung zu spüren.

»Ich vergaß zu sagen«, sagte er, »dass mein Begleiter Gerard Gassmann alias Kemal auf der Flucht ist, genau wie ihr!«

Die Situation entspannte sich, als Carla aus der Dunkelheit hervortrat.

»Gerard«, sagte sie. »Du hast mich immer gut behandelt, und ich danke dir dafür. Aber ich konnte es im Camp nicht mehr aushalten. Außerdem hat mich Harry Lehn daran erinnert, dass es auch etwas anderes im Leben gibt als diese verquasten Ideen des Dschihads.«

»Du hast Recht«, antwortete Gassmann. »Wir wollen die Vergangenheit ruhen lassen. Besser ist, wir vergessen sie ganz. Die Zukunft der nächsten Stunden und Tage wird schwer genug. Dank deiner Flucht bin ich nun auch zum Flüchtling geworden. Aber ich bin dir nicht böse. Vielleicht sogar dankbar. Es kam, wie es kommen musste. Irgendwann ist der Zeitpunkt gekommen, an dem die Herrschaft der Mullahs nicht mehr die richtige Heimat für einen französischen Legionär ist.«

»Wir müssen weiter«, meinte Rimpoche. Offensichtlich hatte er Angst, dass die Aussprache der beiden zu emotional wurde.

»Aber wie?«, wandte Lehn ein. »Unser Fluchtweg ist verschüttet. Eisbruch, wie Sie sagten. Wir sind einfach nur verzweifelt.«

»Nur die Ruhe«, meinte Rimpoche. »Eine alte Weisheit sagt: Welchen Weg du auch immer nimmst – eine Meile schlechter Strecke kommt immer! Wir Mönche glauben daran, dass Buddha immer einen Ausweg kennt, und wenn die Situation auch noch so ausweglos erscheint. Und wenn nichts mehr geht, haben wir den Tod, der uns keinen Schrecken einjagt. So sind wir Mönche euch gegenüber im Vorteil, denn für euch aus dem Abendland ist der Tod kein vertrauenswürdiger Zeitgenosse.«

»Und kennt Buddha einen Ausweg aus unserer Lage?«, fragte Kasdorf ungeduldig.

»So ist es«, antwortete Rimpoche in einem Ton, wie man ein unartiges Kind beruhigt. »Der Eisbruch vor uns ist schon mehrere Monate alt. Wir Mönche haben deshalb schon vor einiger Zeit damit begonnen, einen neuen Gang ins Eis zu schlagen. Folgt mir, und ihr werdet gewahr, dass Buddha euch hilft. Euer Gott würde euch genauso helfen. Wie steht es doch in der Bibel: Der Glaube kann Steine versetzen! So ist es auch hier unter dem Gletscher. Buddha hat uns Mönchen die Kraft gegeben, Steine zu versetzen, im wahrsten Sinne des Wortes.«

Rimpoche nahm seine Fackel wieder in die Hand. »Folgt mir«, sagte er und wiederholte noch einmal: »Welchen Weg ihr auch immer nimmt – eine Meile schlechter Strecke kommt immer!«

Lehn versuchte über den Hintergrund dieser Weisheit nachzudenken. Aber er kam nicht weit mit dem Nachdenken. Der Weg war zu anstrengend.

Der Mönch führte sie ein kleines Stück des Weges zurück.

»Der Eisbruch ist ziemlich groß«, sagte er. »Wir müssen den Bruch weiträumig umgehen!«

Nach etwa zwanzig Metern war rechter Hand ein schmaler Gang im Eis zu erkennen, den Lehn und Kasdorf vorher nicht wahrgenommen hatten. Rimpoche bedeutete den anderen, ihm zu folgen. Er zwängte sich in den schmalen Gang, gefolgt von Lehn, Carla und Gassmann. Den Schluss machte Kasdorf. Es war höllisch anstrengend. Nach wenigen Metern konnte man sich nur noch auf den Knien kriechend fortbewegen. Nach einer guten Stunde erreichten sie eine kleinere Eishöhle, die es ihnen aber wenigstens erlaubte, sich aufzurichten. Nach einer kurzen Verschnaufpause forderte Rimpoche sie auf, weiterzuziehen, weil sie nicht kalt werden durften. Der nächste Abschnitt war etwas einfacher zu bewältigen, weil der Gang einen größeren Durchmesser hatte. Nach einer weiteren Stunde auf den Knien kriechend stießen sie wieder auf den Weg, der sich an dem Bach entlangschlängelte.

Rimpoche zeigte keinerlei Ermüdungserscheinungen, während die anderen, selbst Gassmann, völlig fertig waren. Erschöpft ließen sie sich auf ein trockenes Stück Fels fallen.

»Habt ihr Mönche diesen Gang durchs Eis geschlagen?«, fragte Kasdorf anerkennend.

Rimpoche nickte. »Wir haben Wochen gebraucht. Aber wir hatten ein Ziel. Und wenn man ein Ziel hat, erwachsen einem ungeahnte Kräfte. Aber ich will nicht leugnen, dass es harte Arbeit war.«

»Hattet ihr Angst, durch den Lärm entdeckt zu werden?«, wollte Lehn wissen.

Rimpoche verneinte das. Die Arbeitsgeräusche hätten von niemandem gehört werden können. Selbst wenn die Terroristen Sensoren an der Oberfläche des Gletschers angebracht hätten – es hätte ihnen nichts genutzt. Denn die Eigengeräusche des Gletschers seien so stark, dass Sensoren nutzlos seien.

»Das kann man wohl sagen«, bestätigte Gassmann. »Manchmal sind wir nachts von dem Ächzen des Gletschers aufgewacht. Manchmal war es richtig unheimlich.«

Rimpoche wandte sich zu Gassmann um. »Seid ihr Terroristen nie auf den Gedanken gekommen, dass es einen geheimen Fluchtweg gibt?«

Gassmann entgegnete ehrlich, dass er sich zwei- oder dreimal schon die Frage gestellt habe. Aber er habe die Frage immer wieder verneint, weil es nicht etwas habe geben dürfen, was in ihren Augen unmöglich war.

»Und wann sind dir die Zweifel gekommen?«, hakte Rimpoche nach.

»Als einige Mönche verschwunden waren, ohne dass wir je ihre Leichen gefunden hatten.«

Rimpoche vermied es, weiter auf das Thema einzugehen. Stattdessen schlug er vor, etwas zu essen, um wieder zu Kräften zu kommen.

Die Trockenwurst und irgendwelcher Hartkäse, die Rimpoche aus seiner Tasche zauberte, waren köstlich.

Lehn lobte die Trockennahrung des Mönches.

»Der fleißige Hamster muss den Winter nicht fürchten«, gab Rimpoche zur Antwort.

Trotz ihrer Situation lachten und rauchten sie. Die vier Europäer begnügten sich mit Marlboro, während Rimpoche sich eine Zigarre ansteckte. Mit einem Mal wirkte ihr eisiger Rastplatz gar nicht mehr so ungemütlich.

Nach längerem Schweigen wandte sich Rimpoche an Lehn mit der Frage, dass es ihn interessieren würde, wie er und sein Freund diesen Fluchtweg unter dem Gletscher gefunden hatten.

Lehn inhalierte einen tiefen Zug aus der Marlboro, bevor er antwortete.

»Kurz vor Lao-san haben wir in einer Hütte übernachtet. Dort fanden wir einen Koffer, in dem das Tagebuch von einem gewissen Major Crosby lag. Wie sich dann in Lao-san herausstellte, gehörte der Koffer einem Engländer, der gekommen war, um Kat-ku zu finden. Mit Sicherheit hatte er den Verdacht, dass es in Kat-ku nicht mit rechten Dingen zuging. Die Besatzung von Lao-san hat den Engländer dann liquidiert. Wir konnten es nicht verhindern. Aber nun zu deiner Frage. Die Antwort ist, dass in dem Tagebuch von Major Crosby ein Zettel lag mit der Überschrift ›Das Geheimnis der gelben Ziege‹. Dort war die Geschichte aufgeschrieben, wie vor Jahrzehnten ein Mönch in eine Spalte gefallen war, diesen Unfall aber wie durch ein Wunder überlebt hatte, weil er durch Zufall am Boden des Gletschers auf diesen Gang gestoßen war, der es ihm ermöglichte, lebend das Tal von Lao-san zu erreichen. Der damalige Abt, der an der Geschichte des Mönches zweifelte, hatte in der Nähe der Stelle, wo der Mönch in die Spalte gefallen war, eine Ziege hinabgelassen, die mit Gelbwurz markiert war. Tatsächlich war die gelbe Ziege nach einigen Tagen im Tal von Lao-san aufgetaucht. Womit die Geschichte des Mönches bewiesen war.«

Rimpoche erkundigte sich, ob Lehn wisse, wie der Engländer an das Tagebuch von diesem Major Crosby gekommen sei.

»Irgendjemand hat dem Engländer das Tagebuch im Gedränge in Kathmandu zugesteckt. Wohlwissend, dass der Engländer sich für die Geschichte von Kat-ku interessierte. So hat es uns jedenfalls der Engländer kurz vor seinem Tod erzählt.«

»Möglich, dass es unser Bruder Chosang war«, meinte Rimpoche ernst. »Unser Abt hatte ihn vor einigen Monaten mit dem Tagebuch nach Kathmandu geschickt, um bei irgendwelchen Personen, vielleicht bei der Presse, wieder Interesse für Kat-ku zu wecken. Und somit die Menschen aufzurütteln, sodass sie auf das Unrecht aufmerksam werden, das hier in Kat-ku geschieht. Wir wussten, dass vor vielen, vielen Jahren das Verschwinden von Major Crosby in Kathmandu ein Thema gewesen war. Es war wohl damals durch die Presse gegangen. Alle Zeitungen hatten über

Crosbys Verschwinden berichtet. Die Idee war, dieses sicherlich auch noch heute bestehende Interesse an Crosbys Schicksal neu zu wecken, um die Gegend von Kat-ku wieder ins Gedächtnis der Menschen zurückzurufen! Ihr müsst wissen, dass diese Gegend hier oben am Rand des nepalesischen Himalaja jahrelang eine No-go-Area war, denn das Gebiet war in der Hand der Maoisten. Was auch der Grund war, dass die Qaida hier oben Fuß fassen konnte.«

Rimpoche hatte derart ernst gesprochen, dass er vergessen hatte, an seiner Zigarre zu ziehen. Sie war ausgegangen. Umständlich zündete er diese neu an. Dann fuhr er fort: »Unser Bruder Chosang kam nie zurück. Wir wissen nichts über sein Schicksal. Aber da jeder Mönch nur einen Wunsch hat, in die Klostergemeinschaft zurückzukehren, müssen wir davon ausgehen, dass Chosang ermordet wurde.«

Rimpoche machte eine Pause. In Gedanken schien er bei seinem Bruder Chosang zu sein.

»Und wie kamt ihr in Kat-ku in den Besitz des Tagebuches von Major Crosby?«, fragte schließlich Lehn den Mönch, der langsam wieder seiner Zigarre wahre Rauchringe entlockte, sodass die von der Decke hängenden Eiszapfen allmählich von blauem Dunst umwabert wurden.

»So wie die Geschichte im Kloster erzählt wird, muss dieser Major Crosby schlicht und ergreifend in eine Gletscherspalte gefallen sein. Seine Leiche wurde nie gefunden. Das einzige, was meine Vorgänger, die Mönche von Kat-ku, gefunden haben, waren seine Habseligkeiten. Unter anderem das Tagebuch. Es wurde dann für viele Jahre im Kloster aufbewahrt und war schon fast vergessen, bis unser jetziger Abt eben auf die Idee kam, dieses Tagebuch für seine Interessen in Kathmandu einzusetzen, um auf unser Schicksal hier oben aufmerksam zu machen.«

»Was wahrscheinlich misslungen ist, weil dein Freund Chosang das Tagebuch dem Engländer zugesteckt hat, der es dann mit in die Berge genommen hat, anstatt es beispielsweise an die Presse zu geben.«

In einem Anfall von Nachdenklichkeit meinte Gassmann, dass das Schicksal schon seltsame Wege gehe. Allein wenn man bedenke, welche Wege dieses Tagebuch nur in den letzten Tagen hinter sich gebracht habe. Erst von einem Engländer von Kathmandu in die Berge geschleppt, dann in einer Hütte zurückgelassen, dann von Lehn und Kasdorf gefunden und jetzt vielleicht der Schlüssel zur Freiheit. Eine Schicksalsgeschichte, über die man ein Buch schreiben könne.

»Du solltest es tun«, sagte Rimpoche. »Du solltest es wirklich tun! Aber vergiss nicht, das Geheimnis der gelben Ziege zu erwähnen. Denn nur diese Geschichte ist der Schlüssel zu eurer Freiheit – wenn nicht noch die Wächter von Lao-san alles zunichte machen.«

Langsam spürten sie alle, wie sie die Müdigkeit überkam.

Kasdorf fragte, ob jemand wisse, wie spät es sei.

Rimpoche blickte auf seine Uhr und gab die Uhrzeit mit 00.30 Uhr am Mittwoch, dem 13. Juni an.

»Dann sind wir jetzt mehr als 24 Stunden unter dem Gletscher«, stellte Kasdorf fest.

»Mehr als ein ganzer Tag. Und immer nur Eis, Eis und nochmal Eis«, stöhnte Carla.

»Aber wir haben immerhin die Hoffnung, der Hölle von Kat-ku zu entkommen«, stellte Lehn fest.

»Wenn sie uns nicht auf der Hochebene von Lao-san wie die Moorhühner abknallen. Ohne Deckung, ohne Bäume und Büsche sind wir unseren Verfolgern hilflos ausgeliefert«, stellte Kasdorf ernüchternd fest.

Lehn reagierte nicht auf dieses düstere Szenario, sodass Kasdorf nachhakte und fragte, an was Lehn gerade denke.

»An das, was möglicherweise gerade in meiner Heimatstadt Hamburg vorbereitet wird. Es macht mich wahnsinnig zu wissen, dass dort ein Verbrechen vorbereitet wird und ich nichts dagegen tun kann.« Lehn wandte sich an Gassmann, der schräg hinter ihm auf der Felsplatte saß. »Lieber Kemal – oder jetzt besser:

lieber Gerard Gassmann, nachdem du die Seiten gewechselt hast, könntest du mir verraten, wann in Hamburg das Flugzeug mit dieser ominösen Fracht entführt werden soll?«

»Woher wissen Sie, dass die Entführung in Hamburg geschehen soll?«

»Ich habe es ihm gesagt«, gestand Carla.

»Es ist auch jetzt egal«, meinte Gassmann, »wer was verraten hat. Ich weiß nur, dass ein kleines Flugzeug, am Samstag, dem 16. Juni in Kat-ku landen soll. Zieht man den Flug, die Umladezeit von der großen in die kleine Maschine irgendwo auf einem Flugfeld in Afghanistan sowie die Zeitverschiebung ab, so müsste die Maschine wahrscheinlich am Donnerstag, dem 14. Juni in Hamburg entführt werden.«

»Das wäre übermorgen plus sechs Stunden Zeitverschiebung, das heißt in rund 48 Stunden«, stellte Lehn ernüchtert fest und fügte in einem Anflug von Sarkasmus hinzu: »Nicht mehr viel Zeit, um meine Kollegen in Hamburg zu warnen.«

Kasdorf meinte, dass man das mit der Warnung wohl abhaken könne und schlug vor, sich erst einmal eine Mütze Schlaf zu genehmigen, um überhaupt wieder klar denken zu können.

# Kapitel 28

Mittwoch, 13. Juni, 7.30 Uhr
Hamburger Flughafen, Frachtterminal

Kurz nach sieben Uhr fuhr ein Mercedes-Kleinbus stadtauswärts auf der Alsterkrugchaussee, bog dann nach links zum Flughafen ab, um gleich wieder linker Hand den Frachtterminal Hamburg Fuhlsbüttel anzusteuern.

Der Kleinbus war schwarz lackiert, die Scheiben waren schwarz abgetönt. Auf beiden Seiten prangte in goldgefärbten Buchstaben »Limousinen-Service«. Darunter eine Telefon- und eine Faxnummer. Wegen der getönten hinteren Scheiben war nur der Fahrer zu sehen, nicht aber die weitere Person, die hinten in dem Kleinbus saß.

Der Fahrer stoppte vor der Schranke, die das Frachtterminal von dem normalen Straßenverkehr abschottete. Ein Wachmann beugte sich aus dem Häuschen und fragte den Fahrer nach seinen Wünschen.

Er sei vom Limousinen-Service und wolle den Piloten Herrn Ströbele und seinen Co-Piloten abholen, die mit einer Frachtmaschine aus Hongkong erwartet würden, antwortete der Fahrer. CARGO AND MORE würde das managen.

Der Wachmann bat um einen Moment Geduld, wählte eine Nummer, hörte sich offenbar die Freigabe an, legte auf und beugte sich nunmehr lächelnd aus seinem Fenster. »Fahren Sie vorne links und dann nochmal links. Dort können Sie parken. Gehen Sie in das Haus, und melden Sie sich im ersten Stock bei Frau Reimers von CARGO AND MORE.«

Der Fahrer des Kleinbusses dankte. Die Schranke öffnete sich. Der Fahrer grüßte nochmals und fuhr in Richtung des beschriebenen Parkplatzes.

Dort parkte er den Kleinbus, stieg aus, ging in das Haus, das mehr nach sozialem Wohnungsbau aussah, und betrat die schlichten Büroräume von CARGO AND MORE. Er hatte ein

DIN-A5-großes Schild aus Pappe dabei, auf dem der Name Ströbele prangte. Dieses Schild hielt er wie eine Monstranz vor sich. Sozusagen als Legitimationsausweis, der seine Anwesenheit an diesem Ort erklären sollte.

Frau Reimers, Sachbearbeiterin bei CARGO AND MORE in Hamburg, empfing ihn. Er wiederholte noch einmal den Grund seines Kommens und fügte devot hinzu, dass das Hotel Fuhlsbüttler Hof ihn engagiert habe, um den Gästen zu ersparen, ein Taxi anfordern zu müssen.

»Das nenne ich Service«, meinte die gute Frau und fügte hinzu, dass die Frachtmaschine aus Hongkong schon gelandet sei. Die Piloten kämen bald ins Büro, um die Ladepapiere zu übergeben. Dann könne er Ströbele und seinen Co-Piloten, der im übrigen Oppermann heiße, zum Hotel fahren.

Der Fahrer dankte und setzte sich auf eine Bank, die auf dem Flur stand. Krampfhaft hielt er weiterhin das Pappschild mit dem Namen Ströbele vor sich. Offensichtlich damit jeder sehen konnte, warum er auf der Bank wartete.

Nach knapp einer Stunde erschienen die Piloten. Sie machten einen müden, aber aufgeräumten Eindruck. Frau Reimers nahm die chinesischen Frachtpapiere entgegen und deutete dann auf den Fahrer des Limousinen-Services, der sich mittlerweile erhoben hatte und in etwas devoter Haltung, das Schild in den Händen vor sich hertragend, in der halboffenen Bürotür stand.

»Das ist einmal ein vernünftiger Hotelservice«, meinte Oppermann. Das können wir jetzt nach diesem anstrengenden Flug gebrauchen. Direkt zum Hotel und dann ins Bett.«

»Dafür ist unser Limousinen-Service bekannt«, sagte der Fahrer und deutete eine Verneigung vor seiner Kundschaft an.

Die drei hatten schon das kleine Büro verlassen, als sie noch einmal von Frau Reimers zurückgerufen wurden. »Ich gebe euch gleich die Air-Way-Bill für den morgigen Flug nach Frankfurt mit, dann braucht ihr eure müden Körper morgen früh nicht hier rauf zu quälen.«

Galant entgegnete Oppermann, dass er selbst in den fünften Stock zu Fuß kommen würde, wenn sie im Büro sei.

Sie lächelte etwas verschämt.

Dann ging alles relativ schnell. Zu dritt gingen die Männer zu dem Parkplatz. Der Fahrer öffnete die Türen und ließ die Piloten einsteigen

Ströbele stutzte, als er einen Mann auf dem Hintersitz bemerkte.

»Ein Mitarbeiter«, erklärte der Fahrer schnell. »Wir nehmen ihn mit zum Hotel. Sie haben doch hoffentlich nichts dagegen?«

»Nein, ganz und gar nichts«, bescheinigte ihm Ströbele, obwohl ihm die Anwesenheit dieses weiteren Fahrgastes etwas merkwürdig vorkam. Aber er war viel zu müde, um nach dem langen Flug dagegen einen Einwand zu haben.

Der Fahrer hatte es mit einem Mal eilig loszufahren. Viel zu schnell näherte er sich der Schranke, bremste ab, die Schranke öffnete sich. Er nahm sich dann immerhin Zeit, dem Wachmann zuzuwinken und fädelte sich auf dem autobahnähnlichen Zubringer in Richtung Westen ein.

Vielleicht hätte der weitere Verlauf der Fahrt noch eine andere, bessere Wendung nehmen können, wenn nicht Ströbele und Oppermann so erschöpft gewesen wären. Ströbele war schon eingeschlafen, und Oppermann realisierte erst nach einer guten Viertelstunde, dass sie immer noch in dem Kleinbus saßen, obwohl ihr Hotel, der Fuhlsbüttler Hof, keine zehn Minuten vom Flughafen entfernt war.

»Kennen Sie den Weg?«, fragte Oppermann etwas verunsichert den Fahrer.

»Ja«, antwortete dieser. »Wir müssen einen Umweg fahren, um über die Hindenburgstraße an das Hotel heranzufahren, denn die Sengelmannstraße ist gesperrt.«

Oppermann gab sich mit der Erklärung zufrieden, da er sich im Norden Hamburgs nicht auskannte und in diesem Moment auch noch das Handy des Fahrers läutete.

Der Fahrer drückte auf den Knopf und meldete sich mit seinem Namen. »Mehmet«, sagte er. »Es ist alles okay. Wir sind in wenigen Minuten am Zielort.«

Bei diesen Worten bog er in den Forlenweg, eine kleine Wohnstraße, die auf den Ratsmühlendamm mündete.

Es hätte wiederum Komplikationen geben können, denn wider Erwarten war der Forlenweg ziemlich vollgeparkt. Aber schließlich erspähte Mehmet einen freien Platz drei oder vier Häuser weiter rechts vor ihnen. Erleichtert sprach er das Kennwort aus, welches das Signal für seinen Mitinsassen Alonso war, die beiden Piloten durch zwei gezielte Schüsse von hinten zu liquidieren.

»Warum halten wir hier?«, fragte Oppermann noch.

Es sollte seine letzte Frage gewesen sein. Alonso schoss ihm von hinten in den Kopf. Die Wucht des Schusses ließ seinen Kopf gegen die Kopfstütze des Fahrersitzes schleudern, was Mehmet mit einem erschrockenen Blick in den Rückspiegel quittierte. Ströbele, den der zweite Schuss im Schlaf erwischte, sackte einfach in sich zusammen.

Der Fahrer brachte den Kleinbus in der Parklücke endgültig zum Stehen. Bevor er ausstieg, machte Alonso den Sprengstoff scharf, der neben ihm auf der hinteren Bank in einem Karton lag.

»Wir haben drei Minuten Zeit abzuhauen«, rief er Mehmet zu.

# Kapitel 29

Aber an einen wirklichen erholsamen Schlaf war auf dem Boden des Gletschers nicht zu denken gewesen. So war es jedenfalls Lehn ergangen. Er war immer wieder eingenickt, um nach kurzer Zeit wieder aufzuwachen. Es war zu kalt. Vor dem ständig von der Decke tropfenden Wasser gab es kein Entrinnen. Dazu kam dieses ständige Knirschen und Ächzen des Gletschers, mal laut, mal leise, das einen Schlaf unmöglich machte.

Trotzdem war er erstaunt, als er auf seiner Armbanduhr die Uhrzeit ablas. Die Zeiger zeigten auf sieben Uhr am 13. Juni.

Die anderen, bis auf Rimpoche, schliefen noch.

Lehn und Rimpoche kamen überein, die anderen zu wecken. Sie durften nicht zu viel Zeit verlieren.

Laut Rimpoche drängte die Zeit, weil die Gruppe so schnell wie möglich das Hochtal von Lao-san erreichen musste. Ihn trieb die Sorge um, dass die Terroristen von Lao-san bereits über die Flucht informiert sein könnten. Würden sie auf die Flüchtlinge stoßen, würden sie mit Sicherheit nicht locker lassen, bis sie den Fluchttunnel gefunden hatten. Und das wäre ein harter Schlag für die alten Mönche von Kat-ku.

Auch Lehn drängte darauf weiterzugehen, weil sich in ihm verstärkt das Pflichtbewusstsein seinem Chef und seinen Kollegen gegenüber meldete. Er hatte zwar nur durch Zufall von diesem geplanten Verbrechen, dieser Entführung eines Flugzeugs in Hamburg, Wind bekommen. Aber als Polizeibeamter war es seine Pflicht, alles nur Menschenmögliche zu unternehmen, dieses Verbrechen zu verhindern. Aber wie? Mit diesen schlechten Karten. Er befand sich zurzeit unter einem Gletscher im Himalaja, hatte kein Telefon oder eine sonstige Kommunikationsmöglichkeit und war auch noch Freiwild für irgendwelche irren Terroristen. Das war keine besonders gute Ausgangsposition, um seinen Eid als Hamburger Polizeibeamter zu erfüllen. Der einzige Gedanke, der ihn antrieb, waren die Worte des Engländers, der beiläufig erwähnt hatte, sein Satellitentelefon und eine Pistole in der Nähe der kleinen Kate versteckt zu haben. Fand er dieses Sattelitentelefon, so bestand eine winzige Chance, seine Hamburger Kollegen noch rechtzeitig zu warnen.

Sich mit diesen Gedanken beschäftigend, trottete er weiter. Er war jetzt letzter in der Gruppe. Vor ihm war Carla. Sie blickte sich dauernd um. Er schickte ihr mit der Hand Luftküsschen, um sie zu beruhigen.

Nach einer weiteren knappen Stunde ließ Rimpoche anhalten. »Wir sind jetzt kurz vor unserem Ziel, dem Ausgang des unterirdischen Gangs. Am Ende müssen wir nur noch eine Leiter hochklettern. Oben erreichen wir die Pagode, die sich ungefähr einen halben Kilometer südlich von Lao-san befindet. Das Kloster liegt dann links etwas erhöht hinter uns.«

Rimpoche blickte auf seine Armbanduhr. »Es ist jetzt ein Uhr mittags. Wahrscheinlich scheint die Sonne. Ihr müsst euch entscheiden, ob ihr jetzt schon die weitere Flucht wagen oder ob ihr die Dunkelheit abwarten wollt.«

»Wir gehen sofort«, meldete sich Gassmann zu Wort. »Noch haben wir den Vorteil auf unserer Seite, dass die Mullahs nicht wissen, dass es diesen Fluchtweg gibt. Wahrscheinlich rätseln sie, auf welchem Weg wir geflohen sind. Wobei die wahrscheinlichste Version die Flucht über den Gletscher mit Hilfe der Sherpas ist. Vielleicht hat Kat-ku die Kollegen in Lao-san inzwischen über unsere Flucht informiert. Wenn ja, werden sie argwöhnisch den Gletscher absuchen. Weil wir aber viel südlicher aus dem Tunnel kommen, haben wir vielleicht einen gewissen Vorteil, weil sie uns so weit südlich nicht vermuten.«

Während Gassmanns Ausführungen war Rimpoche einige Meter weitergegangen. Er richtete den Strahl seiner Lampe nach oben. Dort war ein Schacht zu erkennen, der einige Meter nach oben führte. Eine Strickleiter baumelte herunter.

»Der Ausgang!«, stellte Rimpoche fest und deutete auf das herunterbaumelnde Ende der Leiter. »Ich wünsche euch viel Glück. Vielleicht schafft ihr es ja bis Kathmandu. Aber selbst wenn ihr

Kathmandu erreicht habt: Seid von jetzt ab auf der Hut. Der Arm von Kat-ku ist lang, sehr lang, grausam und erbarmungslos!«

Nacheinander umarmten sie Rimpoche, dem das irgendwie unangenehm war. Alle wünschten ihm, dass er heil zum Lamakloster von Kat-ku zurückkommen würde. Erst Carla, dann Kasdorf, dann Lehn und schließlich Gassmann.

Rimpoche ließ es über sich ergehen, aber es war ihm anzumerken, dass er nichts von dieser europäischen Küsschenkultur hielt.

# Kapitel 30

Es war unangenehm kühl an diesem Morgen des 13. Juni im Norden von Hamburg. Die Sonne versuchte die Wolkenschicht zu bekämpfen, war aber in dem ungleichen Kampf unterlegen.

Der Forlenweg dämmerte noch vor sich hin. Es war kurz vor acht Uhr. Die Menschen, die zur Arbeit mussten, waren schon längst aufgebrochen. Im Vorort zurückgeblieben waren hauptsächlich Frauen und Rentner.

Aber in der Summe mussten es mehr Menschen sein, als man annehmen sollte. So überraschte es, dass nicht mehr Personen den Kleinbus bemerkt hatten, der im Schritttempo den Forlenweg entlanggeschlichen war, offensichtlich auf der Suche nach einem Parkplatz. Den der Fahrer schließlich vor dem Haus Nummer 10 gefunden hatte.

Derweil hatte sich Elisabeth Meyer, wohnhaft am Forlenweg 12, aufgemacht, um mit ihrem Hund Gassi zu gehen. Sie war schon vor der Hausnummer 14, als ihr Hund stehenblieb und den Rücken so gewiss krümmte, was nichts anderes bedeutete, dass er kacken musste. Das war einerseits gewollt, andererseits aber mühsam, denn Elisabeth Meyer hasste diese Prozedur mit den Beuteln, in denen die Kacke eingesammelt werden musste, außerdem tat sie sich schwer beim Bücken. Einen Moment überlegte sie, ob sie einfach weitergehen und so tun sollte, als habe ihr Hund mit dem noch dampfenden Haufen nichts zu tun. Aber ausgerechnet jetzt parkte ein Kleinbus auf ihrer Höhe. Vielleicht Anlieger, die sehen würden, dass sie ihren Pflichten als Hundebesitzerin nicht nachkam. So bückte sie sich notgedrungen, um den dampfenden Haufen möglichst ohne Berührung einzusammeln. Dabei kam es ihr so vor, als hörte sie zwei Schüsse. Nicht laut. Eher etwas gedämpft. Aber in ihrem Alter konnte sie die Geräusche nicht mehr einwandfrei einordnen.

Aus entgegengesetzter Richtung näherte sich der Briefträger, Hans Lehmann, sein gelbes Rad mit zwei riesigen Taschen vor sich her schiebend. Unterschwellig verfolgte er das Einparkmanöver des Kleinbusses vor der Hausnummer Forlenweg 10. Er überlegte noch, welcher der Anwohner das Ziel des Kleinbus sein könnte, denn eigentlich war ein derart großes Fahrzeug im Forlenweg ungewöhnlich, als zwei Männer ausstiegen und sich in Richtung Alsterdorferstraße entfernten.

»Die wollen wohl hier nur parken«, murmelte er vor sich hin, ging weiter und erstarrte plötzlich. Erst war es nur eine Stichflamme, die aus dem Kleinbus schoss. Dann folgte diese ohrenbetäubende Explosion, gefolgt von einer weiteren, kleineren Explosion. Die Druckwelle war so stark, dass Lehmann sein Rad fallen ließ, dann über dasselbe stolperte und zu Fall kam. Glücklicherweise tat er sich nichts. Er rappelte sich auf, blickte sich nach den Männern um, die aber offenbar schon in die Alsterdorferstraße abgebogen und nicht mehr zu sehen waren.

Seine erste Sorge galt einer Frau mit einem Hund, die durch die Druckwelle hingefallen war. Erleichtert sah er aber, dass die Frau von selber gerade wieder auf die Beine kam.

Geschockt und etwas verwirrt versuchte er sich dem Bus zu nähern, was aber wegen der infernalischen Hitze nur bedingt möglich war. Er erstarrte. Trotz der Entfernung waren in dem Fahrzeug deutlich zwei Menschen zu erkennen, die wie schwarze Puppen reglos im Feuer saßen. Lehmann schrie um Hilfe. Er wollte an das Fahrzeug herankommen, um die Menschen herauszuziehen. Aber er musste umdrehen. Die Hitze war zu groß.

Lehmann, der als junger Mann bei der freiwilligen Feuerwehr Alsterdorf gedient hatte, murmelte nur: »Die Armen.« Dann schüttelte ihn ein Weinkrampf.

Elisabeth Meyer war wieder auf die Beine gekommen, stand fassungslos mit dem Beutel Kacke in der Hand, den sie krampfhaft umklammert hielt, auf dem Bürgersteig und blickte wie abwesend auf das Inferno. Erst die Schreie des Briefträgers lösten sie aus ihrer Erstarrung. Fast mechanisch griff sie zu ihrem Seniorenhandy und drückte den Notruf der Polizei.

Der Notruf ging um eine Minute vor neun Uhr bei der Polizei ein.

# Kapitel 31

Es war nicht leicht, sich auf der Strickleiter von der Gletschersohle hoch zu hangeln. Die Strickleiter war gefroren, und man rutschte dauernd mit den Füßen ab. Aber schließlich hatten sie es geschafft. Sie drängten sich in dem winzigen Innenraum einer kleinen Pagode und observierten vorsichtig die Umgebung. Aber es war nichts Verdächtiges zusehen.

Nacheinander verließen sie den schützenden Raum der Pagode und versteckten sich hinter den herumliegenden Felsbrocken. Sie waren glücklich, den engen Eisgängen unter dem Gletscher entkommen zu sein, dieser abgestandenen Luft, diesem seltsamen Licht, das manchmal scheinbar die Farbe der Umgebung angenommen und ihnen vorgegaukelt hatte, Eis zu sein. Was auch immer sie draußen erwartete, wenigstens waren sie unter freiem Himmel. Irgendwie schöpfte Lehn Hoffnung, dass alles gut werden würde.

Kasdorf entdeckte eine Stelle, wo sie alle vor unliebsamen Blicken sicher waren.

»Wir müssen uns entscheiden«, meinte Gassmann, »wie unsere Flucht weitergehen soll. Wollen wir in diesem Versteck die Dunkelheit abwarten oder gleich weitergehen?«

»Was würdest du sagen?«, fragte ihn Lehn.

»So schnell wie möglich weg von hier. Es wird nicht lange dauern, bis Lao-san über unsere Flucht informiert ist. Natürlich werden sie an dem Gelingen unserer Flucht zweifeln. Aber sie werden vorsichtshalber den Weg nach Kathmandu abriegeln. Unsere einzige Chance ist, vorher hier abzuhauen.«

»Das trifft sich günstig«, meinte Lehn. »Ich muss so schnell wie möglich das Satellitentelefon von dem Engländer finden, um meine Kollegen in Hamburg zu warnen.«

»›Schnell‹ bedeutet nichts anderes, als dass wir ein Auto brauchen«, folgerte Gassmann. »Und da böte es sich an, euren Toyota zu klauen, der noch immer vor Lao-san stehen muss.«

»Klauen wir den Schlitten, wird aber sofort bekannt, dass unsere Flucht aus Kat-ku gelungen ist«, meinte Kasdorf trocken und fügte hinzu: »Die sind doch nicht doof!«

Nach einem minutenlangen Schweigen meinte Gassmann, dass man das Risiko eingehen müsse. Zu Fuß sei es bis zu dem nächsten größeren Ort, wo man sich einigermaßen sicher fühlen könne, gut eine Woche Marsch – ständig bedroht von der Gefahr, entdeckt zu werden. Mit dem Toyota könne man alles an einem Tag schaffen. Ganz abgesehen davon, dass Lehn das Satellitentelefon nicht schnell genug finden würde, um seine Kollegen in Hamburg zu warnen.

Damit war für Lehn die Entscheidung gefallen. Kurz entschlossen wollte er sich aufmachen, den Toyota zu klauen. Aber Gassmann überzeugte ihn, dass es besser sei, wenn er ginge. Schließlich sei er ein Jahr in Lao-san stationiert gewesen und besser mit den Örtlichkeiten vertraut.

Inzwischen war es dämmerig geworden. Und es hatte sich total zugezogen. Dicke Wolken kamen das Tal hochgekrochen. Es war gespenstisch, wie schnell sich das Wetter an diesem Ort ändern konnte.

»Gut und schlecht für unsere Flucht«, murmelte Kasdorf. »Gut, weil sie einen nicht sofort sehen. Schlecht, weil wir auch nichts sehen.«

Carla klammerte sich an Lehn. Sie hatte Angst. Es war Natur pur. Zuviel Natur für sie.

Die Wolken wurden immer bedrohlicher. Als sie die drei verschluckt hatten, wusste man nicht mehr, wo oben und unten war.

Sie kauerten jetzt am Rand des befestigten Weges, der ins Tal führte, in der Hoffnung, dass Gassmann Erfolg hatte, den Toyota zu klauen.

Die Erleichterung kam erst gut zwei Stunden später. Erst meinte Kasdorf, ein Motorgeräusch gehört zu haben, was sich nach einigen Augenblicken auch bestätigte. Nach endlos erscheinenden Minuten geisterten zwei Scheinwerfer durch die Nebelsuppe. Lehn sprang auf den Weg. Gassmann bremste und stieg aus.

»Gut, dass du es geschafft hast«, sagte Lehn erleichtert.

»Dafür haben wir ein neues Problem«, dämpfte Gassmann Lehns Freude. »Ich musste tanken. Einer der Typen muss gehört haben, wie ich mit dem Kanister hantierte. Ich habe ihn liquidiert. Über kurz oder lang werden sie seine Leiche finden und Alarm auslösen. Wir müssen uns also beeilen, hier wegzukommen! Aber vorher müssen wir den Sender finden. Hol den Wagenheber aus dem Kofferraum«, rief er Lehn zu.

Lehn verstand gar nichts, fügte sich aber, holte den Wagenheber und reichte ihn Gassmann. Der bockte den Wagen hinten hoch, kroch mit seinem Oberkörper unter den Wagen und kam schließlich mit einem kleinen Kästchen, das mit einem Magnet versehen war, wieder hervor.

»Was ist das?«, fragte Lehn.

»Der Sender, der es den Leuten von Lao-san ermöglicht, jeden Besucher zu orten. Der aber auch bei Nebel euren Toyota davor geschützt hat, von den Versorgungs-LKWs niedergewalzt zu werden.«

»Und wie ist der Sender unter unseren Toyota gekommen?«, fragte Lehn nachdenklich.

Gassmann überlegte kurz. Dann fragte er, ob sie durch Bonjol gekommen seien.

Lehn bejahte das.

»Da haben wir die Erklärung«, sagte Gassmann. »Dieser Weiler Bonjol ist ein Vorposten von Lao-san. Dort haben sie den Sender, ohne dass ihr es gemerkt habt, unter dem Wagen mit einem Magneten angebracht.«

Lehn erinnerte sich an die Aufregung mit dem Zwergschwein, das angeblich ein Junge unter dem Wagen hervorgeholt hatte. Langsam begann ihm zu dämmern, dass auch der LKW nachts dem parkenden Toyota nur deswegen hatte ausweichen können, weil der Fahrer über sein Funkleitsystem das Hindernis bemerken konnte.

»Es ist erstaunlich, mit welcher krimineller Energie diese Islamisten ausgestattet sind«, sagte Lehn erschüttert.

»Da kannst du deinen Hintern drauf verwetten«, antwortete Gerard Gassmann leise, ohne dass Carla es hören konnte.

Dann drängte er zum Aufbruch.

# Kapitel 32

Die Polizeibeamten Berger und Kalmund trafen mit Blaulicht und heulender Sirene mit ihrem Streifenwagen als erste im Forlenweg ein. Berger stieg aus und lief zu dem Briefträger Lehmann, der noch immer wie versteinert in gebührender Entfernung vor dem total zerstörten Autowrack stand, das immer noch lichterloh brannte. Die linke Seitentür war wohl durch den Explosionsdruck auf die Straße geschleudert.

Berger legte seinen Arm um den Mann und versuchte ihn wegzuführen.

»Es ist entsetzlich«, stammelte Lehmann, »zwei Menschen verbrennen zu sehen.«

Dann ließ er sich in einen der Vordergärten führen, in dem eine Gartenbank stand. Berger bedeutete ihm, sich hinzusetzen. Lehmann ließ sich auf die Bank fallen.

Ein weiterer Streifenwagen erreichte mit quietschenden Bremsen den Tatort. Am Steuer die Polizeiobermeister Keller und Telschik. Als sie ausstiegen, kam ihnen Kalmund entgegen. Mit seiner Einschätzung des Geschehens kam er der Wirklichkeit mit der Vermutung am nächsten, dass dieses Chaos wohl nur Ergebnis der Explosion einer Brandbombe gewesen sein könne.

Um 9.20 Uhr kam der Löschzug der Feuerwehr mit drei Fahrzeugen. Oberbrandmeister Repsold sprang, noch bevor der Wagen hielt, aus dem ersten Fahrzeug und versuchte sich einen Überblick zu verschaffen. Spontan entschied er sich, mit Schaum und nicht mit Wasser zu löschen.

Eine Minute später erschien der erste Unfallwagen. Der Fahrer bremste, kurbelte das Seitenfenster hinunter und fragte Polizeimeister Keller, wen er zuerst ins Krankenhaus fahren solle.

»Ihr kommt zu spät«, rief Keller. »Für euch gibt es hier nichts mehr zu tun. Die sind alle tot. Tot!« Er drehte seinen Kopf, um zu zeigen was er unter »tot« verstand. »Fahrt zurück und gönnt euch einen Kaffee.«

Kurz vor zehn Uhr erschienen die Beamten der Kriminalpolizei unter Leitung von Kriminalkommissar Leopold Perner.

Der Schaum hatte die offenen Flammen, die noch aus dem Wagen züngelten, teilweise erstickt.

Perner ließ seinen Blick über das noch immer brennende Autowrack gleiten. »Mann oh Mann, was ist das hier für eine Sauerei«, meinte er angeekelt und fragte dann, wer hier zuständig sei.

»Noch niemand«, antwortete Kalmund.

»Ich sehe hier vier Kollegen, Kalmeier. Und keiner ist zuständig?«, raunzte ihn Perner ungehalten an.

»Kalmund. Mein Name ist Polizeimeister Kalmund, nicht Kalmeier.«

Perner überging den Einwand. »Offenbar seid ihr mit der Situation überfordert. Dann übernehme ich das Kommando.«

Perner ließ den Tatort absperren, befahl den Beamten, sich um die Zeugen zu kümmern. »Andiamo bambini!«, sagte er in Richtung von Kalmund und Keller. Dann informierte er telefonisch seinen Vorgesetzten und beorderte die Mordkommission zum Tatort. Nach dem, was er bisher gesehen hatte, war ihm klar geworden, dass hier nicht einfach ein Kleinbus durch einen Kurzschluss in Brand geraten und der Tank explodiert war. Hier war alles sehr viel schlimmer. Es war eine andere Handschrift. So stellte er sich die Explosion einer Autobombe im Nahen Osten vor. Hier brannte die Hütte.

Gut zehn Minuten später besprach Perner die Lage mit Polizeimeister Kalmund, der ob des forschen Auftretens von Perner etwas sauertöpfisch dreinblickte. Mangels anderer Sitzgelegenheit ließen sie sich auf dem Kantstein nieder.

»Wie ist nach Ihrer Meinung diese Schweinerei hier abgelaufen?«, fragte Perner seinen Kollegen.

»Bisher haben wir zwei Zeugen. Den Briefträger Lehmann und die Anwohnerin Elisabeth Meyer. Ihre Aussagen decken sich mehr oder minder. Der Kleinbus hat geparkt. Fahrer und Beifahrer sind ausgestiegen und in Richtung Ratsmühlendamm verschwunden. Dann gab es eine Stichflamme und darauf diese gewaltige Explosion, gefolgt von einer weiteren kleineren Explosion, was wohl der Tank war. Interessant ist, dass Frau Meyer noch während des Einparkens des Kleinbusses zwei Schüsse gehört haben will.«

»Wenn die Frau Recht hat, bedeutet das Mord an den zwei Insassen, die hier gerade vor unseren Augen in dem Kleinbus verbrannt sind.

»Nur gut, dass die Armen vor der Explosion tot waren«, meinte Kalmund mitfühlend.

»Kann dieser Lehmann oder diese Meyer den Fahrer und den Beifahrer beschreiben, die in Richtung Ratsmühlendamm verduftet sind?«

Kalmund zauberte einen Notizblock aus der Seitentasche seiner Uniform, überschlug seine Notizen und sagte: »Lehmann behauptet, der eine habe südländisch ausgesehen, der andere fast arabisch. Aber für eine genaue Beschreibung waren die beiden zu weit entfernt.«

»Und die Frau? Was hat die dazu zu sagen?«

»Die hat sich im entscheidenden Augenblick gebückt, um die Kacke von ihrem Waldi einzutüten.«

»Da haben wir es wieder«, stöhnte Perner. »Diese Spießbürger mit ihrer exzessiven Aversion vor Hundekacke haben uns wieder die beste Spur vermasselt, um diese Verbrecher zu identifizieren. Aus Angst vor den Spießern musste sich die alte Frau nach dem Kackhaufen bücken und fällt somit als Zeuge aus. Es ist zum Kotzen!«

»So kann man es auch sehen«, meinte Kalmund erstaunt und grinste.

Aber Perner hörte schon nicht mehr hin. Er hatte auf seinem Handy die Nummer des Präsidiums gewählt. Dann gab er die Fahndung durch: Gesucht würden zwei südländisch aussehende Männer, einer möglicherweise arabisch aussehend, zwischen zwanzig und dreißig, beide mittelgroß. Sie seien in Richtung Ohlsdorf geflüchtet.

Dann rief Perner nach dem Kollegen von der Feuerwehr. Oberbrandmeister Repsold erschien.

»Wann könnt ihr die Opfer bergen, sodass man sie identifizieren kann?«, fragte Perner.

»Nicht vor zehn bis zwölf Stunden. Aber auch dann wird eine Identifizierung der Opfer kaum möglich sein. Die Hitze war einfach zu groß. Aber man kann jetzt noch gar nichts sagen. Erst einmal müssen wir das Fahrzeug mit Wasser kühlen. Der Schaum erstickt nur die Flammen, kühlt aber nicht! Zurzeit ist es unmöglich, an das Fahrzeug heranzukommen.«

»Na dann kühlt mal schön weiter«, empfahl Perner, erhob sich und rief noch einmal seinen Vorgesetzten Polizeirat Stahmer an. Als er ihn am Apparat hatte, gab er der neuesten Stand seiner Ermittlung durch und fasste dann seinen Bericht mit wenigen Worten zusammen: »Chef«, sagte er. »Hier brennt die Hütte. Wenn ich nicht völlig schiefliege, haben wir es mit einem Doppelmord mit unklarem Hintergrund zu tun. Zwei Insassen des Kleinbusses sind liquidiert worden, und dann hat man ihnen eine Bombe unter die Hintern gelegt. Aber keinen Sprengsatz, wie wir ihn kennen. Die Explosionskraft erinnert eher an Bagdad! Wir sollten der Fahndung nach den beiden Flüchtigen höchste Priorität einräumen! Bitte veranlassen Sie alles Notwendige!«

# Kapitel 33

Während Alonso und Ibrahim seelenruhig am S-Bahnhof Ohlsdorf auf den nächsten Zug warteten, kämpfte sich Tausende von Kilometern entfernt der Toyota durch die Suppe von Nebel und Wolken, immer in der Angst, von den Häschern von Lao-san eingeholt zu werden. Gassmann saß vollkonzentriert am Steuer und versuchte dem Verlauf der Schotterstraße zu folgen, was ihn aber bei diesen Sichtverhältnissen zwang, die Geschwindigkeit des Toyotas auf unter zwanzig Stundenkilometer zu drosseln.

»Wenn wir nicht fürchten müssten, von den Leuten von Lao-san verfolgt zu werden, sollte man lieber den Wagen abstellen und bessere Wetterbedingungen abwarten«, meinte Gassmann gestresst.

»Den Luxus können wir uns nicht leisten«, entgegnete Lehn. »Ich muss so schnell wie möglich an das Satellitentelefon des Engländers.«

Kasdorf fragte von hinten, was man tun könne.

»Beten und hoffen, dass Lao-san die Leiche des Mannes nicht so bald findet«, antwortete Gassmann und fügte hinzu: »Dann könnten wir unseren Vorsprung bis zur Kate retten ...«

»Und dann?«, unterbrach Carla.

»Und dann«, wiederholte Gassmann ihre Frage, »dann werden wir weitersehen. Hier im Himalaja kann man keine Pläne machen. Die Bedingungen sind derart komplex, weil allein schon das Wetter sich von Minute zu Minute ändern kann.«

»Prost Mahlzeit«, stöhnte Kasdorf. »Da steht uns ja noch einiges bevor.«

In Hamburg waren die Wetterverhältnisse weniger extrem. Im Gegenteil, es war angenehm warm. Alonso und Ibrahim hatten auf der Station Ohlsdorf die nächste S-Bahn Richtung Innenstadt genommen, waren dann in Altona in den Bus umgestiegen, waren an der Haltestelle Mehdornstraße ausgestiegen und hatten den letzten Weg bis zum Turn- und Sportverein von 1923 zu Fuß absolviert. Kurz vor elf Uhr morgens betraten sie das angebliche Vereinslokal.

Omar Chalid begrüßte sie mit den Worten: »Gratulation, ihr beiden. Wir haben den Polizeifunk abgehört. Ihr müsst ja in diesem Forlenweg ein wahres Chaos angerichtet haben!«

»Wir haben nur das ausgeführt, was du uns befohlen hattest. Die beiden Piloten sind tot. Hier sind ihre Namensschilder, ausgestellt auf die Namen Ströbele und Oppermann.« Wie zwei Trophäen übergab er Omar Chalid die Schildchen.

»Außerdem ....« Alonso machte eine Pause, um die Überraschung zu steigern.

»Und? Was habt ihr noch?«, fragte Omar Chalid gespannt.

»Wir haben schon die AWB und die Abflugpapiere!« Mit diesen Worten übergab Alonso das Kuvert mit den Unterlagen, die er von Frau Reimers bekommen hatte.

»Wirklich perfekt!«, wiederholte Omar Chalid. »Unsere beiden pakistanischen Ersatzpiloten werden sich freuen. Sie sind schon eingetroffen und sitzen im Nachbarraum.«

Gefolgt von Alonso und Ibrahim betrat Omar Chalid den mit Teppichen vollgemüllten Zentralraum. Was sie sahen, nötigte ihnen ein Lächeln ab. Der eine pakistanische Pilot trug schon die Uniform eines Lufthansapiloten, versank aufgrund seiner kleinen Körpergröße aber förmlich in derselben. Ärmel und Hosenbeine hatte er nach innen umgekrempelt. Der zweite Pakistani, der noch kleiner war, hing verloren in einer Lufthansajacke und saß in Unterhosen auf einem Hocker.

Omar Chalid, der Alonsos Blick sah, versicherte schnell, dass man die Uniformhose gerade von einem türkischen Schneider enger und vor allem kürzer machen ließe.

Das sei auch besser so, meinte Alonso. »Denn wenn die Jungs kontrolliert würden, dann würde die Maskerade wohl auffliegen, und aus der Flugzeugentführung würde wohl nichts werden.«

»Willkommen in Hamburg!«, rief Alonso den beiden Piloten zu. Dann begrüßte er Ahmed und al Makki, die sich in den tiefen Sesseln herumflegelten. Sie grüßten betont lässig zurück.

»Hat euch jemand gesehen, als ihr den Sprengsatz gezündet und den Kleinbus verlassen habt?«, fragte Omar Chalid.

Alonso schüttelte den Kopf, gab aber zu, dass eine alte Frau mit Hund und ein Briefträger in der Nähe gewesen seien. Aber die seien keine Gefahr, weil zu weit weg, um eine Beschreibung abgeben zu können. Natürlich würden die bezeugen können, dass im Forlenweg eine Autobombe explodiert sei. Aber das würden Feuerwehr und Polizei sowieso festgestellt haben.

Dann wandte sich Omar Chalid in seinem gebrochenen Englisch an die beiden pakistanischen Ersatzpiloten, die von al-Qaida geschickt worden waren.

»Habt ihr noch Fragen?«

»Keine«, antwortete der Größere der beiden. »Ihr müsst uns nur bis zum Cockpit von dem Airbus bringen, den wir dann nach Afghanistan fliegen sollen. Alles andere machen wir schon.«

»Und wie löst ihr das Problem, sollte eure Maschine verfolgt werden?«, fragte Ibrahim.

»Ein kleines Problem, aber lösbar. Sofort nach dem Start schalten wir den Transponder und das ACARS-System ab. Dann gehen wir in den Tiefflug unter tausend Meter und unterfliegen das Bodenradar der diversen Stationen, bis wir Gegenden erreichen, die nicht radarüberwacht werden.«

»Und das funktioniert?«, wollte Omar Chalid wissen.

»Bisher hat es immer funktioniert«, antwortete der Kleine in der Unterhose.

# Kapitel 34

Gegen 17 Uhr ähnelte das Hamburger Polizeipräsidium teilweise eher einem Tollhaus als einer Behörde. Die Presse hatte durch die Explosion im Forlenweg Wind bekommen, dass irgendetwas in Hamburg ablief. Mehrere Reporterteams mit ihren Kameramännern und Technikern belagerten den Treppenaufgang zum achten Dezernat.

Polizeirat Stahmer und Perner versuchten im Konferenzzimmer 101 eine Besprechung abzuhalten, was aber wegen des Krachs im Treppenhaus unmöglich war. Schließlich platzte Stahmer der Kragen. Er ging zur Tür und brüllte in das Treppenhaus herunter, dass er das Haus räumen ließe, wenn nicht augenblicklich Ruhe einkehre.

Minutenlang hatte die Drohung Erfolg. Stahmer ging in den Konferenzraum zurück und wandte sich an seine Kommissare. Anwesend waren Brandauer, Selzener, Müller und Perner.

»Kollege Perner hat das Wort!«, sagte Stahmer und bat Perner, mit seinem Bericht zu beginnen.

»Ich setze voraus, dass die Basisdaten mehr oder minder bekannt sind. Aber zum besseren Verständnis wiederhole ich noch einmal: Heute Morgen gegen neun Uhr wurden wir zum Forlenweg gerufen. Ein Kleinbus war explodiert. Wahrscheinlich eine Autobombe. Fahrer und Beifahrer haben sich abgesetzt. Zwei Insassen sind verbrannt. Die Obduktion wird noch zeigen, ob die beiden vor der Explosion liquidiert wurden, denn eine Zeugin will zwei Schüsse gehört haben. Die Identität beider Toten ist völlig unklar.«

»Und was ist mit den Tätern? Diesem Fahrer und dem Beifahrer des Kleinbusses?«, fragte Stahmer.

Perner ergriff wieder das Wort. »Sie sind zum S-Bahnhof Ohlsdorf geflüchtet. Der Bahnsteig wird videoüberwacht. Wir haben das heute am späten Vormittag überprüft. Um 9.45 Uhr sind sie deutlich zu erkennen, wie sie auf dem Bahnsteig stehen und dann in den Zug in Richtung Innenstadt einsteigen. Wir haben weiterhin die Stationen überprüft, wo sie den Zug verlassen haben könnten. Tatsächlich zeigt das Video vom Bahnhof Altona, dass sie dort ausgestiegen sind. Danach verliert sich allerdings ihre Spur.«

»In welcher Richtung ermitteln Sie weiter?«, fragte Stahmer.

»Wir befragen Taxen und die Busfahrer, die heute Morgen gegen elf Uhr am Bahnhof Altona Fahrgäste aufgenommen haben könnten. Aber bisher ohne Erfolg. Aber eines«, sagte Perner betont langsam, »eines ist für mich gesicherte Erkenntnis. Was heute Morgen im Forlenweg geschehen ist, war kein normales Verbrechen. Es war das Werk der Mafia, des internationalen Terrorismus, von al-Qaida oder von welchen Schweinebacken auch immer. Unsere üblichen Verdächtigen aus Hamburg könnten so ein Ding nicht stemmen!«

Danach entspann sich eine Diskussion, dass nicht genügend Polizisten zur Verfügung stünden, um die Überwachungsaufgaben zu übernehmen.

»Unsere Personaldecke ist völlig ausgedünnt«, stellte Brandauer fest.

»Dann müssen wir eben Kollegen von anderen Aufgaben abziehen«, erwiderte Stahmer ruhig. »Denn wenn ich den Bericht von Kollege Perner höre, müssen wir von dem Schlimmsten ausgehen.«

»Woran denken Sie?«, fragte Selzener.

»Damit meine ich«, antwortete er leise, »dass diese Aktion am Forlenweg nur der Anfang war. Der Anfang von irgendeiner anderen Sauerei.«

Perner bestätigte diese Einschätzung. »Niemand würde mit einem derartigen Aufwand und Risiko einen Kleinbus in die Luft jagen, wenn nicht ein erhebliches Interesse an der totalen Vernichtung des Kleinbusses und seiner Insassen bestehen würde.«

»Er will sagen«, spekulierte Brandauer, »dass man möglicherweise diese beiden Insassen auf eine Art und Weise beseitigen wollte, dass durch die Stärke der Explosion die Personen ihrer Identität beraubt werden, sodass man sie vielleicht nie mehr identifizieren kann.«

»Meine Herren«, meinte Stahmer ernst, »dann sollten wir zuerst alle Vermisstenanzeigen überprüfen, besonders aber diejenigen, die neu hereingekommen sind! Außerdem bilden wir mit sofortiger Wirkung eine Sonderkommission, die ab sofort in diesem Raum tagt. Sie alle, die Sie hier anwesend sind, gehören der Sonderkommission an. Jeder von Ihnen kann andere Kollegen hinzu ziehen. Welchen Namen wollen wir der Soko geben?«

»Forlenweg«, schlug Selzener vor. »In Anlehnung an den Tatort.«

»So soll es sein«, stimmte Stahmer zu und fuhr fort: »Ich ordne an, dass ab sofort sich immer zwei Kommissare in diesem Raum aufhalten und die Einsätze koordinieren sowie Meldungen entgegennehmen. Wenn irgendwelche Schweinebacken uns herausfordern, dann wollen wir wenigstens bereit sein, die Herausforderung anzunehmen. Die sollen uns kennenlernen!«

Der Zeiger auf der Uhr an der Stirnwand des Raumes zeigte auf 19 Uhr.

Brandauer raunte Perner zu, so entschlossen habe er den Chef noch nie erlebt.

»Aber er hat Recht!«, flüsterte Perner zurück. »Mich beschleicht bei dieser Geschichte ein ganz mulmiges Gefühl.«

# Kapitel 35

Der von Gassmann gesteuerte Toyota erreichte die Kate gegen zwei Uhr nachts. Es war ein Höllenritt gewesen. Immer in der Angst, von den Schergen von Lao-san eingeholt zu werden oder in der Nebelsuppe vom Weg abzukommen, was mit Sicherheit das Aus bedeutet hätte. Fast wären sie noch an dem Weg zur Kate vorbeigefahren, denn in der Dunkelheit verbunden mit dem Nebel war kaum etwas zu erkennen. Aber Gassmann hatte es geschafft.

Lehn sprang mit den Worten aus dem Toyota, er müsse zuerst das Sattelitentelefon des Engländers finden.

In seinem Gedächtnis versuchte er die Worte des Engländers abzurufen, wie der das Versteck beschrieben hatte. Kasdorf, der Lehns Zögern richtig einschätzte, kam ihm zu Hilfe.

»Der Engländer sagte, dass es gut fünfzig Meter in südlicher Richtung einen zirka zwei Meter hohen Stein gebe, dessen oberer Teil entfernt an eine Pyramide erinnere. Auf der Rückseite sei eine Nische, wo er das Telefon, einige Papiere und eine Waffe versteckt habe.«

So weit, so gut. Aber in dieser dunklen Nebelsuppe kam einem jeglicher Orientierungssinn verloren. Hinzu kam, dass Gassmann vorschlug, dass es besser sei, das Abblendlicht des Toyotas auszuschalten, um einerseits eventuellen Verfolgern keinen Hinweis auf ihre Gegenwart zu geben und andererseits die Batterie zu schonen. Doch diese Maßnahme bescherte ihnen die absolute Dunkelheit.

Carla schaltete die Innenbeleuchtung des Wagens ein. Sie war zwar funzelig, vermittelte ihr aber das Gefühl, noch unter den Lebenden zu sein. Lehn krallte sich die Taschenlampe. Zusammen mit Kasdorf und Gassmann gingen sie los. Carla blieb frierend im Auto.

Der Lichtkegel der Taschenlampe fraß sich durch die milchige Dunkelheit. Links und rechts tauchten mannshohe Felsen auf.

»Das Versteck finden wir nie!«, unkte Kasdorf.

Aber sie fanden es doch. Wie es der Engländer beschrieben hatte. Das Licht der Taschenlampe erfasste plötzlich einen Stein, dessen oberer Teil spitz zulief. Auf der Rückseite fanden sie das Telefon. Es war ein MX2020, das Neueste, das auf dem Markt war. Abhörsicher. Dazu eine Pistole, die in Ölpapier eingewickelt war, und einige Dokumente.

Sie liefen zu dem Toyota zurück. In dem schwach erleuchteten Innenraum schaltete Lehn das Sattelitentelefon ein und wählte die Mobilfunknummer von Perner. Er wollte erst mit Perner sprechen, da er die Vorhaltungen seines Vorgesetzten Stahmer fürchtete, wegen der Überziehung seines Urlaubs.

Aber es meldete sich niemand. Perners Handy war abgestellt oder er hörte es nicht. Das war ungewöhnlich, denn Perner schaltete sein Handy nur bei wichtigen Anlässen aus. Lehn warf einen Blick auf seine Uhr. Es war kurz vor zwei Uhr nachts »local time«, es musste in Hamburg also acht Uhr abends sein. Notgedrungen wählte er die Nummer der Zentrale des Polizeipräsidiums Hamburg.

»Polizeipräsidium Hamburg«, meldete sich eine weibliche Stimme.

Lehn versuchte sich an die Stimme zu erinnern. War es die Sellmer? Er war sich zu neunzig Prozent sicher.

»Bitte nennen Sie Ihren Namen«, sagte die Stimme etwas energischer.

»Ich bin es, Harry Lehn! Hallo Susanne, können Sie mich verstehen? Ich rufe aus dem Himalaja an.«

Erst war Schweigen. Dann ein heller Aufschrei. »Kommissar Lehn! Wir vermissen Sie hier schon seit Tagen.«

»Das will ich hoffen«, erwiderte Lehn und fügte schnell hinzu: »Ich muss dringend mit Perner sprechen. Wissen Sie, wo ich ihn erreichen kann?«

»Das könnte schwierig werden. Perner und alle Ihre Kollegen sind in einer Konferenz. Der Chef hat eine Soko gegründet, die jetzt sogar dem Direktor Neumann untersteht. Ich sage Ihnen nur: Bleiben Sie bloß im Himalaja, denn hier brennt die Hütte.«

»Wollen Sie damit sagen, dass Kriminaldirektor Neumann sich eingeschaltet hat?«

Susanne Sellmer bestätigte das.

»Was ist denn bloß passiert?«

»Eine Autobombe ist hier im Norden von Hamburg explodiert. Es gibt zwei Tote. Aber das Entscheidende ist, dass es nach Terrorismus riecht.«

»Dann versuchen Sie mich zu der Soko durchzustellen. Bitte Susi. Es ist wirklich wichtig, denn ich habe Nachrichten, die mit dieser Autobombe zusammenhängen könnten!«

»Nachrichten aus dem Himalaja?«, fragte sie ungläubig.

»Susanne. Bitte!«, insistierte Lehn.

# Kapitel 36

Im Raum 101 des Polizeipräsidiums tobte die Einsatzbesprechung. Das gesamte Dezernat 8 vom Staatsschutz und einige Beamte vom Dezernat 4 waren anwesend. Direktor Neumann folgte angespannt den Abläufen, war aber so klug, die operative Seite seine Untergebenen machen zu lassen. Polizeirat Stahmer versuchte die eingehenden Meldungen zu überprüfen und leitete sie dann zur Überprüfung an die anwesenden Kommissare weiter. Sekretärinnen und Polizeianwärter waren ständig am Laufen, um Anordnungen umzusetzen oder um Kaffee zu holen.

Gegen 19 Uhr hatte Polizeirat Stahmer einen neuen Lagebericht angekündigt. Der verzögerte sich um eine Viertelstunde. Dann trat Stahmer vor die Versammlung und gab ein kurzes Statement ab. Es gebe keine entscheidenden Neuigkeiten. Der völlig ausgebrannte Kleinbus sei abtransportiert, und man versuche zurzeit, an die Toten heranzukommen. Dass sei immer noch schwierig, da es noch Reste von Glut gebe, vor allem in den Kabeln. Außerdem seien die Toten in Folge der gewaltigen Hitze mit den Polstern der Rücksitze verschmolzen.

»Es gibt also nicht die geringste Möglichkeit, über die Identität der Toten ein Motiv für diese Explosion abzuleiten.« Besser sehe es aus bei der Verfolgung der beiden Tatverdächtigen. Wie bekannt, seien die beiden in Altona ausgestiegen. Man habe jetzt einen Busfahrer ausfindig gemacht, der zu Protokoll gegeben habe, die beiden seien an der Haltestelle Mehdornstraße ausgestiegen. Man habe Zivilfahnder dort hingeschickt, um die Gegend zu observieren.

»Wir gehen weiter davon aus, dass hinter dieser Explosion mehr steckt, als lediglich zwei Personen umzubringen. Wir gehen davon aus, dass im Forlenweg zwei Personen auf eine Weise liquidiert wurden, die eine Identifizierung der Opfer vielleicht sogar für immer unmöglich macht.«

Direktor Neumann unterbrach Stahmer. »Und wir gehen davon aus, dass es sich um einen islamistischen Hintergrund handelt, da wir schon vor Tagen von der NSA über verstärkte Aktivitäten im islamisch geprägten Untergrund informiert wurden. Deshalb werden wir uns fürs Erste auf die beiden flüchtigen Tatver...«

Direktor Neumann wurde von einem Polizisten unterbrochen, der den Raum betreten hatte, auf den Polizeidirektor zukam und ihm einen Zettel überreichte.

»Was gibt es?«, fragte dieser etwas genervt. »Warum unterbrechen Sie mich?«

»Es ist dringend«, raunte der Polizist ihm zu.

Direktor Neumann überflog die Nachricht und wandte sich mit lauter Stimme an Stahmer, sodass auch die anderen Konferenzteilnehmer es hören konnten: »Sie haben doch einen Hauptkommissar Lehn in Ihren Reihen?«

»Einer unserer besten Mitarbeiter!«, entgegnete Stahmer. »Leider ist er heute nicht vor Ort. Er hatte sich für einen Urlaub in den Himalaja abgemeldet, ist aber nicht wie geplant zurückgekommen. Wir können uns das alles überhaupt nicht erklären. In gewisser Weise bin ich etwas beunruhigt. Hoffentlich ist ihm nichts passiert. Warum fragen Sie nach dem Kollegen Lehn?«

»Wenn Sie sich um den Kollegen Lehn Sorgen machen, habe ich eine gute Nachricht für Sie«, antwortete Neumann mit einer Spur Süffisanz in der Stimme. »Mir wird gerade eine Meldung überbracht, dass er sich aus dem Himalaja gemeldet habe, und zwar mit Infos zu unseren aktuellen Problemen. Er ist noch in der Leitung.«

Hastig griff Stahmer nach dem Hörer, wählte die Zentrale und bat, das Gespräch durchzustellen.

Die Schaltung dauerte einige Momente. Währenddessen fragte Neumann Stahmer: »Meinen Sie wirklich, dass dieser Lehn etwas über unseren Fall weiß, wenn er doch angeblich im Himalaja ist?«

Kriminalrat Stahmer fixierte seinen Chef mit einem Blick, der Bände sprach. Dann deckte er mit der Hand die Telefonmuschel ab und sagte mit leiser Stimme, aber doch so laut, dass es auch alle anderen im Raum hören konnten: »Wenn einer unserer Kollegen von irgendeinem Punkt aus der Welt anruft und sagt, er könne sachdienliche Hinweise zu einem aktuellen Fall geben, dann will ich mir wenigstens anhören, was er zu sagen hat!« Dann stellte er das Gespräch auf laut.

Lehns Stimme war im Lautsprecher etwas verzerrt zu erkennen. Aber sie füllte den Raum. »Mit wem spreche ich?«, fragte die Stimme.

»Hier Stahmer. Schön, dass Sie sich melden. Wir hatten Sie schon letzte Woche zurückerwartet. Sie sind jetzt über Lautsprecher unserer Konferenz zugeschaltet. Direktor Neumann leitet die Soko.«

»Ich war Gefangener von al-Qaida«, berichtete Lehn. »Nach meinen Informationen soll in Hamburg morgen eine Frachtmaschine mit wertvoller Fracht entführt werden. Das ist alles, was ich weiß.«

»Woher wissen Sie das?«

»Ich weiß es eben. Eine Frachtmaschine soll morgen entführt werden, mit wertvoller Fracht!«, wiederholte Lehn. »Bitte bestätigen Sie, dass Sie mich verstanden haben!«

Stahmer bestätigte, verstanden zu haben und fragte: »Sind Sie in Gefahr?«

»Zurzeit auf der Flucht«, antwortete Lehn. »Wir haben die Schweinebacken auf den Hacken. Vielleicht erwischen sie uns. Die Chancen stehen nicht gut.«

»Wie können wir helfen?«, fragte Stahmer.

»Um ehrlich zu sein: gar nicht! Wir sind hier am Ende der Welt, im Grenzgebiet zwischen Nepal und China.«

Direktor Neumann riss Stahmer den Hörer aus der Hand: »Bleiben Sie immer in Kontakt mit uns. Falls wir noch Fragen haben.«

»Das geht leider nicht. Die Batterien unseres Telefons sind ziemlich leer.«

»Schalten Sie nicht ab«, brüllte Neumann. »Das ist ein Befehl!«

»Ich muss. Sie können mich in Hamburg zur Verantwortung ziehen, wenn ich hier lebend herauskommen sollte.«

Dann kam aus der Leitung nur noch ein Rauschen. Das Gespräch war unterbrochen.

Ungefähr eine oder zwei Minuten lang waren alle wie gelähmt. Dann gab sich Stahmer einen Ruck und wandte sich an Brandauer. »Rufen Sie Alarmstufe eins aus. Sperren Sie den Flughafen Fuhlsbüttel. Keine Starts und Landungen mehr, bis wir Entwarnung geben. Alle Verantwortlichen, vom Chef des Flughafens bis zur Toilettenfrau, sollen sich sofort an ihre Arbeitsplätze bewegen. Wir brauchen alle. Auch den Frachtbereich nicht vergessen. Lehn erwähnte eine wertvolle Fracht.«

»Wollen Sie wirklich aufgrund der vagen Meldung von diesem Lehn aus dem Himalaja den Flughafen sperren? Wissen Sie, was das für Konsequenzen hat?«, fragte Neumann.

»Ja!«, antwortete Stahmer. »Immerhin versuche ich eine Katastrophe zu verhindern und vielleicht Menschenleben zu retten!«

Dann murmelte er vor sich hin: »Auf welche Maschine könnte es al-Qaida abgesehen haben? Eine Maschine, die wertvolle Fracht transportiert … Wir sollten uns erst einmal daran machen, die Frachtpapiere aller Maschinen zu überprüfen.«

Ein Zufall, der ihnen diese Arbeit ersparte, kam ihnen zu Hilfe. Kurz vor 20 Uhr hatte der Manager des Hotels Fuhlsbüttler Hof bei CARGO AND MORE in Frankfurt angerufen, um zu erfahren, ob die reservierten Zimmer für die Herren Ströbele und Oppermann freigegeben würden. Die beiden Piloten seien nicht erschienen, und man habe andere Gäste, die gerne die Zimmer übernehmen würden. Weil es schon nach 18 Uhr gewesen war, war Niebuhr selbst am Apparat gewesen. Ihn hatte sofort ein unangenehmes Gefühl beschlichen, weil es ungewöhnlich war, dass sich seine Piloten nicht im Hotel gemeldet hatten. Niebuhr hatte darauf Brinkmann vom BKA angerufen. Brinkmann war sofort hellwach gewesen.

Gegen 21.30 Uhr erreichte dann der Anruf von Brinkmann die Polizei in Hamburg. Der Anruf wurde zur Soko Forlenweg durchgestellt. Perner war am Apparat. Brinkmann stellte sich vor, wobei er das BKA betonte.

»Wir vermissen in Hamburg zwei Piloten von CARGO AND MORE.«

Perner schaltete das Gespräch auf laut. »Für welchen Flug waren die Piloten eingeteilt?«, fragte er.

Brinkmann druckste herum.

Perner platzte der Kragen. »Wir brauchen die Wahrheit«, schnauzte er den Kollegen vom BKA am Telefon an. »Sonst können wir auch nichts tun. Ihr müsst euch vom BKA nicht für allmächtig halten.«

»Schon gut, schon gut«, versuchte Brinkmann seinen Gesprächspartner zu beruhigen. »Es handelt sich um eine Frachtmaschine, Flug LH 1790 aus New York, der kurz vor fünf Uhr morgens bei euch in Hamburg ankommt und gegen neun Uhr von den beiden vermissten Piloten nach Frankfurt weitergeflogen werden soll. Die frühe Landung ist übrigens durch eine Sondergenehmigung abgedeckt.«

»Und gibt es irgendeine Besonderheit mit Flug LH 1790?«, fragte Perner lauernd.

Für einen Moment schien es Brinkmann die Sprache verschlagen zu haben. Dann krächzte er mehr, als dass er sprach: »Gold! Die Maschine transportiert Gold für die Bundesbank!«

Diese Aussage schlug wie eine Bombe in der Soko ein und löste ein gut viertelminütiges Schweigen aus.

Perner fand als erster die Stimme wieder. »Ich befürchte, wir haben zwei schlechte Nachrichten für euch in Frankfurt«, sagte er gedämpft ins Telefon. »Wir haben nämlich heute Morgen zwei Tote gefunden. Sie sind mit großer Wahrscheinlichkeit ermordet worden. Es sollte mich nicht wundern, wenn es sich um eure vermissten Piloten handelt. Aber bestätigt ist noch nichts!«

»Das wäre ja entsetzlich«, sagte Brinkmann. »Und was ist die zweite schlechte Nachricht?«

»Mehr oder minder gesicherte Hinweise, dass Ihr Goldflugzeug entführt werden soll.«

Wieder nervte das Schweigen am anderen Ende der Leitung.

»Sind Sie noch am Apparat?«, fragte Perner.

»Ja«, kam es leise. »Das wäre der GAU.«

»Die Hamburger Polizei wird den GAU zu verhindern wissen!«, sagte Perner und hängte grinsend auf. Er mochte die arroganten Kollegen vom BKA nicht.

»Jetzt wissen wir wenigstens, welche Maschine Lehn gemeint hat, als er von der Entführung sprach«, meinte Stahmer nachdenklich. »Aber war da nicht auch kürzlich irgendeine Geschichte mit geklauten Lufthansauniformen?«

Brandauer bestätigte das.

Fast wie im Reflex griff Stahmer zu einem anderen Apparat und wählte die Nummer des Hamburger Airports.

Eine weibliche Stimme meldete sich. »Was wünschen Sie?«

»Den Direktor! Hier Stahmer von der Kripo Hamburg.«

»Der Direktor ist nicht hier.«

»Dann verbinden Sie mich mit seiner Mobilfunknummer, die wird Ihnen wohl bekannt sein. Es handelt sich um einen Notfall!«

Tatsächlich wurde er durchgestellt.

»Hier Weinzierl«, meldete sich der Flughafendirektor nach lähmenden Augenblicken.

Stahmer ließ ihn gar nicht weiter zu Wort kommen. »Gegen fünf Uhr, das heißt in wenigen Stunden, landet bei Ihnen Flug LH 1790 aus La Guardia. Verweigern Sie die Landeerlaubnis. Ich wiederhole: Verweigern Sie die Landeerlaubnis! Bitte bestätigen Sie!«

Es dauerte einige Sekunden, bis die Antwort kam: »Das kann ich nicht ohne Weiteres. Erst einmal bin ich zu Hause und nicht im Tower. Aber wäre ich im Tower, müssten wir erst Rücksprache mit dem Cockpit der Maschine aufnehmen, ob sie genug Sprit haben, um einen anderen Flughafen anzusteuern. In Frage kämen Bremen oder Hannover. Aber warum die Aufregung?«

»LH 1790 soll in Hamburg entführt werden!«, sagte Stahmer.

»Ach du meine Güte«, entfuhr es Weinzierl. »Was machen wir nur?«

»Lassen Sie sich etwas einfallen«, schlug Stahmer vor. »Sie sind der Direktor des Flughafens, nicht ich!« Mit diesen Worten legte er auf.

# Kapitel 37

Nachdem Lehn das Telefonat mit Hamburg beendet hatte, ließ er sich erleichtert in den Beifahrersitz des Toyotas fallen. Carla und Kasdorf schliefen schon. Gassmann hatte sich bereit erklärt, die erste Wache zu übernehmen. Er rechnete jeden Augenblick damit, dass der MAN von Lao-san aus der Dunkelheit auftauchte. Aber es geschah nichts. Um fünf Uhr weckte er Lehn, der die nächste Wache übernahm. Aber auch die folgenden vier Stunden verliefen ohne Zwischenfälle.

Um neun Uhr brachen sie auf, da es hell geworden war. Zuerst kamen sie gut voran. Der Nebel hatte sich gelichtet. Als sie einen kleinen Höhenkamm überfuhren, schlug Gassmann vor anzuhalten, um zu sehen, ob sie verfolgt würden. Zusammen erklommen sie einen rechter Hand liegenden kleinen Hügel, der einen guten Überblick versprach. Tatsächlich erspähten sie in der Ferne den MAN von Lao-san.

»In gut einer Stunde hat er uns eingeholt«, meinte Gassmann.

Beim Abstieg sahen sie eine neue Nebelwand von Süden heranziehen.

»Wir sind verloren«, sagte Lehn. »Im Nebel ist der MAN mit seinem Funksystem uns haushoch überlegen. Der fährt dreimal so schnell wie wir.«

Gassmann enthielt sich jeglicher Meinung.

Keuchend erreichten sie den Toyota. Carla und Kasdorf standen neben dem Fahrzeug.

»Schnell aufsitzen!«, rief Lehn. »Unsere Verfolger sind uns auf den Hacken.«

Carla fing an zu weinen, als sie die Nebelwand auf sie zukommen sah. Es sah zum Fürchten aus.

»Der Nebel kommt schneller als erwartet«, meinte Kasdorf.

Gassmanns Kommentar war nur, dass es das Beste sei, was ihnen passieren könne.

Lehn blickte ihn erstaunt an, so als verstünde er nichts mehr.

»Bei Nebel muss der Fahrer des MAN nach seinem Funkleitsystem fahren. Wir entfernen jetzt die Reflektoren auf beiden Seiten des Weges. Bei der Geschwindigkeit, die er fährt, kann er auf die fehlenden Reflektoren nicht mehr angemessen reagieren und kommt mit Sicherheit vom Weg ab. Wir müssen dann den Fahrer und die Insassen liquidieren.«

»Erschießen?«, fragte Kasdorf entsetzt. »Muss das sein?«

»Wir haben jetzt keine Zeit«, sagte Gassmann, der sich langsam wieder mit seinem Spitznamen G.G. le Caid zu identifizieren schien. »Wir müssen handeln, und zwar sofort. Wenn ihr diskutieren wollt, müsst ihr in eine Disco gehen. Wir müssen jetzt Entscheidungen treffen. Ich schätze, wir haben noch zwanzig Minuten Zeit, bis der MAN auftaucht. Dann töten sie uns.«

Die Nebelwand hatte sich inzwischen wie eine klebrige Watteschicht ausgebreitet.

Lehn fragte Gassmann, was er vorschlage.

»Als erstes klemmt sich Kasdorf hinter das Steuer und fährt so schnell er kann mit Carla in Richtung Kathmandu. Wenn bei meinem Plan etwas schiefgeht, habt ihr wenigstens eine geringe Chance durchzukommen.«

»Nicht ohne dich«, schrie sie und klammerte sich an Lehns Arm.

Kasdorf, der die Situation erkannt hatte, schlug ihr ins Gesicht, sodass sie augenblicklich verstummte. Sie war wie benommen. Dann zerrte er sie in den Toyota und startete den Wagen.

»Gott mit euch!«, rief er ihnen zu. »Ich lass euch ungern in Stich. Aber ich gebe Gerard Recht. Es ist so die einzige Lösung.« Damit verschwand der Toyota in der Nebelsuppe.

»Und nun?«, fragte Lehn, als der Toyota losgefahren war und sie sich in einer gespenstischen Stille wiederfanden.

»Jetzt entfernen wir die Reflektoren links und rechts des Weges!«

Gassmann und Lehn rannten los, rissen die ersten beiden Reflektoren am rechten Wegrand aus ihrer Verankerung und hämmerten sie mit Hilfe von Steinen auf der gegenüberliegenden Straßenseite ein. Folgte der Fahrer des MAN dem Funkleitsystem, würde er unweigerlich vom Weg abkommen.

Es dauerte dann doch etwas länger als erwartet. Schließlich erschienen die Scheinwerfer des Trucks. Sie waren so stark, dass man sie schon von weitem durch den Nebel geistern sah. Es war gespenstisch.

Dann ging alles blitzschnell. Der Fahrer bremste noch. Aber der nasse, schmierige Untergrund des Weges verweigerte den blockierenden Reifen des schweren Fahrzeuges jeglichen Halt. Mit einem ohrenbetäubenden Knirschen prallte der MAN seitlich gegen einen Felsen. Nach einigen Minuten blieb nur noch ein Zischen übrig, das wohl von dem geborstenen Kühler stammte.

Im dichten Nebel sahen Lehn und Gassmann, wie der Fahrer versuchte, aus der Tür herauszukommen.

G.G. le Caid alias Gassmann ließ ihm keine Chance. Er schoss sofort gezielt. Es war wie eine Exekution. Der Fahrer kippte nach vorne. Da sein Fuß zwischen der Tür und dem Fahrersitz eingeklemmt war, blieb der Körper kopfüber an dem Führerhaus hängen.

»War das nötig?«, fragte Lehn.

»Es war unsere einzige Chance«, antwortete Gassmann. »Wir oder die. So ist es nun einmal im Himalaja. Für zwei sich bekriegende Parteien ist die Welt hier oben zu klein, auch wenn die unendliche Weite und Leere nach dem Gegenteil aussehen.«

Ohne weiter zu diskutieren, nahm sich Gassmann den Innenraum des MAN vor. Es waren noch zwei weitere Personen im Führerhaus. Durch den Aufprall war der eine benommen, der andere hatte das Bewusstsein verloren. Wieder schoss Gassmann ohne Vorwarnung. Der Mann rutschte von seinem Sitz und begrub den Bewusstlosen unter sich.

»Das wäre nicht nötig gewesen«, sagte Lehn entsetzt.

Großzügig gab Gassmann zur Antwort, wenn es Lehn wichtig sei, würde er den Bewusstlosen am Leben lassen. Aber der Mann müsse gefesselt werden, damit er nicht die Verfolgung aufnehmen könne. »Das ist deine Aufgabe!«

Lehn versuchte an den am Boden des Fahrzeugs liegenden Bewusstlosen heranzukommen. Aber es war zu eng.

Gassmann, der sah, wie sich Lehn abmühte, grinste und zog ihn mit den Worten weg, alles müsse man selber machen. »Aber wenigstens könntest du alle Waffen einsammeln.«

Es kamen zwei Maschinenpistolen, eine Signalpistole, drei Pistolen und zwei Handgranaten zum Vorschein.

»Der LKW ist ja eine Festung!«, meinte Lehn entgeistert.

Gassmann blickte ihn mitleidig an und stellte dann fest: »Unterschätze nie deinen Gegner! Es könnte dein Todesurteil sein!«

Nach gut zehn Minuten war der Mann gefesselt. Blutverschmiert kam Gassmann zum Vorschein.

»Und was machen wir jetzt?«, fragte Lehn. »Kasdorf ist weg.«

»Hoffentlich schon weit weg«, entgegnete Gassmann. »Carla

und dein Freund Kasdorf brauchen einen gewaltigen Vorsprung, wenn sie Kathmandu lebend erreichen wollen.«

Gassmann hatte sich auf einen Stein gesetzt. Er sagte nichts. Offensichtlich dachte er nach. Dann ritzte er fast liebevoll mit seinem Messer zwei mehr oder minder parallel laufende Striche in den Boden. Mit der Messerspitze zeigte er auf die rechte Linie. »Das ist das Hochtal, wo wir uns jetzt befinden.« Dann zeigte er auf die parallele Linie. »Das ist die Straße nach China, die du und dein Freund vor vielen Tagen verlassen und auf die ihr nicht wieder zurückgefunden habt. Zwischen diesen beiden Hochtälern zieht sich ein Höhenzug, der aber überwindbar ist. Da müssen wir rüber, um die Straße zwischen Darma und der chinesischen Grenze zu erreichen. Unsere einzige Chance, ein Fahrzeug zu finden, das uns nach Kathmandu zurückbringt.«

# Kapitel 38

Die Nacht vom 13. auf den 14. Juni war aus Sicht der Hamburger Polizei eine denkwürdige Nacht gewesen. Selten hatte sich im Polizeipräsidium und auf dem Flughafen so viel ereignet, war das Chaos so groß gewesen.

Im Präsidium hatte sich alles auf den Raum 101 konzentriert, in dem die Soko Forlenweg tagte. Die Luft war geschwängert mit einer Mischung von Rauch, Pizzadüften und menschlichen Ausdünstungen, primär von Schweiß. Im Minutenrhythmus hatte der Raum Beamte und Beamtinnen ausgespuckt, die die Order hatten, irgendwelche Befehle umsetzen zu müssen oder schlicht und einfach, um Kaffee und Zigaretten aus dem nächsten Automaten zu holen.

Kurz vor zwei Uhr war Stahmer der Kragen geplatzt. Er hatte geschrien, ob niemand lüften könne. Die einströmende kühle Nachtluft hatte dann eine gewisse Erleichterung gebracht.

Gegen halb drei Uhr war dann die Nachricht eingegangen, dass ein Sondereinsatzkommando auf der Suche nach den beiden flüchtigen Personen in Altona eine Spur gefunden habe. In einer Art Laubenkolonie, die sich in einem Gleisdreieck befinde, sei das Sonderkommando auf das Gebäude eines Sportvereins gestoßen. Sie hatten Verstärkung angefordert.

Brandauer hatte sich noch einmal mit dem Einsatzleiter verbinden lassen. Der Beamte hatte bestätigt, dass man einen Turnverein umstellt habe, wo man die Flüchtigen vermute. Allerdings brauche man Verstärkung, da man mindestens zehn bis zwanzig Personen in diesem Vereinslokal vermute.

Wie sie auf diesen Verein gekommen seien, hatte Brandauer wissen wollen.

»Reines Glück«, hatte der Einsatzleiter geantwortet. »Wir wussten ja, dass die beiden Verdächtigen in der Mehdornstraße den Bus verlassen hatten. Die ermittelnden Kollegen haben dann eine Befragung der wenigen Anwohner durchgeführt, die in dieser trostlosen Gegend anzutreffen waren. Eine alte Frau hatte dann den Hinweis gegeben, dass zwei Personen in eine Sackgasse abgebogen seien, an deren Ende dieser Sportverein liegt. Das Vereinslokal liegt verlassen am Ende eines Weges. Es ist völlig abgedunkelt, aber unsere Wärmebildkameras sprechen eine andere Sprache. In dem Haus sind mindestens zwanzig Personen versammelt.«

Nicht weniger hektisch war es auf dem Flughafen zugegangen. Aufgeschreckt von dem Aufruf, sofort an ihren Arbeitsplatz zurückzukommen, waren die ersten Mitarbeiter zwischen zwei und drei Uhr nachts auf dem Flughafen eingetrudelt. Alle ratlos, nicht wissend, was eigentlich passiert war.

Eine gute halbe Stunde später war Flughafendirektor Weinzierl in den Tower des Hamburger Flughafens gestürzt.

»Verweigern Sie LH 1790 die Landeerlaubnis!«, hatte Weinzierl aus seinen keuchenden Lungen beim Betreten des Towers hervorgepresst.

Einer der Fluglotsen hatte zu seinem Mikrofon gegriffen, Flug LH 1790 angefunkt und nach der aktuellen Position gefragt. Die Antwort war umgehend gekommen. Man sei über der Nordsee und werde pünktlich gegen fünf Uhr in Fuhlsbüttel landen.

Besonders langsam und deutlich hatte der Fluglotse dann durchgegeben: »LH 1790. Sie haben keine Landeerlaubnis in Fuhlsbüttel! Ich wiederhole: Sie haben keine Landeerlaubnis!«

»Wir haben eine Sondergenehmigung!«, hatte es aus dem Äther gequäkt.

»Die Sondergenehmigung ist aufgehoben«, hatte der Fluglotse ruhig wiederholt. »Wir kümmern uns um Alternativen.«

»Roger. Aber beeilt euch! Wir sind in gut zwei Stunden da!«

Weinzierl hatte kurz telefonische Rücksprache mit Polizeidirektor Neumann gehalten. Da in Bremen und Hannover kein Entscheidungsträger erreichbar gewesen war, hatten sie sich für die Landebahn des Airbus-Werkes in Finkenwerder entschieden.

Polizeidirektor Neumann hatte es übernommen, die Fluglotsen des Airbus-Werkes in der kurzen verbleibenden Zeit an ihren Arbeitsplatz zu holen. Allein diese Aktion hatte einen enormen Aufwand gefordert, denn die Leute hatten auch aus den Betten geholt und dann mit Blaulicht nach Finkenwerder gebracht werden müssen.

Als schließlich die Bestätigung aus Finkenwerder vorlag, dass Tower und Feuerwehr besetzt waren, hatte Fuhlsbüttel die erlösende Information an LH 1790 absetzten können, dass die Landeerlaubnis für Finkenwerder erteilt sei.

»Das wurde auch Zeit!«, hatte es formlos aus dem Äther gequäkt.

Im Polizeipräsidium hatten sich dann kurze Zeit später die Meldungen aus Altona überschlagen. Nachdem die Verstärkung angerückt war, hatte man mit der Erstürmung des Vereinslokals des TuS von 1923 begonnen. Der Verdacht der Einsatzleitung hatte sich voll bestätigt. Die angeblichen Turner und Sportler hatten sich mit Maschinenpistolen gewehrt. Es war schnell klar geworden, dass es sich um eine stark aufgerüstete Gruppe von Terroristen handelte. Als sie erkannt hatten, dass die Übermacht der Polizei erdrückend war, hatten sie ihr Vereinslokal abgefackelt. Aber damit war ihr Widerstand keineswegs gebrochen gewesen. Noch eine knappe Stunde hatte die Schießerei gedauert. Dann hatte der Einsatz in einem Blutbad geendet.

Als es schon hell war, hatte das Sondereinsatzkommando eine Reihe von Toten und Schwerverletzten gezählt: elf tote Terroristen und einen schwer verletzten Polizisten. Weiterhin hatte es acht minder schwer verletzte Terroristen gegeben und zwei leicht verletzte Polizisten.

»Welch ein lebensverachtender Wahnsinn«, hatte Polizeipräsident Neumann gestöhnt, als er vom Ausgang der Schlacht an der Mehdornstraße gehört hatte. »Da müssen unsere Kollegen irgendwelche jungen Terroristen erschießen, nur weil sich die al-Qaida-Führung mit Gold bereichern will.«

»Naja«, meinte Selzener, »um die Terroristen tut es mir weniger leid. Wenn man bedenkt, mit welcher Kaltblütigkeit sie am Forlenweg ihre Opfer verbrannt haben ... Die haben nichts Besseres verdient, als erschossen zu werden, eigentlich hätte man sie pfählen sollen!«

»Du meine Güte«, hatte Neumann geantwortet. »Wir wollen es doch nicht übertreiben!«

Perner fuhr in den frühen Morgenstunden in die Mehdornstraße. Die Verletzten waren zu diesem Zeitpunkt schon abtransportiert. Die kleine Sackgasse zu dem Vereinslokal ähnelte eher einer deutschen Autobahn nach einer Massenkollision als einer Sackgasse in einer Laubenkolonie. Unzählige Feuerwehren, Notarztwagen und Streifenwagen blinkten mit ihren Blaulichtern um die Wette.

Übellaunig bemerkte Perner, dass schon einige von der Presse eingetroffen waren. Er konnte diese Aasgeier nicht leiden. Sie machten alles nur schlimmer, indem sie jedes Detail in die Öffentlichkeit trugen und so die Gier der Massen nach aufregenden Neuigkeiten noch anfeuerten. Später brüsteten sie sich dann, ihre Leser unterrichtet zu haben und sahen sich als Retter einer demokratischen Grundordnung, wo alles ans Licht kam, was ans Licht musste. Die Wahrheit war, dass große Teile der Bevölkerung mit der Flut von Neuigkeiten überfordert waren und keine Kraft, aber auch nicht die Fähigkeiten hatten, die Lage richtig einzuschätzen und sich ein eigenes Bild zu machen.

Angeekelt wandte sich Perner dem Tatort zu. Der Brand in dem obskuren Vereinslokal war so gut wie gelöscht. Die Feuerwehr war dabei, die Schläuche aufzurollen. Schließlich stieß Perner auf den Einsatzleiter des Kommandos, Hauptkommissar Brunnleitner. Perner und Brunnleitner kannten sich von früheren Einsätzen. Sie mochten sich.

»Und?«, fragte Perner grinsend. »Habt ihr diese Laubenkolonie mit einem Schlachthof verwechselt?«

»Sie wollten es nicht anders. Ich sage dir: alles Fanatiker. Es war schrecklich. Sie eröffneten das Feuer, obwohl sie uns in der Dunkelheit nicht sehen konnten. Wahnsinn. Reiner Wahnsinn. Wir haben dann zurückgeschossen. Es war ein Blutbad.«

»Kennt ihr schon Namen der Opfer?«

Brunnleitner zauberte eine Liste aus der Brusttasche seiner Uniform und las vor: »Omar Chalid, Ibrahim al Makki, Abu al Hussain, Manuel Alonso und ein Lufthansakapitän namens Ströbele. Die anderen Toten trugen keine Ausweise bei sich.«

Perner unterbrach: »War dieser Ströbele ein Deutscher?«

Brunnleitner antwortete, der Mann habe eher wie ein Inder oder Pakistani ausgesehen.

»Das gibt auch mehr Sinn«, stellte Perner fest.

»Und da war ein zweiter Lufthansakapitän namens Oppermann. Er ist schwerverletzt ins Krankenhaus gebracht worden. Übrigens vom Aussehen auch eher ein Pakistani.«

»Dachte ich mir«, murmelte Perner leise.

Brunnleitner wollte mit der Aufzählung der Verletzten fortfahren, aber Perner stoppte ihn. »Ich kann mir diese arabischen

Namen sowieso nicht merken! Haben wir denn die ganze Bande erwischt?«

Brunnleitner zuckte mit den Schultern. »Die Lokalhirsche wohl. Aber die Hintermänner wohl kaum. In der Ruine hat das Feuer mit Sicherheit alle Spuren vernichtet.«

»Immer das Gleiche«, stellte Perner fest. »Auch bei den Islamisten müssen die Kleinen für die Großen ihren Kopf hinhalten.«

Brunnleitner wollte sich wieder seinen Aufgaben zuwenden. Perner hielt ihn zurück. »Noch eines. Schicken Sie sofort einen Beamten in das Krankenhaus, damit dieser pakistanische Pilot, der angeblich Oppermann heißt, nicht türmt!«

Als Perner ins Polizeipräsidium zurückkam, waren nur noch Stahmer Brandauer und einige Kollegen anwesend. Perner berichtete von den Ereignissen in der Mehdornstraße. Man habe auch zwei Asiaten in Lufthansauniformen gefunden, die die Namensschilder der beiden deutschen Piloten getragen hätten. Ihr Auftrag sei es wohl gewesen, die Frachtmaschine zu entführen. Einen der Pakistani habe es erwischt. Der andere sei im Krankenhaus.

»Das ist auch der endgültige Beweis, dass die beiden Toten vom Forlenweg diese Lufthansapiloten waren. Man hat ihnen, nachdem man sie liquidiert hatte, die Namensschildchen abgenommen, um sie danach an die Uniformen dieser asiatischen Piloten anzuheften.«

»Und wieder ist ein weiteres Rätsel gelöst«, meinte Stahmer gähnend.

In diesem Moment lugte ein Mann durch die geöffnete Tür des Raums 101. Dann betrat er zögernd den Raum.

»Ich fass es nicht«, sagte Brandauer, als er den Mann erkannte. »Unser Freund Mandelbaum von der *BILD*-Zeitung. Auf frischer Tat erwischt beim Hausfriedensbruch.«

»Aber Herr Kommissar«, sagte der Reporter, »die Tür bei euch im Präsidium stand offen. Es war, als ob jemand sagen würde: Kommen Sie herein, Mandelbaum. Wir wollen Ihnen ein Interview geben über das, was in unserer Hansestadt gerade abläuft. Und Sie können schwerlich behaupten, dass hier nichts geschieht. So wie es hier nach Arbeit riecht ... Und es riecht ziemlich streng!«

»Ihnen würden wir vielleicht ein kurzes Interview geben, aber Ihrer Zeitung schon gar nicht. Ihren Chefredakteur sollte man für seine Schlagzeilen in der Vergangenheit in eine Ludergrube stecken und ihn in der Gülle krepieren lassen!«

»Bin ich der Chefredakteur oder der Polizeireporter Aron Mandelbaum?«, antwortete der Reporter eine Spur beleidigt.

Stahmer erbarmte sich. »Also Mandelbaum, was wollen Sie wissen?«

»Was geschieht hier in Hamburg? Warum seid ihr hier alle bis zum frühen Morgen versammelt? Wen sucht die SoKo Forlenweg?«

Polizeirat Stahmer fasste sich kurz. Im Forlenweg sei ein Wagen explodiert. Möglicherweise eine Autobombe. Man befürchte zwei Tote und prüfe zurzeit, ob die beiden im Augenblick der Explosion überhaupt noch gelebt hätten. Über Sinn und Zweck dieser Explosion schwebe man völlig im Dunkeln.

»Und was ist heute Nacht am Flughafen los?«, insistierte Mandelbaum.

Etwas gequält berichtete Stahmer weiter von der Nachricht, die von Hauptkommissar Lehn eingegangen war. Er habe vor einer Flugzeugentführung gewarnt.

Mandelbaum, der spürte, dass das nur ein Bruchteil der Wahrheit war, hinterfragte sofort mit der Nase des Spürhundes, wo denn Lehn sei und woher er den Tipp mit der Entführung gehabt habe.

»Kriminalhauptkommissar Lehn ist zurzeit im Himalaja!«, antwortete Stahmer und fügte hinzu, dass er auch nicht wisse, woher Lehn die Information habe.

Das sei weit weg, sagte Mandelbaum nachdenklich.

Was wiederum Stahmer zu der Bemerkung veranlasste: »Unsere

Kollegen der Hamburger Polizei halten eben in den entlegensten Ecken der Welt Tag und Nacht ihre Augen offen. So eben auch im Himalaja.«

Darauf schwieg Mandelbaum, denn er war sich nicht im Klaren, ob man ihm die Wahrheit sagte oder ihn veralberte.

# Kapitel 39

Lehn und Gassmann hatten gut eineinhalb Tage gebraucht, um den kleinen Höhenzug zu überwinden, der sie von der Straße zur chinesischen Grenze trennte. Es war eine Strapaze gewesen, noch verstärkt durch das Gepäck und vor allem die Waffen, die sie mit sich geschleppt hatten. Aber Gassmann hatte auf der Bewaffnung bestanden. Man wisse nie, was komme.

Gegen fünf Uhr nachts hatten sie endlich die Landstraße erreicht. Aber es hatte noch drei Stunden gebraucht, bis in der Morgendämmerung der erste LKW aus Richtung Norden aufgetaucht war.

Gassmann stellte sich einfach auf die Straße und zwang den Fahrer so anzuhalten. Die umgehängte Maschinenpistole und die am Gürtel baumelnden Granaten sprachen eine Sprache, die auch der dümmste chinesische Fahrer verstand.

Es war ein chinesischer LKW.

Gassmann, der bruchstückhaft chinesisch sprach, fragte ihn, was sein Ziel sei. Der völlig verängstigte Mann stotterte nur »Kathmandu«.

»Das trifft sich günstig«, entgegnet Gassmann und fügte hinzu: »Und schon haben Sie einen Fahrgast mehr.«

»Einen?«, fragte Lehn erstaunt.

»Von jetzt ab«, sagte Gassmann, »werden sich unsere Wege trennen.«

Lehn war wie vor den Kopf geschlagen, denn gerade die letzten Tage hatten sie einander nähergebracht.

»Und was machst du, Gerard?«, stotterte er.

»Wenn wir zusammen weitergehen, werde ich dir zur Last fallen, denn ich habe keine Papiere. Und du wirst mir zur Last fallen, weil ich auf dich aufpassen muss und du meine Art, Konflikte zu lösen, innerlich missbilligst. Also trennen wir uns lieber. Es ist besser so.«

»Aber ...«

»Kein Aber. Es waren gute Tage, die wir miteinander verbracht haben. Aber alles hat ein Ende. Ich gehe meinen Weg, den ich gehen muss, und du fährst mit diesem LKW schön nach Kathmandu, wo Carla und dein Freund Kasdorf hoffentlich auf dich warten. Hier hast du das Telefon. Ruf sie an. Sie wartet mit Sicherheit auf deinen Anruf.«

»Sehen wir uns wieder?«, fragte Lehn.

Gassmann schien zu überlegen. Dann sagte er: »Vielleicht. Wenn wir die nächsten Tage überleben, stehen die Chancen auf ein Wiedersehen nicht schlecht.«

»Und wo?«

Wieder ließ sich Gassmann Zeit beim Nachdenken. »Lass uns sagen, genau heute in einem Jahr, am 15. Juni. Ich schlage vor in Paris. Brasserie Lipp am Boulevard St. Germain. Um zwölf Uhr. Auf ein Glas Pernot. Wenn ich es schaffe und der lange Arm von Kat-ku mich nicht erwischt, werde ich dort sein. Du bist mir in den letzten Tagen ein treuer Freund geworden.«

»Ohne dich«, entgegnete Lehn dankbar, »hätte ich es nicht geschafft.«

»Und noch eines«, unterbrach Gassmann. »Wenn dich jemand nach mir fragt, sag, dass ich tot sei. Nur so habe ich die Chance, irgendwann und irgendwo ein neues Leben zu beginnen. Versprochen?«

Gassmann dachte an Carla. »Und wenn Carla mich nach dir fragt?«

»Auch dann«, antwortete Gassmann. »Carla und ich hatten nicht das Glück auf unserer Seite. Unsere Beziehung hatte keine Zukunft. Wenn du verstehst, was ich damit sagen will. Trotzdem war es oben in Kat-ku eine schwierige, aber auch eine schöne Zeit. Diese Zeit ist jetzt endgültig vorbei. Jetzt hat Carla dich, und du hast sie.«

Mit diesen Worten drehte sich Gassmann um und verschwand zwischen dem Geröll, das den Straßenrand säumte.

Verwirrt, fast verzweifelt, kletterte Lehn in den LKW und sagte zu dem Fahrer nur ein Wort: »Kathmandu.«

Mehr hätte der Mann sowieso nicht verstanden.

Als sie einige Kilometer gefahren waren, holte Lehn das Telefon heraus und wählte Kasdorfs Mobilfunknummer. Er war nicht wenig überrascht, dass Kasdorf sich meldete. Lehn war so glücklich, dass es ihm fast die Sprache verschlug. Nachdem sie sich versichert hatten, dass es ihnen gut ging, fragte Lehn nach Carla. Dann war sie auch schon am Apparat. Sie weinte vor Glück. Sie konnte nicht sprechen.

Kasdorf berichtete dann, dass sie mit ihrem Toyota gut vorangekommen seien und sich kurz vor Kathmandu befänden.

Lehn musste zugeben, dass er noch mindesten drei bis vier Tage für die Strecke brauche. Aber Kasdorf solle schon den Rückflug nach Frankfurt für den kommenden Montag buchen.

Dann war die Verbindung unterbrochen.

Lehn erreichte Kathmandu tatsächlich erst am Montag der folgenden Woche. Die mitgeführten Waffen hatte er dem chinesischen LKW Fahrer geschenkt, der ihn daraufhin umarmt hatte. Da er schrecklich aus dem Mund gerochen hatte, hatte Lehn die Umarmungszeremonie abgekürzt.

Da die Zeit knapp wurde, ließ er sich direkt am Flughafen absetzen. Er schämte sich für sein Aussehen, aber für eine Dusche und einen Kleiderwechsel war keine Zeit mehr gewesen. Der Flug nach Frankfurt war schon aufgerufen.

In der Abfertigungshalle sah er von weitem Kasdorf und Carla stehen. Er lief auf sie zu. Die letzten Meter rannte er. Carla umarmte ihn innig. Kasdorf war auch ganz gerührt, seinen Freund wiederzusehen.

So gingen sie zu dritt an den Abflugschalter. Sein Drillich, den er noch von Kat-ku trug, war dreckverkrustet. Der linke Ärmel war voll von Blutflecken, die aber so nachgedunkelt waren, dass sie als solche nicht sofort erkennbar waren. Ein Andenken an den Toten in dem LKW.

»Wo kommen Sie denn her?«, fragte die Bodenstewardess entgeistert, aber auch etwa angeekelt, als Lehn vor ihr am Schalter erschien.

»Aus den Bergen oben an der chinesischen Grenze. Ich wurde aufgehalten.«

»Geht es Ihnen gut?«, fragte sie halb lauernd, halb fürsorglich.

»Sehr gut«, antwortete Lehn und blickte Carla an, die seinen Blick verliebt erwiderte.

Erst als sie in der Maschine saßen, wich die Spannung etwas von ihm. Carla saß am Fenster, Lehn in der Mitte und Kasdorf am Gang.

Als sie gestartet waren, kam die Stewardess und fragte, ob sie Wünsche hätten. Kasdorf bestellte drei Dry Martini. Als die kamen, prosteten sie sich zu.

Dann fragte Kasdorf, was aus Gassmann geworden sei, ob er sich der nepalesischen Polizei oder der Armee gestellt habe. Immerhin sei er ja ein Mitglied von al-Qaida gewesen, wenn er sich auch zuletzt von diesen Schweinebacken losgesagt habe.

Lehn schwieg für einen Moment. Er erinnerte sich an die letzten Worte von G.G. le Caid. Dann sagte er: »Gassmann gibt es nicht mehr. Er ist tot.«

»Wieso tot?«, fragte Kasdorf entgeistert.

»Tot«, stotterte Lehn. »Oben, südlich von Lao-san, hat es ihn erwischt. Der uns verfolgende LKW ist explodiert. G.G. war zu nah dran. Sagen wir: Die Explosion hat ihn völlig zerrissen. Seine Reste sind jetzt mit Sicherheit von den Winden verweht, die vom Himalaja herunterkommen.«

Kasdorf blickte Lehn an. Nachdenklich meinte er: »Ist es nicht tragisch, dass ein starker Mann wie G.G. le Caid einfach auf diese Weise verschwindet und seine Reste von den Winden verweht werden?«

»Ja«, entgegnete Lehn einsilbig.

»Armes Schwein«, sagte Kasdorf.

# Kapitel 40

Am 15. Juni 2014 schlenderte Lehn über den Boulevard St. Germain in Richtung der Brasserie Lipp. Schon von weitem sah er Gassmann alias G.G. le Caid an einem der Tische der Brasserie auf der Straße sitzen.

Erleichtert beschleunigte Lehn seine Schritte. Die letzten Meter rannte er fast. Sie umarmten sich. Beide hatten sie Tränen in den Augen.

Unaufgefordert kam der Kellner mit zwei Gläsern Pernot und stellte sie vor die beiden auf den Tisch.

»Du wusstest, dass ich komme und hast schon Pernot für dich und mich bestellt. Ich danke dir.«

»In den Extremsituationen, wie wir sie zusammen erlebt haben, lernt man einen Menschen kennen. Es war für mich klar, dass du kommst, so wie es für mich klar war, dass ich hier am 15. Juni bei Lipp sein würde«, antwortete Gassmann.

»Ich hätte getötet werden können auf der Fahrt nach Kathmandu oder sonst wo.«

»Dann hätte ich den zweiten Pernot auf dein Wohl getrunken. So wie du es auch getan hättest.«

Sie prosteten sich zu.

Auf Lehns Frage, wie Gassmann das letzte Jahr überstanden habe, antwortete dieser, es sei nicht immer leicht gewesen. Er habe Schwierigkeiten gehabt, unerkannt aus Nepal herauszukommen.

In Paris angekommen, habe er sich als früherer Dschihadist wochenlang vor der Polizei versteckt, bis er sich entschlossen habe, sich zu stellen. Er habe sich dann mit einer Art Kronzeugenregelung mit den Behörden arrangiert. Schwieriger sei es gewesen, einen Job zu finden, weil seine Papiere nicht vollständig gewesen seien. Aber er habe sich immer noch auf das Netzwerk der Legion verlassen können, was sehr hilfreich gewesen sei, und so habe er schließlich einen Job bei einer Sicherheitsfirma gefunden.

»Und bist du glücklich?«, fragte Lehn.

»Ja«, antwortete Gassmann überschwänglich. »Jeder Tag ohne diese verquaste Scheiße vom Dschihad ist ein geschenkter, ein glücklicher Tag. Ich bin wieder zum Katholizismus konvertiert und fühle mich wie neugeboren. Das Beste aber ist, dass ich schönen Frauen wieder hinterherschaue. Ich habe sogar eine Freundin!«, meinte er augenzwinkernd. »Meine unglückliche Veranlagung ist Vergangenheit. Verflogen, vielleicht auch ein wenig vergessen!«

Lehn beglückwünschte ihn dazu und fragte, wie die Freundin heiße.

»Marie«, antwortete er.

»Aber nun zu dir«, wechselte Gassmann das Thema. »Wie ist es dir ergangen?«

»Vorher noch eine Frage«, unterbrach ihn Lehn. »Hast du jemals wieder etwas von Kat-ku gehört?

»Nein«, antwortete Gassmann kopfschüttelnd. »Es gibt zwar Gerüchte. Aber die gab es immer. Sinnlos also, sie aufzuzählen. Irgendwann wird das Interesse von al-Qaida an Kat-ku erlahmen. Dann wird Kat-ku hoffentlich wieder zu jenem Shangri-La, dass es früher war. Ein Ort der Sehnsucht in den Köpfen der Menschen. Ein Ort auf halben Weg zwischen Himmel und Erde, wo man dem Himmel so nah ist, dass der Tod seinen Schrecken verliert. – Doch nun zu dir«, wiederholte Gassmann und leerte sein Glas Pernot. »Wie ist es dir ergangen?«

Lehn fasste sich kurz. Er, Carla und Kasdorf seien gut nach Frankfurt und dann nach Hamburg zurückgekommen.

»Wo du als Held gefeiert worden bist, weil du rechtzeitig die Warnung vor der Flugzeugentführung abgesetzt hast!«, unterbrach Gerard.

»Der Ruhm«, sagte Lehn etwas kleinlaut, »ist ein flüchtiger Freund. Er war wie ein Hauch zu spüren, aber dann war er schneller vergangen, als dir lieb ist. Besonders im Hamburger Polizeidienst. Aber das ist auch gut so!«, fügte er trotzig hinzu.

»Und Carla? Warum hast du sie nicht mitgebracht? Wo ist sie?«, unterbrach Gassmann.

Etwas traurig erzählte Lehn, dass sie nach einigen Monaten nach Italien zurückgekehrt sei. Das Hamburger Klima sei nichts für sie gewesen. Zu kalt, zu windig, eben nicht mediterran genug.

»Und warum bist du nicht mit ihr nach Italien gegangen?«

»Wie sollte ich? Ich bin nun einmal Beamter der Kripo Hamburg. Ich glaube nicht, dass mich die italienischen Kollegen in Rom ohne Weiteres übernommen hätten, schon gar nicht meine angehäuften Überstunden. Aber selbst wenn hätte ich Rom nur ungern mit St. Pauli eingetauscht. Wir haben alle unsere Wurzeln. Carla genauso wie ich. Und wenn ich einmal pensioniert bin, wird man mich vielleicht als Rentner an der Seite von Carla auf der Piazza Navona einen Espresso schlürfen sehen. Vielleicht auch nicht. Es kommt, wie es kommt.«

»C'est la vie!«, antwortete G.G. le Caid und drückte fest und lange Lehns Hand.

Etwas zu lange, wie Lehn sich erinnerte, als sie sich getrennt hatten.